一座城的人文秘境

刘海永 著

中国书籍出版社
China Book Press

图书在版编目（CIP）数据

一座城的人文秘境 / 刘海永著 .—北京： 中国书籍出版社，2016.6
ISBN 978-7-5068-5550-1

Ⅰ.①一… Ⅱ.①刘… Ⅲ.①散文集—中国—当代 Ⅳ.① I267

中国版本图书馆 CIP 数据核字 (2016) 第 101314 号

一座城的人文秘境

刘海永　著

图书策划	武　斌　崔付建
责任编辑	戎　骞
责任印制	孙马飞　马　芝
出版发行	中国书籍出版社
地　　址	北京市丰台区三路居路 97 号（邮编：100073）
电　　话	（010）52257143（总编室）（010）52257140（发行部）
电子邮箱	eo@chinabp.com.cn
经　　销	全国新华书店
印　　刷	三河市华东印刷有限公司
开　　本	710 毫米 × 1000 毫米　1/16
字　　数	251 千字
印　　张	16.5
版　　次	2016 年 7 月第 1 版　2016 年 7 月第 1 次印刷
书　　号	ISBN 978-7-5068-5550-1
定　　价	32.00 元

版权所有　翻印必究

目录

◆ **第一编　寻常巷陌觅遗踪** ◆

老门楼：即将消失的风景……………………………………002
老会馆：华北五省特务机关长在此毙命……………………009
老街巷：近在咫尺的时光隧道………………………………018
名人故居：一步穿越到民国…………………………………025
开封四合院：北京四合院的祖宗……………………………032
书店街：穿越千年　历久弥新………………………………039
老戏楼：你方唱罢他登场……………………………………044

◆ **第二编　残砖片瓦见风流** ◆

游梁祠：伤心孟子经行处……………………………………048
国槐：最古老的"居民"………………………………………053
师师府：皇帝和名妓幽会的地方……………………………058
周王府：《西游记》诞生的地方……………………………063
二曾祠：全国唯一纪念曾国藩兄弟的祠堂…………………071

袁家楼：袁世凯家族最后的产业……………………………… 077
红洋楼：毛泽东、周恩来共同居住过的地方………………… 081

◆ 第三编　繁华之后是宁静 ◆

总修院：转身就开始思念……………………………………… 088
静宜女中：一个女性拯救了一万多河南人…………………… 096
修女院：开封宗教文化的载体………………………………… 103
公主楼：梁思成点赞的典雅建筑……………………………… 108
四面钟：车水马龙交通岗……………………………………… 112
河南博物馆：名震神州　风韵犹存…………………………… 116
法政专门学校：河南"宪政"策源地…………………………… 120

◆ 第四编　过眼烟云金石录 ◆

河南机器局：这里既造钱又造枪……………………………… 126
信昌银号：最牛银行怎样破产………………………………… 133
康熙御碑：一泡尿冲出来的国宝……………………………… 137
吹台碑刻：乾隆皇帝的"到此一游"…………………………… 143
繁塔额石：千年前的真诚祝福………………………………… 148
"革命纪念园"石碑：蒋介石冯玉祥"蜜月"的见证…………… 152
天圣铜人：史上最早的针灸模型……………………………… 155

◆ **第五编　往事沧桑说梦华** ◆

仓颉陵：中国文字从此开始 …………………………… 162
梁园：见证李白杜甫友谊的地方 ……………………… 166
府城隍庙：中国最牛的城隍庙 ………………………… 176
开封城墙：李自成眼睛被打瞎的地方 ………………… 183
相国寺：千年以前"潘家园" …………………………… 189
岳飞庙：十二道金牌泪别满江红 ……………………… 195
御河：桨声灯影胜秦淮 ………………………………… 201

◆ **第六编　古城记忆韵味长** ◆

州桥：杨志在这里卖刀 ………………………………… 210
双龙巷：人道太祖太宗曾住 …………………………… 214
金明池：皇帝操练水军的地方 ………………………… 219
艮岳遗石：曾经颠覆江山的"花石纲" ………………… 227
双塔奇迹：见证日军进攻炮火 ………………………… 235
孔祥榕宅：韩复榘被扣押处 …………………………… 242
地下联络处："潜伏"大戏在这里上演 ………………… 246
这，就是开封（代后记） ……………………………… 253

河南省城街道總圖

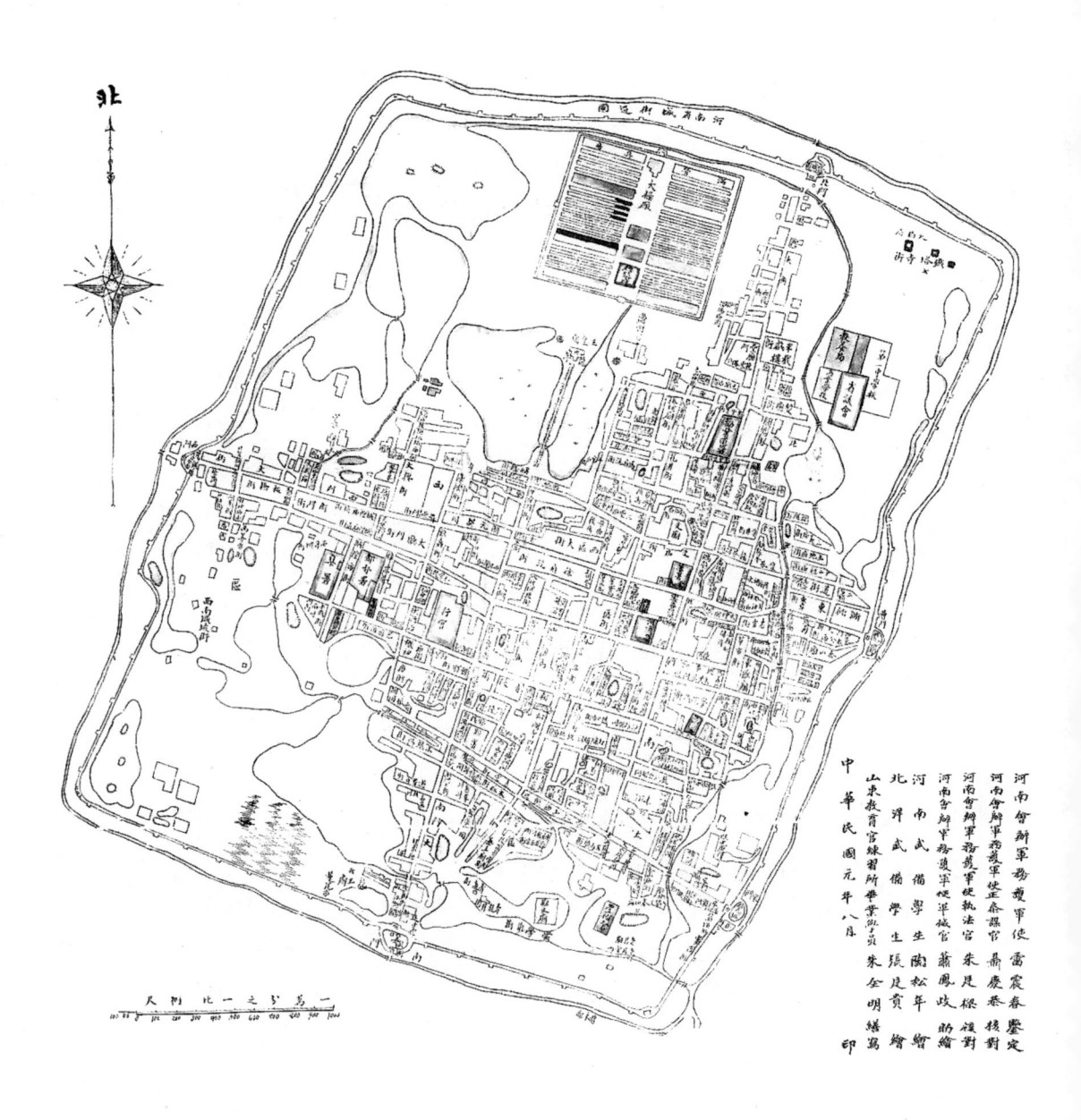

北

河南會辦軍務護軍使雷震春鑒定
河南會辦軍務咨議軍佐奕希鎧官鼎慶春校對
河南會辦軍務咨議軍使執法官朱是楷校對
河南省辦軍務遊擊咥軍城官蕭鳳牧助繪
河南武備學生陶松年繪
北洋武備學生張良貴繪
山東教育官練習所畢業職員朱全明繕寫

中華民國元年八月印

第一编
寻常巷陌觅遗踪

老门楼：即将消失的风景

开封街巷曾经随处可见一些老门楼。双龙巷、乐观街、省府后街等街巷比较完好地留存下一些老门楼，整齐排列在街道两侧，一如等待检阅的士兵。笔者曾多次游走在巷陌进行街拍，精美绝伦的老门楼带来一次又一次视觉盛宴。雍容华贵、斑驳精致，历经岁月风雨，而今依然挺立，沧桑难掩却典雅不减。

增福添财的"花门楼"

在开封，作为建筑导入部分的门楼，不仅融入了深厚的历史文化、演绎着民族的喜怒哀乐，还是构成建筑意象的重要要素。建筑被誉为"石头的史书"、"世界年鉴"，积淀着人类的艺术，尤其是文化史。有什么样的地理环境、人文形态、社会结构，就有什么样的建筑。而开封传统建筑

民国时期的老门楼

门楼正是以其独特的语言形式，向人们倾诉着中原文明的历程和东京梦华的感情。

门楼在传统建筑群中不但构成一个艺术处理上的华章，而且也把整个建筑烘托得更加华丽和层次分明。它的用料、用工和做法非常精美，砖雕、石雕、木雕一应俱全，明清古典或者中西合璧样式，别具一格。

门楼往往是整个宅院或传统建筑群格局和等级的标志。过去的人大都非常看重门楼，建造时不但要求高大、雄伟和壮观，也时常注意维护它的完整和整洁，因为一个门楼建造、维护之优劣，不但可以代表庭院中房屋构造的优劣，还可以体现庭院主人身份的高低和家境。所以说一般门楼的建造都是比较讲究的。

门楼的高低大小、砖瓦材质、彩绘文字和左邻右舍关系都有规定，应与门楼主人的社会地位、职业和经济水平相符。比如大官吏多数居住在胡同的北半部，门楼在主房的东南，采用广亮门或金柱门。一般官吏和商贾居住在胡同的南半部，门楼在主房的西北，多用如意门，门楼虽小却十分华丽、秀美。门小、院大、房屋多，属于那种显贵不露富的。无论门楼在胡同中的北部或南部，都建在吉祥的位置，因为门楼位置的选择影响纳福避邪，所以是每家每户特别关心的大事。

在开封，门楼顶部有挑檐式建筑，门楣上有双面砖雕，一般刻有"紫气东来"、"家和万事兴"的匾额，斗框边饰有花卉和蝙蝠、蝴蝶等图案。门楼是大门处理的最高手段，常见形式有城门、宫门、殿宇门、府第门、山门、广亮门、如意门、馒头门、五脊门、牌楼门、垂花门、花门、随墙门、什锦门等。

影壁是门楼的附属建筑，"影壁"二字是由"隐避"二字变化而来的。在门内"隐"，在门外为"避"，后来统称为"影壁"。影壁的出现反映了一定时期的社会制度和风俗习惯。有些家庭，为了把院落装饰点缀一番，还在四合院院落一进门处的正对面修建一个影壁，也就是一堵砖墙。在正对四合院大门的这一面，一般都有花卉、松竹图案或者大幅的书法字样醒目地放置在影壁正面，上书"福"、"禄"、"寿"等象征吉祥的字样。也有一部分影壁，绘上吉祥的图案，如"松鹤延年"、"喜鹊登梅"、"麒麟送子"等。

开封不少四合院又有着非凡装饰的高门楼,开封人称为"花门楼"。门楼一般在左偏位,高于门房与倒座,以配房山墙为影壁,大门两扇,外饰铁制或铜制门环。门楼下槛装石头门枕或抱鼓石,中间设有活动门槛,提装方便。整个门楼高大气派、瓦顶装修、细布图案,真不愧称为"花门楼"。而砖雕、石雕、木雕、彩绘,梅兰竹菊、龙虎凤鹊,给院子的主人增添了喜气、财气和福气。

门楼显示主人的地位和出身

省府后街在清末和民国时期居住的达官贵人较多,保留至今的老门楼仍显示出过去的高贵和不凡。19号院是一个典型的三进院,大门是相当气派的门楼,进入大杂院中还存有二道门,上刻有"受天之祜",书法精美,周围饰以花卉吉祥图案。北侧38号院冯汝骙宅的门楼高大雄伟,是黑漆大门上镶有铜饰和铜钉的老门楼。传说冯家门楼原来有两块大匾,一匾系光绪帝所赐,一匾书"进士第"三字,黑底金字,十分显赫。远远望去,刘家胡同刘青霞故居的门楼耸立,错落有致,青色砖墙,叠瓦花脊;走近细看,房屋的墀头、檐板以及砖雕精美绝伦。走在通往二进院的通道上,有一座小巧玲珑的垂花门楼,上面精美的木刻刹那间跃入眼帘,使人沉浸于艺术的享受中不能自拔。

前、后保定巷是开封古城里拥有悠久历史、众多传说的传统街区。自古以来,这一带就是衙署之地,再加上这里既靠近繁华闹市,又巷深清静,过去官邸富宅鳞次栉比。以后保定巷为例,南北相距不远的两处门楼就显示出明显的等级差别。胡同北面有一家老门楼,一看就是官宦大家,三道门楼,现在只余两道。大门门楼完好,朱漆大门,大气、威严、沧桑典雅。门后有直径20厘米粗的闩门石孔,地下还有一几百斤的青石,附近的老人说这是过去大户人家晚上用来顶门用的。后保定巷6号的门楼一看就感觉是商贾人家,依旧是朱漆大门,风雨沧桑70余年。这家门楼的精致和典雅,宛如一小家碧玉,虽历经多年风雨,仍旧端庄不失风姿。门楼屋脊左右雕刻有祥云、金钱等图案，砖雕构件内部是古币，外面是齿轮，或许是隐喻事业发展或者财源滚滚。砖雕技法娴熟、工艺高超，现在已经不多见了。

乐观街田进士宅第，高大的门楼、气派的建筑，历经百年沧桑，如今唯一保留下来的只有乐观街47号一座宅院了。目前尚存有门楼一座，位于该四合院中轴线偏左，以东厢房山墙作照壁，临街大门为传统式门楼，脊山高耸，花脊饰头，垂脊扭头，两山为方砖博风封檐，前檐凹面墀头，中安穿带木板大门。临街南屋和过厅北屋破损严重，门楼及房屋上的部分砖雕、木雕饰件已经失落；东西厢房也已全部改建，已非旧日模样。

龙亭湖东面有一条磨盘街，12号院前一棵古槐树荫罩着一座古朴的门楼。门楼基本保存完好，门前的青石、门上的铁环都还在，门楼两侧的两间门房还上着锁，是当年守院人的寝室。朝阳胡同张钫故居西侧王家大院门楼至今保存比较完美，木门上篆刻有"沧桑寄宅、恭俭世家"字样。

柴火市北口路西第一个门，铭牌上标记为关百益先生故居。仔细观察，至今大门门楣上的砖雕"艮园"二字尚能够看清。"艮园"有两个院落，东院即22号院，门楼比较完整，青砖起脊，饰有如意木雕倒挂楣子，古色古香，沧桑典雅。向南路西，还有一座门楼。门楣上端所刻的"漪园"二字虽依稀可辨，

磨盘街清代老门楼

但当年院内的花园亭阁、曲径回廊,则早已无存。"漪园"即清末民初开封著名人士胡石青的府宅。胡石青曾任中国煤矿公司总经理,游历 38 个国家,并著有《三十八国游记》一书。

老门楼留下了城市记忆

开封老门楼遗留了精美的砖雕、木雕、石雕。砖雕是居民建筑上的一种艺术装饰,也是一种生活情感和意愿的寄托,多置于门楼大门两侧上部和房屋前后墙的两头,均为一砖一图,或雕刻"福"、"禄"、"寿"等字样。砖雕有单层、双层和多层。内框以粗线构成,外框采用连弧线和波浪式纹样。其题材有牛、马、羊、鱼、狮、龙、喜鹊等,还有民间传说、神话故事、古典戏剧中的人物等。老门楼的木雕更是一种凝固的浪漫。满楼建筑木雕常常以瓜果、虫鱼、荷花、龙卷草等图案做装饰。以开封刘青霞故居为例,二进院的大门为随墙垂花门,是垂花门中构造最为简洁的一种,只有一排柱子,梁和柱子十字相交,梁头下端各悬挑一根垂花柱,檐口部位刻有精美的花饰。老门楼的石雕集中在门墩儿和柱础上。开封常见的是石狮子抱鼓石,民间称为狮子门墩儿,在门楼中用以装饰。现在老门

近代门楼保存完整

楼还有不少抱鼓石，有的虽然少雕镂，但浑然天成，有的则制作精细、栩栩如生。刘青霞故居大门处的抱鼓石采用浅浮雕手法雕刻的仙鹤，形象尤其逼真。

如今，为数不多的老门楼都已进入风烛残年，与四合院一起完整保留下来的门楼屈指可数，且毁坏、破损十分严重。据资料显示："仅1958年全市不完全统计，就有233座门楼改成住房，还有许多四合院的门楼被拆掉。1959年夏到当年年底，仅某区房产科就用门楼拆除的石门墩、石狮、石条、抱鼓石等烧石灰2750吨，四合院门楼之毁可见一斑。"

一首歌这样唱到："看见的，熄灭了；消失的，记住了。"虽然在历史的长河中，一座座老门楼遭到了破坏，但是放眼古城，仍然可以随处看到一些斑驳精致的老门楼。在感叹建筑生命力顽强的同时，不得不佩服人文力量的绵延。这些老门楼，给我们留下了一笔文化财富。徐府街山陕甘会馆东侧胡同有连续几座老门楼，某个傍晚笔者误入其中，恍如隔世，有一种穿越时光的感觉。

一位德国学者对于北京旧城改造曾说："我们现在有的，你们将来都会有；而你们现在有的，我们永远不会有。"这些老门楼承载了开封的人文历史，记录了开封的百年沧桑以及风云变幻。国外一位诗人说："人一生中

三生街13号门楼，上有"野战馆"大字（2014年该门楼拆除）

有两样东西是永远不能忘却的,这就是母亲的面孔和城市的面貌。"他深刻揭示出了城市留给我们的记忆是多么重要,而老门楼正是我们对于这座城市的重要记忆……

老会馆：华北五省特务机关长在此毙命

如果不是被山陕甘会馆吸引，如果不是探寻中原几百年的工商业繁荣，我不会孜孜不倦地走进岁月深处。那是一块块斑驳的记忆，在华彩和黑白之间，诸多烟云氤氲、诸多人事更迭、诸多故事变成了传说。涂抹之间，历史记忆竟让人一时恍然不知所处，地名尚在，人名尚存，旧时的文字甚至影像仍在，而彼时的景、彼时的人却早已如烟云般消失在历史中。如果给我一支竹篙，我愿向历史深处摆渡，只为目睹那些老会馆繁华时的芳容。在青砖灰瓦的缝隙间，在发黄书页的字迹中，丝丝残

山陕甘会馆

迹幻化成一堵残损的墙壁或者一块长眠于废墟中的瓦当，依稀呈现那陈旧苍老的故事。我似乎又看到了厅堂、戏台、亭台楼阁、大殿、厢房雕梁画栋、漆金涂丹、富丽堂皇，院内花木扶疏、环境清幽，甚是雅静。如今，开封唯有山陕甘会馆保存完好。遗憾的是，其他会馆都无迹可寻了。

会馆曾是地方政府的"驻京办事处"

会馆兴起于明朝，缘于永乐年间大明王朝迁都北京。商业繁盛，全国举子入京参加会试，不但各地政府需要"驻京办事处"，商贾也需要加强生意上的联络，于是会馆应运而生。会馆不仅解决了同乡官僚与商贾在京的住宿问题，还为同乡之间的团拜、祭祖、敬贤提供了活动场所。开封地处中原，历史悠久，一直是客商云集之地。明朝中后期，开封商业达到了极盛，较大的商业店铺有488家，小店铺不计其数。《如梦录》记载："大街小巷，王府乡绅牌坊，鱼鳞相次。满城街市，不可计数，势若两京。"1643年，黄河水淹没开封之后，经过短暂的恢复，到了清康熙年间，开封商业再度兴盛起来，吸引了南来北往的客商。作为中原重镇，不少来自本省及外省各地的商人、手工匠人、文人墨客常年聚集于此。随着外来客商的增多，商业贸易日益扩大，旅汴同乡会馆开始建立。从清顺治年间开始，开封商业的行会组织就出现了会馆和乡祠，不少久居开封的外省商人为了加强团结、保护自己的利益，于是就组织成帮，建立地方性的会馆。各会馆之间的商业运筹，更便于全国贸易的往来。因会馆可以保存乡土文化、凝聚同乡力量、推行宗法制度，各地在开封的商旅纷纷效仿，开封会馆如雨后春笋般兴起，形成了特有的人文景观。到清光绪年间，各地域商人在开封所建商人会馆有10余所，光绪二十四年《祥符县志》的"县城图"上面就绘有浙江会馆、福建会馆、两广会馆等10所会馆。《汴城筹防备览》记载的还有江苏乡祠、湖广会馆等，另外，还有炉食会馆、盐梅会馆和五圣会馆等专业会馆。如此众多的会馆在开封当年都是"高层建筑"，它们飞檐翘角、气宇轩昂，点缀在开封的寻常街巷里，豪华壮观。

《中国会馆史》将会馆分为官绅试子会馆、工商会馆和移民会馆3种。官绅试子会馆，也叫科举会馆、试馆。河南贡院早在1659年就在明代周王府旧址修建，拥有号舍5000多间，1731年，院址迁往开封城东北隅的上方寺内，号舍增至11866间。乡试、会试都在贡院举行，各地人们为了帮助家乡学子谋求入仕，不惜采取官捐、商捐等方式来建立会馆，为本籍应试子弟提供尽量周全的服务。工商业者为维护自身的利益，协调工商业务或互相联络感情，以应付同行竞争，排除异己，需要经常集会、议事、宴饮，就有了工商会馆。至今开封仍有街道名字叫"老会馆街"。康熙年间，开封当时的商业以农产品、布匹及日用货品为主，大多由山西客商掌控。山西旅汴的客商，遂集资建起一处山西旅汴同乡会馆，简称山西会馆。这座会馆是山陕甘会馆的前身，也是河南境内第一家商业会馆。移民会馆则是由于语言习俗等的差异，刚到一个陌生之地的移民群体与土著及其他省的移民间存在较大的隔阂，缺乏认同感和信任感，使得移民内部需要有一种内聚的集体组织，互相帮助，共御外来势力。会馆不但是他们的精神寄托，也是他们的组织管理机构，甚至起到一级地方政权基层组织的作用。

会馆曾是乡愁集结地

《开封市志》记载："据开封市公安局社团登记档案查考，新中国成立初期，省外的有山陕甘、福建、浙江、江苏、安徽、冀宁、两广、两湖、山东、云贵川和江西11座同乡会馆。"省内会馆有覃怀、汜水、陈州和淅川等会馆。省级会馆中，一省一馆者6个，即福建、江西、江苏、浙江、安徽、山东会馆；两省联办的两个，即两广、两湖会馆；三省联办的两个，即山陕甘、云贵川会馆；四省联办的1个，即冀宁会馆（原直奉会馆）。河南省内旅汴同乡会馆和同乡会48个，全省在汴设有同乡会组织的共63个县，最早的是建于1812年的覃怀会馆，其次是建于1905年的汜水会馆。1946年，外地人在开封建立的会馆达63所。当年会馆星罗棋布于市内50多条街巷及城垣四郊。这些会馆，宗旨大致相同，然而又各具特色。

山陕甘会馆照壁

　　浙江会馆建于1778年，馆址设于财政厅东街路北54号，创建人为浙江人何恭惠、章继辉。初为乡祠性质，办理一些施药舍棺等慈善事宜。后因浙籍客商旅汴者渐渐多了起来，捐款不断增多，除重修扩建原址外，又先后购房4处，房屋增至169间，置土地120余亩，会员亦增至230余人，会务甚为发达。光绪年间，浙江人廉晋省集资在会馆前院加盖群楼罩棚、戏台，并扩充西院房舍一所。1931年，更名为浙江旅汴同乡会。该会会章规定其宗旨为：敦睦乡谊，抚恤孤寡贫困，帮助同乡子弟求学等。旅汴同乡年满16岁以上者，不分性别、职业，便有资格入会。会长任期1年，每年3月1日召开会员大会选举。该会馆曾办有旅汴同乡义务小学一所。

　　山陕甘会馆最早为山西会馆，乾隆年间，山西和陕西商人看中了徐府街的有利地段，联合集资在明开国元勋徐达后裔府旧址上新建山陕会馆。据1812年《山陕会馆晋蒲双厘头碑记》记载，会馆初建时，"接檐香亭五间，旁构两庑，前起歌楼，外设大门，庙貌赫奕，规模闳敞。每逢圣诞，山陕商民奉祭惟谨"。晋商把同乡关羽视为"武财神"，因而每逢关帝圣君的祭日及重大节日、买卖开业时都要在会馆唱戏。《歧路灯》多次提到山陕会馆的唱戏盛况。后经多次修葺，日臻完善。道光十八年重修牌坊，之后东西两庑各扩至8间建成钟楼、鼓楼各一座；同治三年重修后道院。后来甘肃旅汴商人加入，会馆易名为山陕甘会馆。光绪二十八年三省商人在大殿后增建了一座春秋楼，可惜未能保存下来。

1940年，国共特工曾经联手在这里上演了一幕"图穷匕见"的大戏，于5月17日成功刺杀了日本侵华特务机关的重要人物"华北五省特务机关长"吉川贞佐少将和数名日军头目。华北五省特务机关是日本华北方面军重要的特务指挥机关，严重威胁着华北抗日组织的生存。为保全党组织免遭破坏，中共河南地方党组织经过再三考虑，决定与国民党河南地区军统组织联手除掉特务头子吉川这个恶魔。军统站长很快认可了联手刺杀计划，并指令牛子龙尽快与中共方面联系，物色到吴秉一实施刺杀行动。在此次刺杀行动中毙命的日军高官除吉川贞佐外，还有日军驻开封部队参谋长山本大佐、日军视察团团长瑞田中佐等，汉奸陈凯因事外出侥幸保住了性命。吉川贞佐是日军在中原战场被中国军民击毙的首个将官。吉川贞佐在山陕甘会馆内被击毙身亡这一事件，震动了当时日本国内和日军上层。此事经开封一家媒体刊发后，世界上有7个国家的报纸相继刊登了这条新闻。吴秉一等被誉为"大无畏民族英雄"。

山东会馆创建于清同治年间，坐落于省府后街44号，并在袁宅街设立分馆。山东会馆主要接待山东来汴官员，"凡鲁籍来豫谋求或候补官职者，均

山陕甘会馆鸡爪牌坊

须有同乡会或同乡会员具保"。作为交换条件，每得官职者照例捐钱财若干给会馆，这是其主要经济来源。山东会馆有房产5处，有"齐鲁公园"占地78亩。河南辛亥革命起义的时候，曾在山东会馆设司令部，统一领导起义。

冀宁会馆，为河北、辽宁、吉林、黑龙江四省旅汴同乡会馆，成立于清道光年间，位于自由路北侧，原名八旗会馆，又称直奉会馆。1934年馆址因被占用，暂移复兴南街，同年正式定名为冀宁会馆，宗旨为：联络四省同乡感情，增进友谊，协谋桑梓，养成互助精神。1936年，该会馆一分为二，一为河北同乡会，一为东北同乡会。

福建会馆于乾隆年间由林义兴、谢开泰发起创建，馆址在理事厅街50号。会员人数多的时候有400户，新中国成立前，会馆房舍由私立养正中学租赁。两广会馆在学院门，是广东和广西两省的同乡会馆，建于道光年间，曾用过广东会所、广东花园等名字。1877年，始定名为两广会馆。会员、会首均系商人，多经营药材。

两湖会馆在北门大街33号，建于咸丰年间，系湖南、湖北同乡会所建。1952年，两湖会馆馆址并入北门大街小学校址。安徽会馆，在双龙巷路北86号，建于道光年间。

云贵川会馆为云南、贵州、四川三省旅汴同乡共属，坐落于大袁坑沿街，1878年由云南籍旅汴人士赵金波创建。江苏会馆在成功街，1830年由道台邹鸣笛鹤捐产创办，抗日战争时期为铁路部门占用，一直当作仓库，新中国成立后为铁路中学。

会馆是异乡人的精神家园

除了省级会馆之外，开封还有省内区域性会馆。

覃怀会馆（又称怀庆会馆）坐落于文庙街15号（今18号），由清朝怀庆府属八县（温县、孟县、沁阳、济源、武陟、修武、阳武、原武）旅汴同乡捐资创建，主要为同乡企划工商业、谋事求职、办理婚丧事宜，敬有灾神、大王、火神及财神等。道光年间先后3次共买房78间、义地71.8亩，会员有6000人，理监事多为富商巨贾。1892年，由药商同仁中、同仁福捐资修大殿一座，陪廊各两檩。1924年，又增修大楼一座，中建戏台。新中国成立前后，该馆址为开封制药厂使用。

汜水会馆位于开封市南京巷东侧的一个胡同里。汜水是今天的荥阳，那时还是一个小县城，但是汜水商人却在省城为出门在外的乡人造了一座家园。当年的汜水商人，虽无晋商们财大气粗，但是在凝聚乡情、汇集乡音、帮扶乡党方面作用是一样。汜水商人，清末民初时期已经在省城开封崭露头角，仅在开封城内从事商业经营的就有两千多人。清末，陇海铁路开通之后，西抵洛陕，东至郑汴，交通十分便利，贩夫行商，络绎不绝。而省城开封则是经常汇聚之地，汜水子弟也开始集结开封参加科举考试。当时其他省会会馆林立，河南省仅仅覃怀会馆一座，没有汜水会馆。而商人、学子越来越多，居无定所，缺乏组织，造成很多不便。于是，汜水商人马云衢、曹润泉等发起募捐，计划修建会馆一座。经过筹备，集资在南京巷东侧的茅胡同购买地皮3亩多，选取吉日动工修建会馆。汜水会馆经过十余年的营建，建成一座完整的四合院建筑，大门高大、影壁砖雕精美，正院瓦房12间，后院瓦房50间，有东西厢房，硬山灰瓦顶，出抱厦。现存的两座房子都是面阔三间，进深二间，硬山灰筒瓦顶。自建成以来，汜水会馆成了汜水工商士农的大本营和驻汴办

汜水会馆遗存的近代建筑

事处，来省城办理公事的公务员或者来开封求学读书的学子经常小住会馆。每逢佳节，这里还要举办盛大的宴会，那些漂泊在异乡的汜水人，在茅胡同有了一个温馨的家。寓汴的汜水人深感在异乡生活的艰辛，因而，把兴办公共福利事业，救济贫困，作为自己的一项义务。汜水会馆促进了汜水商人的商业发展，民国时期，开封南北书店街的书简业，几乎全部是由汜水人经营，书店街一时竟有"小汜水"之称。

笔者去年收到学者宋致新寄来一张20世纪50年代初的老照片，照片上是河南省文联的青年作家南丁与李蕤三个孩子在汜水会馆的合影，背景中汜水会馆的月亮门清晰可见。今年在杞县蔡文姬文学奖颁奖仪式上遇见南丁老先生，我顺便问起此事，他说记得记得。当时汜水会馆的一部分是省文联的宿舍，就在那个院子，居住着文学界的重量级人物：苏金伞、徐玉诺、塞风、周原、青勃等人。汜水会馆见证了建国初期河南文学的繁盛，那些文学前辈在会馆留下了生活的足迹，写下了优美的篇章。后来这里改成了黄河委员会的家属院，加盖的房子犬牙交错，再也没有了昔日四合院的华美和灿烂的桃花了。开封现存的会馆之中，山陕甘会馆成了"重点保护文物"，而汜水会馆却相形见绌，已经衰败不堪，屋檐的木雕在诉说着昔日的辉煌，小院的石榴树和柿子树依然生机勃发，而斑驳的墙壁不断被岁月风化，就像时间幻化的沙。风流总被雨打风吹去，沧桑过眼、悲欣交集，院中的百年椿树落叶已尽，树枝如蟠，伸展在湛蓝的天空下，仿佛一张油画，笼罩这静静如水样的时光……

无处安放的乡愁

会馆的宗旨是为联络乡谊以及救济同乡人。1938年，开封沦陷，各会馆事务大多停顿。1945年抗战胜利后，各地同乡会曾谋恢复和改组，因连年战火、民不聊生，加之各会馆房舍年久失修，经费拮据，想振兴已经很难了。开封解放后，经过土地改革，社团登记，房产改革，会馆房屋、土地少数变卖，多数归公，同乡会组织亦自行瓦解，会馆原来建筑十不存一。

在古城的小巷深处，那些曾经繁华的老会馆，宛如遗落在岁月河边的珍珠，虽布满灰尘却依旧熠熠闪光，时间未能掩饰当年的热闹和兴盛。漫步其中，有时不敢相信自己的眼睛，无论如何无法将史实与现实衔接或者重合。那些老会馆遗址曾经的繁华与今日的落寞形成了鲜明对比，旧影难觅一度使人伤感，唯有史志中字里行间的映象才可以慰藉我们零乱的思绪、忧伤的心灵以及失魂落魄的面孔，没有"会馆"，我们都成了真正的漂泊在外的异乡人，一直奔波，是过客，不是归人……

老街巷：近在咫尺的时光隧道

从启封故城到名城开封，从黄沙掩埋到杨柳葱葱，从古国文明到文治武功，从边塞号角到梦幻东京……多年来，我一直固执地认为，开封的厚重文化的代表不仅仅是龙亭、铁塔，开封真正的文化在市井之中，在纵横交错、棋盘般的老街巷之中。无论是《清明上河图》中描绘的市井生活，还是北宋以来，中原文明的起起落落，黄河的层层淤泥堆积，潜藏的文明滋养了皇城根儿下开封人的个性。那些曾经被战火抑或黄水摧毁的街巷，在废墟之上一次次被刷新。寂寞斜阳，寻常巷陌，城池变幻的只是大王旗，而永远遗存的

徐府坑街南侧的清代建筑

是在老地方重新垦殖和营建。从《东京梦华录》到《如梦录》，那些千年以来的街巷名字一如开封的名字一样，穿越千年，行不改名、坐不改姓。一条街道，贯穿帝都南北，一千年过去了，依然还在中轴线上。一个胡同，经历风雨和岁月嬗变后，依然逶迤老城，不曾离去。余秋雨说，开封"像一位已不显赫的贵族，眉眼间仍然器宇非凡。"而我却认为，这些老街巷，就像这位贵族身上的环佩抑或珠宝，尘土掩饰不住熠熠生辉的灵光，在现代化的进程中，唯有开封的这些老街巷，是重新唤醒古都气韵和重新召来街市繁荣的现实载体。

开封的"七角八巷"

开封作为国务院公布的首批的历史文化名城之一，保存了较为完整的老街巷。开封城的街巷以北宋时代最为著名，《东京梦华录》中把街与巷并称，书中目录"卷第二"中有"御街"、"朱雀门外街巷"、"东角楼街巷"、"潘楼东街巷"。《卷第三》中有"大内前州桥东街巷"、"寺东门街巷"。北宋由于坊市分离，所以街巷间充满着浓厚的商业气氛，人们的日常生活热闹非凡。开封最繁华的宋都御街、马道街、鼓楼街以及书店街，无论历史还是现在，都是最具有地方特色的街巷。开封人喜欢把街道小巷叫作"胡同"，开封素有"七角八巷"和"七十二胡同"之说。七角分别是指吴胜角、行宫角、丁角、都宅角、崔角、府东角、府西角。七角的名称虽沿用至今，但其中有两个名称已经有所改变。丁角，明代称丁家角，清初改称丁家桥，光绪年间改称丁角街。吴胜角，明代因街北端路西有五圣祠，称五圣角，清康熙年间更名吴胜角，新中国成立后复称吴胜角街。八巷包含有双龙巷、贤人巷、南京巷、前保定巷、后保定巷、金奎巷、聚奎巷、慈悲巷、第四巷。其中第四巷有所更改。第四巷宋代称第四甜水巷，明代称第四巷，清代称前第四巷。民国时曾称和平巷、中第四巷，是开封城内妓院的集中地。1951年，市人民政府一举关闭了全市妓院，组织被压迫妇女参加生产劳动，走向了自力更生的光明道路。此街改名生产中街。

胡同街巷承载丰富多彩的历史文化

随着时代的变迁，开封旧城不断改造，道路不断拓宽，部分胡同已经是旧貌换新颜，有的甚至已经消失。据《开封风物大观》一书记载：清末开封城有胡同54个，民国年间城厢有所扩大，至20世纪40年代胡同增至78个。新中国成立后旧城街道不断得到改造，至1983年仍有胡同62个，至1990年，城区共有胡同75个。到1999年骤减为52个，如今，又是过去了十多年，只会更加减少了吧。

除了因为城市建设步伐的加快和房地产的开发导致街巷不断减少之外，开封城内的街巷格局多年来变化不大，基本是东西和南北走向，构成棋盘型的城市格局。开封老城区的街巷名称的由来，有多种类型，蕴涵丰富多彩的地方文化。

一些街巷以历史传说命名。以街巷为背景的传说大多由历史典故或者历史现象而引起，由一定史实而引发，尽管有些传说无法考证，但是街巷传说具有很强的历史性。如游梁祠街的传说，讲述了公元前319年孟子拜会梁惠王的这一段历史（《孟子见梁惠王》）。那一年，梁惠王迁都大梁之后标榜招贤，孟轲闻讯后来到大梁。梁惠王亲自接待了孟子，王曰："叟，不远千里而来，亦将有以利吾国乎？"孟子答："王何必曰利？亦有仁义而已矣！"孟轲以仁义之道游说梁惠王，但梁惠王没有采纳其主张。至今仍有两通清代重修游梁祠的古碑印证着这一历史传说。

双龙巷的传说是关于宋太祖赵匡胤和宋太宗赵光义的故事。双龙巷，相传有两说法：一是宋太祖赵匡胤和宋太宗赵光义曾在此居住，因古代皇帝为真龙天子，故名；另一说法是相传该街有座龙王庙，街两端有两口井，出现两条龙，东青龙，西火龙，故名双龙巷。卧龙街，据民间传说：赵匡胤陈桥兵变后，微服回东京看望家属，被周兵认出受到追捕，赵匡胤逃入一座玄帝庙中，因追兵逼近，避入神龛藏在神像身后。追兵进庙见神像四周蛛网密布，以为赵匡胤已逃往别处就出庙分头追寻，才使赵匡胤躲过一劫。

有的街巷以历史遗迹命名。其中仅以祠庙寺观命名的街道就有30多条，如无量庵街、三元街、捲棚庙街、无梁庙街、城隍庙后街等等。如文庙街原是清顺治年间知府朱之瑶修建的左庙右学，开始的时候，这条街因在布政使司后面，称为司后街，后来在这条街建开封府孔庙，改称为"文庙街"。如旗纛街最初为唐代建立的太公庙，宋代在此建立武庙来祭祀姜尚及历代名将，称武庙街，到了清代更名为旗纛庙，来纪念在战场上手握军旗的将士；大武庙后街，清代街南部有关帝庙，供奉关羽和岳飞，俗称大武庙。因街在大武庙后边，而得名。孝严寺街，相传，明代街南侧有孝严寺（北宋时为纪念杨继业而建），所以该街采用了寺名。

还有以过去的建置命名的街巷：北道门街、里城大院、辇子街、东华门、家庙街、开封县街、八府仓街、省府后街、御街、大兴街、前营门街。例如，北道门街相关的是北道，它清代开封的衙门之一，开封城当时有东司、西司、南道、北道等衙门，北道负责粮盐事务；里城大院源自于康熙年间建立的满洲城，里城是旗人的聚居地。大兴街在宋代是大晟乐府的所在地，它是当时全国音乐最高学府，金宣宗迁都开封后仍旧设置音乐机构于原址，改名为"大兴乐府"，大兴街由此而来。柯家楼街因为1920年传教士柯莱恩建了一座三层英式小楼，俗称柯家楼，后来形成了街道，以此为名。天地台街，清代街北部有风云雷雨山川坛，即大地坛。每年春、秋，供祭天地之用。民国初期

老街中的日常生活

开始形成街道，称天地坛街。

　　还有的街巷以用途命名。如馆驿街宋时为小御巷，名妓李师师居此，民间俗称师师府。该街明代为驿站，名叫大梁驿，专供传递公文的人或来往官员途中歇宿，换马的处所。民国时期改名为永康街。马道街在宋代是大相国寺的一部分，元代，开封多次遭受水灾。明代中期，大相国寺香火重新兴旺，加上当时的祥符县衙设在大相国寺西侧，大相国寺东墙外的一片荒地上，开始有不少赶脚儿的人，牵着骡马，或者赶着车在此聚集，等候雇佣。当时的牲口，特别是马匹是人们出行的主要交通工具，终日熙熙攘攘，车马不断。后来有人在这儿建房开店做生意，祥符县的马快班也驻在此地，逐渐形成街道，人们就叫它"马道街"。一直到清朝，马道街还开设骡马车行。刷绒街相传清代该街有手工作坊，木机织绒。酱醋胡同，在明代成为醋张家胡同，东通大店街，西通山货店街。清代，西口不通，称酱醋胡同。另外如柴火市街、磨盘街、油坊胡同、镟匠胡同、鱼市口街、烧鸡胡同、鹁鸽市街、磨盘街、书店街等街巷都是以用途命名的。

　　另外还有以姓氏命名的，比如高家胡同、侯家胡同、屈家胡同、王家胡同、刘家胡同等。有的街道具有时政意义，如民生街，1928年，冯玉祥将军主豫时，在该街东部建部分排房安排贫苦群众居住，取三民主义含义之一，称民生村。该街地处民生村西门外，1958年形成街道，故名。一营房街，清末时，该街西北部为河南陆军部队五十八标第一营房，民国时期仍为营房。因该街主街在营房东侧，故称第一营房街。还有一谐音命名的街巷，如豆腐营街，相传唐初女将窦桂娘统领的军队曾驻扎于此。后来她还在这里营建了府第，人称窦府。唐之后这里逐渐形成了街道，称"窦府营"言窦桂娘府第及其军营皆曾在此处。后来成了谐音"豆腐营"……

　　街巷名称具有相对稳定性，能保留较多的历史信息，保留至今的街巷名称中以宋、明、清时期为最丰富，这些名称从特定的侧面记录了社会变迁和历史映像。以现在的三民胡同为例，传说三国时期，曹操曾在这里歇马，盖了三个草亭，故有曹三亭和草三亭之说。明代时，由于街道南北两口互不对照，中部有一个很大的转弯，整条街形似一只凤凰。两头是首尾，中部大转弯就是凤凰的腹部，故最初这里叫作凤凰巷。明弘治年间巷中建一寺，名曰凤凰寺，是开封城内最早的一座清真寺。清代时废凤凰巷街名，恢复使用古"草三亭"旧名。冯玉祥将军主豫时期，改草三亭为三民胡同。虽意义全新，却仍含一个"三"字。日寇占领开封期间，"三民"遭忌，改名东光胡同。日本投降后，恢复三民胡同原名至今。万寿街因清代的时候，万寿宫前有一牌坊上书"万寿无疆"，该街在牌坊西侧，取吉祥之意，称为万寿街。

老街巷中的隐逸世界

街巷名称记录城市风物，也反映民风民情。开封的胡同多是近现代建筑，从外表上猛一看差不多，其实内在特色却各不相同。老街巷承载了古城的历史，也浓缩了古城的俗世百态。

开封目前存在的老街巷有着深远的历史渊源，以明清之际形成并命名的街道居多，有民国以来更换了名称的，也有宋代街道的踪迹。这些街道和胡同为我们提供了活化、复原的符号遗存。它们本身便是厚重和无价的历史遗产，其中蕴涵了不同的文化。笔者喜欢穿越小巷，游走巷陌。置身其中，常常不知魏晋。高大的槐树懒洋洋地屹立在路边，树荫下有三五老人或打牌或观棋或闲聊，饲养的鸟儿悬挂枝头，百灵或者画眉唱出婉转的歌声。有人抽着旱烟，有人咂嘴儿品茗，有人哼着小曲儿，有人晃着二郎腿儿。远处传来收垃圾的铜铃声，于是街坊邻居便把早已准备好的"格囊"在

仅容一人通过的一人巷

路边齐放,架子车一来便小心倒上,生怕弄脏了街巷。在老街巷,不远处就可以看到保存完好的四合院或者老门楼,寻常小院,人道名人曾住;寂寞门楼,砖雕、木雕、石雕艺术精美。

每逢节假日,常有一些画家、三五成群的摄影师或者兴致勃勃的游客在开封的老街巷寻找灵感和文化观光。小胡同的移步换景,四合院的摇曳竹影,老门楼下峥嵘的门铛,街巷悠扬的叫卖声,偶尔传来的相国寺的霜钟或者铁塔的风铃,以及汴水的秋声,都为老街巷这幅油画点缀了悦动的笔触和明亮的色彩。

寂寥房屋,曾经见证历史。曲折街巷,既有达官贵人的大宅门,也有市井百姓遮风挡雨的陋室。曲折胡同中有中共地下党的第一个联络站,历史街巷中还曾经隐藏过秘密电台。见证过刀光、剑影,见证过和谐、宁静以及寂寥、繁荣。历史街巷是繁华帝都的世外桃源,无论是遛鸟的惬意还是品茶的知足,街巷包容了历史的多难和百姓的辛酸,每天始终以新的姿态迎接喧哗和平静。一片灰瓦揭开了旧时文明,一堵城墙抵御了异族的进攻,一幅画卷呈现了市井风流,一条街巷珍藏了童年时光,一场斗鸡拉开了街巷民俗,一块青砖打开了尘封记忆,一朵菊花绽开了璀璨笑脸,一抹余晖映照了帝都从容……

西小阁街的慢时光

名人故居：一步穿越到民国

要走多少老街巷、看多少老门楼、访多少四合院，才可以把这座城市绘入心中？要喝多少碗羊肉汤、吃多少块花生糕、喝多少坛纯粮酒，才可以把乡音说得跟开封话一样亲切？要走过多少小桥、游过多少寺庙、观过多少亭台和楼阁、听过多少祥符调儿，才可以在虹桥遇到倾国倾城的李师师，看到那个经常出入烟花柳巷"凡有井水处，皆有柳永词"的柳三变，瞥见那个绘就市井风华的张择端？一个人遇见一座城，一个一个走访沧桑典雅、风流遗韵的名人故居，要吟咏多少句宋词才会把陌生的城市当成亲爱的故乡？

名人荟萃　故居风格各异

开封，名人荟萃，灿若群星。王宴春先生编写的《开封古今名人集要》一书共收录古今开封名人578名。从乐圣师旷和亚圣孟子、诗仙李白，到北宋时的宋太祖、宋徽宗、张择端、孟元老等，明清时期的于谦、史可法，再到清末民初的冯汝骙，辛亥革命时期的河南十一烈士、刘青霞，民国时期的徐世昌、张钫、冯玉祥、张登云，近代生物学奠基人秉志、作家柏杨、大实业家魏子青，以及现代建筑学家冯纪忠、历史学家白寿彝、水彩画大师李剑晨、教育家杜孟模、文博大家关百益、医学家张静吾……他们皆在开封留下了深深的足印，成了这座城市历史文化中的重要记忆。

清末至民国时期，开封作为河南省府所在地，是中原地区近代社会、经济、文化的中心。由于地处内陆，间接受到西方文化的影响，其文化领域呈现出新旧交替的特点。名人故居，顾名思义，是指名人出生或较长时间居住、生活过的住宅建筑，是名人成长和生活的见证，也是历史文化的载体。开封现存的这些名人故居当之无愧的是我们弥足珍贵的物质、人文资源，更是开封历史文化名城的重要组成部分。

开封现存名人故居20多处。经过调查核实，开封现存的名人故居主要分布在书店街、北土街、寺后街、三眼井街、洪河沿街、双龙巷、双井街、朝阳胡同、前后保定巷、省府后街、花井街、北道门街、北太平街、柴火市街、游梁祠西街、清平街、乐观街、刘家胡同、前炒米胡同、裴场公胡同。在城区南部的柯家楼街、民生街、禹王台公园也有零散分布。笔者近年来实地考察后分析，发现开封名人故居大部分集中在老城区的中心位置，而与政治有关系的名人故居则集中在政府机构附近。在考察中，笔者发现了一些名人故居有中西合璧的建筑风格，甚至完全就是西洋风格，比如陈慰儒故居和柯莱恩故居。

乐观街田家大院的建筑

小院巷走出了民国大总统

位于双龙巷的史可法故居，明末毁于水灾，后人在其基址上立"明史道邻故宅"石碑，李村人在20世纪50年代还目睹过碑文，该故居旧址现为开封市第八中学，已无遗迹可寻。

冯汝骙故居在省府后街现38号（原51号），老百姓俗称冯家大院。冯汝骙，是光绪九年（1883年）进士，历任顺庆府知府、青州府知府、甘肃按察使、陕西布政使、江西巡抚。冯汝骙故居过去是三进四合院。坐北向南，有房四五十间，砖木结构，青砖布瓦，全部清式建筑，门楼高大雄伟，两扇黑漆大门上还镶有铜饰和巨大的铜钉。冯家大院除了主宅三进院外，还附有3个小偏院。冯家大院门楼上，据说曾悬挂光绪皇帝御赐大匾，门楼内侧装有第二道大门——四扇木门，绘有吉祥图案，形如屏风。平时由屏侧出入，遇有贵客，则全部打开。冯家大院房屋构造高大壮观，前廊后厦，檐头脊顶还嵌有各式砖雕木饰，十分气派。经过几十年的风雨侵蚀及其他住家的需要，大部分房屋已改造重建。21世纪初期中院的正房尚存，但于2004年推倒另建新房，现仅存后院之东偏院北屋3间，由冯氏孙女的后人居住。冯家大院已成事实上的大杂院。

党的早期著名理论家萧楚女故居在书店街北口的一座小楼，一共两层，楼阁式建筑，坐南面北，上下共8间房屋。其青砖墙，砖封檐，小灰瓦盖顶，正脊垂脊为叠瓦式扣瓦花脊，前檐为出厦檐廊，后檐不出厦，典雅的木格门窗显示出清代建筑风格。当年，这座清式阁楼的底层3间是一家手工织布作坊。楼上是清静的居室，楼下是繁华的闹市。二楼正面有走廊和木质栏杆，垂花雕饰，红柱子，绿栏杆。1925年8月，萧楚女受共青团中央的派遣，到开封工作后就长期住在小楼上。萧楚女一踏上开封的土地，便深入到广大青年学生和工人中间。白天，他奔波于工厂、学校，进行社会调查，宣传革命道理；夜晚，他便躲进这座小楼，伏在昏暗的灯光下撰写文章。

北太平街16号是张登云故宅，已经被列入"开封市文物保护单位"名录。张登云故居格局较为完整，是中原地区典型的中型四合院（三进院），院内共建有30间房屋。门楼顶部铺有整齐的筒瓦垅，往下有墀头、砖雕，正中为两扇大木门。前院有南屋4间，东厢房2间，西厢房3间，北屋3大间。穿过"过厅"进入二进院，是明三暗五的正厅，东西厢房各3间。正厅内部仍大致保持近百年前的模样，正中的条几、方桌、太师椅以及卧室、书房的红木隔扇，仍是张登云在世时购置、使用的原物。特别是两架红木隔扇，由于其特殊的材质，至今仍色泽鲜亮如新，隔扇板上的浮雕如意、花瓶等花纹亦清晰如初。

张钫故居，现存的只有朝阳胡同19号。原来他在开封有3处故居。张钫在担任国民革命军第二十路军总指挥时驻军开封，他长期留居的开封曹门里朝阳胡同路北19号原是一座清式建筑的三进大院，青砖蓝瓦，白灰细缝，前廊后厦，有房50余间，门窗格式以及室内装饰木隔等十分考究，原为有"开封首富"之称的王慰春的房产，与乐观街田家12号、13号院房产先后售与张钫。张钫购此房时还附有一个西偏院，这是开封第三座张公馆，也是现今仍存在的唯一一处张钫故居。张钫离汴后，这里一直为开封河务系统所使用。

徐世昌故居在小纸坊街。徐世昌最初跟随祖父居住在开封双龙巷，后来搬到理事厅街居住。徐世昌11岁时，一家移居到小纸坊街。在这个街巷，他

朝阳胡同整修前的张钫故居

居住了 20 多年，直到出任朝廷命官。徐世昌发迹后曾在开封小纸坊街修建了 5 座高门大院，如今那些大院都不见了，只有一座院子还保留部分旧迹，但是门楼已经不见，三进院的布局依稀可见，一进院的东侧房屋依然显现当年的华美，房屋是典型的清代小式建筑模样。一进院的主房依然残存，上面的砖雕刀工细致、图案精美。后面的院子被很多小房子分割，但是依然掩饰不住大户人家的那种开阔和大气。

杜孟模故居在双龙巷西口，现门牌 63 号、64 号两院都曾是杜家宅院。杜孟模是著名的数学家、教育家。双龙巷 63 号院，是座并不大的一进四合院，门内东西向有一道带过道门的墙，墙以南为仆人居住，墙北院为主人居住。双龙巷 64 号东院，门楼不大，有主房北屋、西厢房和南屋，没有东屋，院内有葡萄架。现两院建筑大多已改建，仅 63 号院残破的传统式四合院门楼尚存。临街南屋虽然翻建，但梁架结构未动，大梁架在前墙上并与椽子悬出作为檐廊，这样虽看有出厦，但没有廊柱和檐柱，上部外檐尚存有木质装饰檐板。门窗为中西合璧式，装有玻璃，均为弧形砖拱旋，门上窗上都安有弧形雕纹金钱木质旋心板。该屋建筑特点可以体现清末民初开封四合院建筑风格不断变化的情况。

武玉润故居在裴场公胡同 31 号院。武玉润，字德卿，开封人，自幼聪敏过人，19 岁补博士弟子员。光绪十一年（1885 年）考中举人，光绪十五年（1889 年）中进士，后改为翰林院庶吉士，改刑部主事，补授提牢厅主事，后又升迁为浙江司郎中。在朝廷对官员考核时，其被评为一等，授山东省济南府遗缺知府、署兖州府知府、补沂州府知府。后其调任南昌府知府，再任候补道台，授资政大夫。武玉润终生廉洁奉公，身处污浊志坚不染。在刑部做官时，他秉公守法，执法公正。他忧国忧民，关心老百姓的疾苦，为百姓做了不少好事。1917 年至 1922 年，武玉润任河南省图书馆馆长。他见图书日增，旧分类法已不适应新的形势，于是设法寻求一个更恰当的编目法，最后采用"十进分类法"改编卡片目录，代替了一直使用的"四库全书总目分类法"，这使图书管理纳入新规，为河南图书事业做出了贡献。武玉润故居仅存门楼及部分正房，损毁较为严重，院落格局变化较大，已成为大杂院。

丰厚的人文遗产

开封的文化厚重感和历史沧桑感，除了铁塔、龙亭等古建筑外，还体现在这座古城中那些略显落寞、常常被人们忽略的文化古迹和人文遗产。隐身于老城胡同之中的一座座名人故居，常常让我们在不经意间与历史偶然相遇。它们孤寂一隅，却能够给我们提供精神追忆的历史空间。即使时光变迁、斯人远去，但往日的文化气息与生活特质仍可能保留在这故居的一砖一瓦之中，成为一座城市独特的文化血脉和文化基因的重要载体。以名人故居为代表的城市人文建筑，对于一座城市的重要性是绝对不可小觑的。这些有如此深厚底蕴的老房子，是开封弥足珍贵的人文遗产。

如今花井街36号院上房东屋，是马佛樵先生在开封的故居。此房为前廊后厦、推窗亮格、四梁八柱的砖木结构建筑，上为青板瓦屋面，屋内为木地板。现存故居院落的门楼已破损严重，正房基本格局保存较好。双龙巷29号院为罗章龙寓所，现院落基本格局未变，门楼保存较好，院内房屋均已改建。洪河沿街34号院东屋，为实业家魏子青故居所遗留下的老屋。魏宅大门原在鼓

陈慰儒故居

楼路北，洪河沿街的这所房屋只是魏宅后头东北角小偏院的遗留部分。白寿彝出生在第四巷白家大院，后于1932年迁居到东大寺附近的烧鸡胡同居住。双井街18号是陈慰儒故居，原有前后两处院落，后院毁于战火，现仅存前院。正房为中西合璧式建筑，明三暗五，正门为欧式风格，室内正屋为木质地板，墙上有壁炉，屋顶有两个烟囱。正房、厢房、倒座均为硬山屋顶，门窗做法别致。

开封四合院：北京四合院的祖宗

去年的一个秋日，笔者带女儿和几个小朋友一起到刘青霞故居参观，忽然下起了小雨。那天的游人稀少，孩子们在细雨中快乐玩耍，偌大的四合院伫立在繁华闹市而不闻车马喧，青砖灰瓦间飞鸟掠过。刹那间，置身其中，笔者忽生感叹，叹时光的变迁，叹流年的暗转，叹岁月的静好。想起旧时在四合院长大的孩子，他们在传统建筑群中穿梭，在诗书礼仪中成长，虽无现代文明的发达，却有那个时代的宁静。一座座四合院仿佛一部部经典线装的史书，在历经岁月长河的洗礼之后，有的册页残损，有的内容遗落，有的整

于安澜故居的石榴树

章消失……一如这些四合院的童年时光，再也回不去了。

方正朴素的开封四合院

开封四合院是中原民居的代表，据考证，历史上北京四合院就师承开封。开封四合院在民居建筑中堪称典范。北宋到明清甚至民国，在开封居住的不少达官贵人对家居环境的要求不断提高，促进了开封四合院的发展与完善。开封四合院，通常是把南向的房屋称作"正房"或"上房"，北向的房屋称作"倒座"，东西两侧的房屋称作"厢房"。其中正房供长辈居住，厢房供晚辈居住，倒座则用作客房或仆役的住室，另有耳房和小院作为厨房和杂屋等。院子的四周都有封闭式的围墙，所有门窗均朝向院子，以保持安全和宁静。大门多开在南面围墙的东部，大门内有迎面的影壁，使外人看不到院内的动静。大门和二门之间称为"前院"或"外院"，前院的南侧有一排"倒座"。四合院建筑的内院与外院空间则按照中国传统观念中的"内外有别"来处理人与社会的交往。垂花门是连同内院与外院的一道装饰精美的门，坐落在整个院落的中轴线上。垂花门以外算作外院，是用来接待客人的；垂花门以内为内院，一般不允许外人进入，也就是我国古代所谓的"宾不入中门"。垂花门内一般设有屏门，起到遮挡视线的作用，除非家中有红白喜事，一般屏门是不能打开的。在有抄手游廊的四合院中，垂花门与抄手游廊相连接，通过抄手游廊可以进入内院的各个房间。

开封传统民居建筑的基本形象可以概括为方正朴素、厚实稳重、端庄高大、明快有力。不管是一层民宅的轻快平缓还是两层楼房的高大伟岸，造型都能简洁、明朗，屋顶和屋脊曲率适中，出檐厚重、深远，立面外实而内虚，设计简洁、朴实。建筑风格不似南方的轻盈、精细，也不似北方的封闭、凝重，开封的传统民居是对北雄和南秀的兼收和融合。不管是独院（一进院）还是二进院、三进院，无论朝向如何，均以主房为中轴线，左右对称、配合均匀、布局严谨、主次分明、错落有序。

近代建筑的典范

四合院作为一个家族生活聚居的环境，用四面的房屋围合出一个有别于外部环境的独特空间，按照中国"尊卑有序"的传统伦理观念，各家庭成员分别居住在构成院落空间的正房、东西厢房中，一家老小围绕四合院的内院空间生活聚居、和谐共处。遗憾的是，清末民初时期的开封四合院大部分已遭破坏，保存比较完整的不多，根据笔者近年来的民间考察，保存比较完好的是许家老宅、刘家宅院、田家大院以及张登云故居等。整体而言，这些四合院无论是从高度还是开间、进深等标准来讲，都是主房高于大于配房，主院高于前院。其大门大多不在中轴线上，而是在左侧配房山头处，往往以配房山头作照壁装饰。从建筑形式上看，均为清代小式建筑，青板瓦或者筒瓦屋面，正脊垂脊多为叠瓦式扣瓦花脊，多无吻兽或仙人小兽饰件。其前檐多为出厦檐廊，后檐不出厦，青砖墙，砖封檐，两山多作硬山，主房多作廊心墙，结构上大部以土木结构为主。

许家老宅位于后保定巷6号，为开封商人许正源在1936年所建，现在只

中西合璧的陈慰儒故居建筑

余中院和前院，现有建筑除部分屋前建有厨棚及二门过厅已拆除外，其他均保持完好。其建筑构造受西方建筑影响，除主房外，均无外檐装修，窗为带有亮子的双扇玻璃平开窗，门为带亮子的双扇玻璃门扇，其门窗均为弧形雕砖花牙砖拱旋，门上窗上均安有弧形木质雕纹金钱旋心板，整个门窗改变了过去槛窗格扇门的构造形式，其室内装修为一般木隔断、砖铺地坪、芦席天棚，仅上房明间为水磨方砖地坪，内间为木地板，所有油饰一律为棕色，整个建筑显得朴实无华。因其墙壁已作承重作用，不再设檐柱，除主屋三间外，均无前廊。三间主房两山各加一耳房，中间三间有出厦前廊，有前檐柱、前檐及廊心墙，两侧的耳房则无前廊……其正脊为叠瓦花脊，其垂脊为叠砖扣瓦脊，两山有墀头外，其他各房均为前后砖封檐。后保定巷6号院的构造形式，代表了1930年后一个时期开封中下等级民居的建筑构造形式，开封不少民房按此形式建造，因而具有一定的代表性。

乐观街45号院为田家宅院，建于1924年，原为三进院，中院为主宅。其后院原为杂物院，新中国成立后已改造成为工厂，现只存两院。田家宅院中院正屋保存相对完好，得益于田家后人非常强的保护意识。其整个建筑布局为坐北朝南，现存的后院主屋有房三间，东西配房各四间，中有客厅三间，客厅东侧有厨房三间，前院无东西配房。所有建筑采用清代小式民宅建筑格式，均带有前廊出厦，主房建筑土木结构，内外装修，非常精美讲究，主房明为三间，实为六间，有前屋三间，后有套房三间，中设楼梯。整个屋面为青板瓦屋面，正脊为叠瓦花脊，垂脊为叠砖扣瓦脊，两山为七层方砖博风封檐，前檐为挂板墀头，主屋两山头用水磨方砖砌成廊心墙，上书"纳福"、"迎祥"四字，使廊壁更加生辉。在外檐装修方面更为精美讲究，檐枋之上挑出深远的方椽飞檐，檐枋与板材之间装以雕花荷叶墩，下挂垂花柱与花牙板。垂花柱与花牙板均系透雕，雕刻得玲珑剔透、线条精细、栩栩如生。在室内装修方面，明间设一客堂，正面为六扇屏风玻璃隔断，并装以菱角金钱花框，两侧有四扇玻璃木隔扇一道，所有格扇下部的上下涤环板及群板，均雕饰精美的图案花纹，整个门窗格扇内外装修不仅做得精美细腻、光泽照人，而且非常牢固，从建成至今，虽已90余年，未发现有变形裂纹、脱漆龟裂等现象发生，

大坑沿街四合院的一座二层小楼

依然完好如初,这也证明了当时建筑工人技术之精湛。

清末,尉氏县富豪刘耀德之父在开封市内购置土地,于1880年建造大宅院。整个大院的建筑物沿中轴左右对称而又层次分明,体现出中国传统民居建筑风格。刘家宅院为典型的三进四合院格局,整座院落左右对称、层次分明,从前院向后院的屋檐和屋脊逐步高升,错落有致。整座院落除了沿着中轴线可到上房之外,在东侧还有一条贯穿南北的通道,可达二进院和三进院,而且可以直达后花园。刘家宅院所有的房屋都是小式建筑,承重结构为木柱、梁、檩条和椽子组成的框架。三进院堂屋与中厅都有前后檐柱,所有房屋都设有前廊,每个院落通过前廊相通,这就是"出厦风雨廊",其妙处在于"如遇雨雪可不用雨具"。走近细看,房屋的墀头、檐板、鸱吻和砖雕等饰件精美绝伦。这里所有的房屋均为小式建筑、硬山瓦顶,朴素大方、雅而不俗。整座建筑群房屋为砖木结构、青板瓦屋面,正脊为叠瓦花脊,配房为小花脊,脊头有吻兽,左右两山为硬山封顶。后墙为青砖风檐,并装饰有精美的砖雕、荷叶墩以及椽头飞子、勾头滴水檐。客厅的东侧有一道门,装有垂花门楼、垂花柱、垂花楣子以及各种透雕花心板,两山安有木博风。在西院,整个建筑大门以里东侧有一纵贯南北的通道,因此,不但一进大门向西进前院,沿中轴线各门直通中院及后院,而且可以一进大门向东进入南北通道,通过侧门进入东院的中院或后院或者直达后花园,布局合理、交通便利。其东院的前院客厅东侧有二门一座,系通道门,装有垂花门楼、套花柱,色彩鲜艳、雕刻精致,两山安有木博风,整个门楼小巧玲珑。所有油饰基本上是黑棕两色为主,只有少数花牙相子饰以彩色,和青砖灰瓦浑然一体,显得古朴大方,体现小式建筑的特色。

刘青霞故宅东西两个四合院中间的通道

刘青霞故宅的大门

四合院中的慢时光

在开封还有一些典型的四合院。朝阳胡同19号张钫故居原是一座清式三进大院，青砖蓝瓦、白灰细缝、前廊后厦，有房50余间，门窗格式以及室内装饰木隔等十分考究。北太平街16号张登云故居前院已经改建，仅存后进院的北屋和厢房，原来是座三进院，大小房屋30间。正厅内东、西各尚存着珍贵的红木带双门隔扇。如今，小纸坊街、双龙巷仍有不少四合院。

四合院的装修、雕饰、彩绘也处处体现着民俗民风和传统文化，如以蝙蝠、寿字组成的图案寓意"福寿双全"，以花瓶内安插月季花的图案寓意"四季平安"。四合院中的宅门、垂花门和格窗多饰以木雕。能工巧匠将门的木料雕刻成蜿蜒盘绕的花卉植物以及龙、象等瑞兽头形，使原本呆板笨重的材料显得生动并富有活力。

四合院建筑墙体的砖雕、门窗局部构件的石雕和木雕、庭院铺地的图案等元素都经过颇具匠心的深入雕琢。例如柱体和房檐之间设置的雀替，其功能是扩大柱体支撑面，有利于分散对屋檐的支撑力，从而减弱柱体的受力程度。就是在这小小的部件上，工匠们精心雕刻出了如藤蔓、云彩、几何纹样等丰富的图案，点缀醒目，和柱体以及廊道形成一种节奏美感。

曾几何时，开封城街巷里的叫卖声回旋悠长。清晨，遛鸟的老先生衣摆随风飘荡，街坊邻居或抽着旱烟，或咂嘴儿品茗，无论是哼着小曲儿，还是晃着二郎腿儿坐着摇椅闲话家常，城市现代化的进程打碎了悠闲的梦，越来越少的四合院记载着这座城市的曾经。重回四合院里吃饭、喝茶、生活，仿佛成了现代人的一个终极梦想。保护四合院的意义不仅仅是保护一幢旧房，而是保护一种优秀的文化传统。如果这些活生生的历史见证消失了，那么我们就无法如此真切地体会到，我们的先辈曾经如何在这静谧的环境中生活了。

书店街：穿越千年　历久弥新

开封书店街是一条与日本东京神田书街齐名的古街。书店街 200 多家商户中经营图书和棋、琴、书、画等文化用品的就有 120 多家。走进书店街，宛如步入千年梦华的古老书院。书店街多为两层阁楼式建筑，飞檐挑角，青砖白缝，店铺门窗栏杆上都有造型别致的木雕。雕花门窗，精巧华丽；横额牌匾，拙朴凝重；坡顶花脊，古朴典雅；部分建筑中西合璧，精巧别致。全国没有一条街像书店街一样，既有浓郁厚重的文化气息，又有悠闲雅致的古老韵味，就像时光酿制的一坛琼浆，墨香中尽显儒雅。

书业千秋　历久弥香

书店街距今有近千年历史。可追溯至北宋时期，那时称为高头街，与大宋皇宫毗邻，自然热闹非凡，是东京城里最繁华的街市。明代，称为大店街。《如梦录》在《街市纪》《形势纪》中曾数次提及，大店街多经营文房四宝。到了清代乾隆年间，开封为中原文化重镇，文化产业极为兴盛，这条街因许多店铺经营书籍字画、文房四宝而闻名，书店鳞次栉比，碑帖字画充盈市面。"书店街"这个墨香飘逸的名字就开始传开了。光绪年间把书店街分为两段，成为南书店街和北书店街，清代光绪《祥符县志》卷九《建置》中记载："宋门街在县治东第二隅：宋门大街……南书店街。"清人李于潢在《汴宋竹枝词·东京书肆》诗云："鬻书多在殿门前，板照杭州着意镌。文秀采豪潘谷墨，姚家五色砑光笺。"生动地描绘了书店街繁华的情景。

著名书局　开封设店

进入20世纪，当时的省城开封开办了新式学堂，新式文具开始广泛应用。于是，两合书店、大东书店等以书店冠名的商铺正式出现，振华阁文具店和钢笔大王"义聚馗"等相继在书店街闪亮登场。当时的名店就有振兴

书店街遍布书店

隆、德五祥、凤麟阁、博雅斋、环文阁、梁苑锦南纸庄等十几家。全国有名的印书馆也竞相来此开设分店。1906年7月，商务印书馆应河南省政府邀请在开封建立分馆，当时因为在书店街找不到门面，最后只好在东大街路北开张。中华书局开封分局建于1913年，地址在南书店街酱醋胡同附近，1935年迁至北书店街路东营业，一年后又迁至南书店街路东现79号新华书店少儿门市部。广益书局开封分局建于1919年，店址在北书店街路西，当时三间平房、玻璃门面，后因拓宽街道，改建为两层楼房。河南书店于1925年在中国共产党领导下创建，地址在南书店街23号，该书店出版发行的进步刊物《中州评论》，推动了马克思主义的传播。开封予郁书店是上海世界书局特邀经销所，1936年撤销后合并成上海世界书局开封分局，地址在北书店街路东，现在为开封市新华书店购书中心。北新书局开封分局1946年由潢川迁来，在南书店街北口路东营业，主要经营上海总局出版发

行的各类图书以及中小学教科书，有鲁迅的《彷徨》《呐喊》等，《新活页文选》发行量也较大。

在20世纪30年代，书店街已经誉满全国，成为中原著名的文化一条街。两边书店密布，一家接连一家，有开明书店、大东书局、百城书馆、龙文书局、儿童书店等。抗日战争以前，沿街还有许多经营古旧书籍、文房四宝、金石字画、碑帖拓片、装裱治印等专业性店铺。

百年商号　散落其间

书店街不但书香弥漫，而且老字号商铺随处可见，如邱文成笔庄、鲍乾元笔墨店、晋阳豫、包耀记、信昌银号、王开照相馆、五美德酱菜园等，每一家老字号都有着厚重的文化历史。

鲍乾元为开封生产毛笔的著名老字号，生产的毛笔享有盛誉，狼毫、羊毫毛笔种类繁多，在众多的产品中，以尖齐头圆、开峰齐正、能软能硬、书写流利的元字笔最为有名。酱肉名店陆稿荐坐落在南书店街南头路东，三开间二层小楼，古朴典雅，门楣上悬黑棋金字招牌。陆稿荐起源于苏州，清末来汴，数易其址，新中国成立后才迁于现址。包耀记，创始人包耀庭，祖籍

书店街文房四宝商店

南京。清同治年间，他只身来到开封，以扛篮卖笔为生。以后又经营古玩、绸缎。发迹后，遂于南书店街路东（现址）购买房屋，筹建包耀记南货庄。晋阳豫，创始人为苏州人唐禹平，咸丰三年（1853）为避战争，他携大量南方名贵货物，跑到山西晋城落脚经商，生意做大后来到开封徐府街落脚，并取名晋阳禹南货庄。光绪年间，唐禹平年老体衰，思乡心切，将晋阳禹盘给火神庙后街的王慰春。王慰春将晋阳禹的"禹"改为"豫"。1938年，租南书店街路东冯姓门面五间，粉刷整修，请上海书法家唐驼题"晋阳豫"金字匾，并增设糕点、时令鲜果。

整修街区　打造名片

1986年，以保持街道尺度与建筑原貌、退住为商的原则，市政府对书店街进行了修缮。当时按清末民初小式建筑形式进行修复，间隔保留少量民国初期的建筑。南书店街入口东南角一家文具店改建为民国初期形式，绿琉璃瓦顶、灰墙面装修（现已拆除）。西南角一家三层饺子馆（即鼓楼饺子馆，复建鼓楼后拆除）采用清末小式建筑，灰瓦顶、木格栅装修。北书店街入口则改造为对称的二层转角楼，配以群水版，饰以龙凤雕花，以其华丽引人注目。

古色古香的书店街

在书店街的小胡同口增设了风格各异的垂花门，增加了街道的连续性。这次大规模改造，奠定了书店街目前的整体面貌。特别是一些民国建筑，保留了部分原有的高墙垛装有叠瓦花格或水泥雕花图案的店铺，并使用现代建筑材料仿制恢复了当时颇具特色的商业广告雕塑，在乐器店上面制作了金童玉笛，在晋阳豫上面制作了老寿星雕塑。

2011年书店街作为重大文化产业项目、旧城改造重点项目和重大民生项目，于7月至10月进行街景整治。目前，书店街已经成为集旅游、休闲、购物为一体，展示开封悠久历史、灿烂文化、城市个性特征的特色历史文化街区，成为展示古城开封亮丽形象的城市名片。

老戏楼：你方唱罢他登场

山陕甘会馆有一戏楼，造型典雅，十分华美，其雕花贴金、粉墨画彩、雕梁画栋，令人满目生辉。上面的木雕采用透雕手法，花鸟图案玲珑剔透、精致典雅，与会馆整体雕刻十分协调。我一直暗想，这座戏楼当年曾有多少生旦净末丑登上过，在丝竹管弦中演绎几多人间戏剧。

戏楼曾经专为关羽唱大戏

这座戏楼面朝北方，因为北面就是关羽的大殿。清代时，每至关帝圣君的忌日，即每年农历正月十三（接武财神）、五月十三（关帝生辰）、九月十三（祭关帝日）都会在此演关公戏。在《歧路灯》里，主人公谭绍闻就是山陕庙的常客。该书第四十九回里就有详尽描述：谭绍闻听见锣鼓喧天是哪里唱戏？表弟王隆吉说山陕庙。是油房曹相公还愿哩。而且是苏州来的班子。到了庙门。谭绍闻听的鼓板吹弹，便说道："这牌子是《集贤宾》。"进了庙院，更比瘟神庙演戏热闹，院落也宽敞，戏台也高耸。不说男人看戏的多，只甬路东边女人，也抵住瘟神庙一院子人了……

除了山陕商人请戏班子来唱戏外，地方乡绅祝寿、还愿等也在此"请戏"。

孙菊仙、汪笑侬曾在此演出

　　山陕甘会馆的戏楼随着会馆的创建就已经诞生，可惜的是山陕甘会馆原来的戏楼于1958年拆毁，现在的戏楼原是东火神庙戏楼，于1986年移迁于此。东火神庙位于曹门里，现为财政厅东街小学校址。原来里面戏楼曾是开封城内较早的戏剧演出场所。当年的戏楼坐南朝北，砖木结构、明清阁楼式建筑，歇山斗拱，飞檐翘角，面阔三间，台高约两米、深8米，上下两层，青砖铺地，步瓦盖顶。内设包厢、茶楼、池座及边座，戏后台两边有台阶，高约两米，后通化妆室。

　　开封戏剧十分繁盛。据《清稗类钞》记载："开封地处中原，财丰物阜。同、光之际，歌咏升平。以论戏剧，本处优等地位……故就当时之统计，开封戏剧之盛，位置实为第三……时戏剧古风未泯、昆黄并重、凡籍隶梨园者，兼必亦通昆曲，此盖开封戏剧之极盛时代也。"东火神庙戏楼多演京剧，1911年孙菊仙曾在此演唱《九龙山》，1915年12月4日汪笑侬应邀到开封东火神庙同义班演唱。梆子戏也不断在东火神庙演出。"贯台王"王致安不顾家人反对，潜心学艺，3年出科后，到东火神庙戏楼演出《秦琼打擂》，一炮打响。1925年，东火神庙建立新型的永安舞台。义成班以此为阵地，逐步形成了一套适应城市演出的管理制度。阎立品，著名豫剧表演艺术家，10岁时到开封东火神庙入永安舞台师从杨金玉等人学艺，擅长旦角。马双枝，8岁开始学唱河南坠子，13岁便以她嘴巧字清、资聪体秀，使大相国寺的坠子迷们听得如痴如醉。1927年年初，马双枝拜义成班的杨金玉为师，改学豫剧，由于她功底好，仅14天就在东火神庙戏楼登台首演《皮袄记》（后改为《王金豆借粮》）。她演主角张爱姐，轰动古城，人们竞相观看坤角演出。每次演出，坐票站票抢购一空，给豫剧带来了极大的繁荣。

　　山陕甘会馆的老戏楼已经消失在历史的长河中了，现在的戏楼主要建筑构件采用了东火神庙戏楼拆下的建材，复原了当年山陕甘会馆戏楼的英姿。

现在山陕甘会馆的戏楼坐南朝北，平面呈"凸"字形，共二层，分前后两部分，前侧为门楼，后侧为戏台。上层前侧为五架硬山式建筑，绿琉璃瓦覆顶，后侧为六架歇山卷棚式戏台，绿琉璃瓦覆顶，前后檐部用天沟相连。下层前侧面阔三间，明间与戏台下层相通，形成可供穿行的门洞。戏楼的空间处理具有空灵通透的特点，戏台前有宽阔的石铺庭院，东西两侧是带有长廊的厢房，观众可以从戏台三面观看表演。而戏楼及其周围的环境协调得当，从戏台到两侧的廊房，再到牌坊、大殿，四围高大，形成四合院似的空间，也形成了一个天然的整体环绕立体声回音壁，保证了极佳的演出音响效果。

如今，山陕甘会馆内东西两跨院还各有一座小戏楼，是过去唱堂会用的。一个面积不大的会馆，却拥有三座戏楼，开封戏剧的繁盛程度可想而知。这些遗存的戏楼见证了开封戏剧的辉煌，保留了汴梁梨园的遗韵。

第二编
残砖片瓦见风流

游梁祠：伤心孟子经行处

1996年，我在上学期间曾经来过这里。那时好友刘长征在这里的钢窗厂供职，住在镶嵌有"市级文物保护单位"石碑的小楼上。在这座小楼的一间房子中，与孟子为邻，他度过青春期的孤独和寂寞；在这里，他把日子切割成长短句，他的那些风花雪月，游梁祠碑有目共睹。2010年岁末，无雪的冬天显得甚为萧索，我和刘长征再度来到游梁祠。

依旧还是10多年前的样子，进大门前行不远，跃入眼帘的是1992年4月开封市人民政府立的文物保护石碑，转过来就是两座连体的碑楼。两通古碑被青砖包裹，只露出正面，青砖砌成拱形的门券，门券之上则是几片灰瓦搭成的流水飞檐，碑下几层青砖，形成台基。一通古碑是"游梁书院记"，清康熙二十八年（公元1689年）立，周围绕有龙纹；一通古碑是"重修

游梁祠留存下来的古碑

古碑的正面

游梁祠碑记",清嘉庆五年（1800年）立,碑额周围有二龙戏珠图案和"流芳百世"四字篆书。两座碑风化严重,字迹漫漶。

孟子见梁惠王

那一年,梁惠王迁都大梁后,开始标榜招贤,邹国的孟轲为使其仁义之说得到实施,闻讯后率领徒众来到大梁。梁惠王亲自接待了孟子,王曰:"叟,不远千里而来,亦将有以利吾国乎?"孟子答:"王何必曰利?亦有仁义而已矣!"孟轲以仁义之道游说梁惠王,但梁惠王迷信武力,没有采纳其主张。

有一次孟子去见梁惠王,惠王正在伫立在葆真池岸边。但见一池绿水,满目秀色,鸿雁嬉戏于水中,祥鹿闲步于湖畔,丽人轻歌,丝乐缓动,此情此景,让人陶醉。梁惠王说:"我治理梁国,真是费尽心力了。河内地方遭了饥荒,我便把那里的百姓迁移到河东,同时把河东的粮食运到河内。河东遭了饥荒,也这样办。我曾经考察过邻国的政事,没有谁能像我这样尽心的。可是,邻国的百姓并不因此减少,我的百姓并不因此加多,这是什么缘故呢?"

孟子淡然一笑,回答说:"大王喜欢战争,那就请让我用战争打个比喻吧。

战鼓咚咚敲响,枪尖刀锋刚一接触,有些士兵就抛下盔甲,拖着兵器向后逃跑。有的人跑了一百步停住脚,有的人跑了五十步停住脚。那些跑了五十步的士兵,竟耻笑跑了一百步的士兵,可以吗?"惠王说:"不可以。只不过他们没有跑到一百步罢了,但这也是逃跑呀。"孟子说:"大王如果懂得这个道理,那就不要希望百姓比邻国多了。如果兵役徭役不妨害农业生产的季节,粮食便会吃不完;如果细密的渔网不到深的池沼里去捕鱼,鱼鳖就会吃不光;如果按季节拿着斧头入山砍伐树木,木材就会用不尽。粮食和鱼鳖吃不完,木材用不尽,那么百姓便对生养死葬没有什么遗憾。百姓对生养死葬都没有遗憾,就是王道的开端了……"

孟子曾和惠王在王宫中讨论"义利"的问题。惠王先问道:"你不远千里而来,将有利于吾国乎?"孟子回答道:"大王您何必谈利呢?只要有仁义两个字就足够了。"惠王问孟子:"贤者会对此感到快乐吗?"孟子回答道:"国家只有任用有能之士,使国富民足,贤者才会感到快乐。如果理政失当,国破家亡,即使再有快乐的池苑,也是为别人准备的,贤者能不感到忧虑吗?还怎么会感到快乐呢?"孟子又列举文王筑灵台而百姓乐从之,商汤暴虐而百姓愿与之俱亡的典故来阐发儒家的"仁政"大义,论述精妙,深为惠王赏识和赞同。

几年后,梁惠王因病死亡,其子襄王继位,孟子怀抱希望试图说服襄王,但襄王更独断专权。在大梁,孟子乘兴而来,败兴而归,临走时留下一句:"望之不似人君……"于是,闪人。

我以我心照明月,奈何明月照沟渠。孟子在大梁的活动是其仁义学说的全面发挥,后来其弟子整理其一生言行为《孟子》一书时,将"梁惠王"列为书的首章,向为儒家重视。

开封人纪念亚圣

宋人为纪念孟子见梁惠王这一历史事实,在东京城内西南隅修建了孟子游梁祠,建有大殿和讲堂,盛极一时。宋代修建的游梁祠经过兵燹水火,至明代已荡然无存。明万历年间，河南巡抚方大美认为夷门豪侠，遗韵犹存，而仁义之风渺矣，为教化百姓，方在宋代游梁祠旧址上重建新祠，中为大殿，祀孟子，公孙丑诸弟子在配殿。前门题"仁义之门"，大门题"游梁祠"。北建讲堂，悬挂着"性善"的匾额，东西两边各建号舍18间，以供诸生住读，时称游梁书院，崇祯末年没于黄水。

清顺治年间（公元1655年），开封知府朱之瑶在迁建府文庙之后，将游梁书院移建于"明伦堂"的后面，仍名游梁书院，一年后，提学蒋伊在提学署重建书院。清康熙二十八年（公元1689年），河南巡抚闫兴邦将游梁书院改为名抚祠。迁书院于府文庙北、守道街之西（即现址），重修游梁书院并恢复游梁祠。康熙皇帝御书"昌明仁义"匾额悬挂正殿，大概就在此前后，又从山东邹县敦请孟氏嫡裔后人孟尚义、孟尚礼任为奉祀官。清乾隆四年（公元1739年），又增修正殿5楹、东西庑5楹以及房舍，门宇、坊表，墙垣等。公元1764年，河南巡抚阿思哈重修"一新堂庑"，经过几次整修后的游梁祠及书院前有照壁，由东、西角门，前有大门，内有正殿五间，旁为廊庑，后殿5间，东院为孟母祠和奉祀官住宅，那时游梁祠格局与大相国寺大小近似。清道光以后，黄水围城，书院渐废，仅余游梁祠。民国，先是私塾，后是军械所。"文化大革命"期间，毁坏严重，破败的游梁祠，一度成为人们批判

政府立的文物保护石碑

孔孟之道、进行革命教育的阵地。

  开封曾经是魏国的首都,万千宫阙或深埋土下,或被黄水冲破,那些笙歌,那些燕语,都不再绕梁三日。游梁祠沦落成如今模样,这是孟子的悲哀还是历史的无情?难道当年孟子与梁惠王的思想交锋就仅仅存在发黄的纸卷中吗?不,开封还有全世界残存的纪念孟子的"游梁祠"石碑,开封还有孟子的后裔,历经磨难,仍然坚守在游梁祠街,等待复兴。

国槐：最古老的"居民"

开封与槐树的渊源很深，北宋的时候有"三槐堂"佳话，至今开封仍有其旧址。有的街道与槐树有关，如火车站西侧不远有条街道叫作槐树院街。开封历史悠久，不但名胜古迹随处可见，而且古树名木也是很多。根据官方统计，挂牌保护的古树名木有47棵，其中光国槐就有34棵。

"老槐爷"站立千年

我曾多次寻找繁塔附近的"古槐"，几年不得见。塔登了无数次，台览了很多回，砖雕、石刻一一抚摸，故事、传说品味多次，就是没有找到那棵古槐。一晃十多年眨眼而过，有一天古槐忽然露出真身，因为要建设繁塔—禹王台景区，附近的居民陆续搬走之后，在塔的西北方向，古槐在繁台之下，从一家民宅的狭小空间中舒展身姿，在空旷之地与繁塔南北守望，摇曳生辉。

附近的老居民都称这树为"老槐爷"，无不充满敬意。老街坊讲，这古槐在1997年曾遭遇不测，夏夜雷电交加，古槐的一个枝丫因被虫蛀空，在狂风暴雨中忽然折断，巨大的树枝没有扫住房屋，也没砸住居民。不久，断裂处竟又长出新的枝条。一个传说说从前有个教书先生在此处居住，他精心照料，给它浇水、施肥、除虫，老槐树长得枝繁叶茂，郁郁葱葱。有一年，教书先生到外地谋生，一去竟然几十年，而这棵古槐在他离开不久就开始慢慢

比繁塔还要早的唐槐

枯萎，直到教书先生多年之后回到这里才又焕发勃勃生机。

我见到古槐的时候，树干的周遭已经搭上了钢架，为了保护树枝不再折断，钢架托起了南部的一个巨大的树枝。树身高大，表面已经炭化，树皮绽放出嶙峋的肌理，沧桑古朴，令人肃然起敬。一边枝叶茂盛、一边枝干干枯。有人说该树系北宋始建繁塔时所栽，与陈桥驿"系马槐"，招讨营"穆桂英点将槐"共称"汴京宋代三槐"。还有人认为这棵树是汉槐，刘邦少时仰慕信陵君，亲手植下以示怀念之意，又称刘邦槐。我在《中国历史文化名城辞典》中查到证据："在繁塔北52米处，树为国槐。相传为唐代大将尉迟敬德所栽。"如是这样，该是唐槐。

其实，无论汉槐、唐槐还是宋槐，都不重要了，开封人都称这棵树为"老药槐"。传说不论是谁生了疾病，只要到槐树下静站一会儿，顿感清凉馥香，沁人肺腑，很快就会痊愈。多少王侯将相，不抵一树繁华，繁台古槐，依旧生命旺盛，依旧郁郁葱葱，屹立千年，书写传奇。

宋槐千秋留遗憾

早几年还听说在无梁庙街有古槐，专门走了3次，竟然没觅着。这次我有备而来，我连续问了几个晒暖的老太太，她们说："老槐爷啊，附近有2

棵呢。"她们先把我领进了21号院，可惜的是来晚了。再也看不到枝繁叶茂的情形了，跃入眼帘的是苍老的枝丫和干枯的树干。老人们说这槐树解放前叫"艮槐"，我心一惊，莫非是艮岳里面的槐树？按照无梁庙街现在的位置，比照北宋宫城，这地方大概在艮岳的边缘地带。这无疑是北宋遗留的一棵槐树，见证北宋的东京梦华和王室的仓皇南渡。这棵树，槐花香天下，绿荫护江山。那些宫女嫔妃流连艮岳，曾在此树下停留，光影婆娑、日光流年。风来了，雨来了，黄河大水也来了。你走了，她走了，层层淤泥留下了。这棵槐树坚强存活。一千年来，树枝遒劲，老态龙钟，生机勃勃。树身全部埋在土下三四米，仍是年年发新叶。只是最近十余年来，因为树上生了虫子，叶子被吃尽，加上树根长期艰于呼吸，这棵树慢慢谢幕，终于作古。我看到的挣扎枝干仿佛在诉说历史，已经干枯的树丫留下无尽的遗憾，根部发出的一棵泡桐已经碗口粗细。希望残留的标本不要移动，期待新的枝条再次长出。

在商业大院21号门前还有一棵元代的古槐。穿过一座民国建筑，在其东侧我找到了这棵槐树，生存空间很小，但是却很有生机。这棵槐树大约粗2.8米，高约8米，如一把巨伞垂下阴凉。据《开封市地名志》记载，此地北宋的时候为御史台署，明代的时候为按察司署，因地势较高，浚仪县衙署建于此。明初，朱元璋驻开封的时候，常抱着这棵槐树锻炼身体，开封人称此树为"朱抱槐"或"朱槐"。

最近十年干枯的宋槐

朱元璋练功抱过的元槐

明槐郁郁葱葱

令人欣慰的是，在无梁庙街 15 号院笔者看到了周王府的槐树。树上保护牌上标示有 500 多年了，这棵古槐生机勃勃，并且已经延续了三代。院中的蔡大嫂告诉笔者说，原来这树有 3 米粗，后来树枝被虫蛀了，树枝就折了。现在北边的大树枝是第二代槐树，因为树身有洞，怕大树枝再折了，她就用一个 T 字木架支撑树枝。南边生长的是第三代槐树，新生的树身包括着第一代消瘦的主干。这棵槐树一定倾听过朱有燉的戏剧，不禁让笔者想起李梦阳的诗句："中山孺子倚新妆，郑女燕姬独擅场。齐唱宪王新乐府，金梁桥外月如霜。"

曹丕《槐赋》云："有大邦之美树，惟令质之可嘉。"赞誉槐树为大国良木。曹植《槐树赋》也称赞槐树因品质华丽，才获得了至尊地位，有荫佑众生的恩泽。这些国槐书写了古城的传奇，他们站在岁月的河边，静观风云变幻，目睹历史的变迁，始终以一棵树的姿势站立，风雨不惧、无视流言和蜚语，分担寒潮、风雷、霹雳；共享雾霭、流岚、虹霓。身躯伟岸，坚守土地，任岁月东流去。

周王府的明槐

师师府：皇帝和名妓幽会的地方

李师师给这个城市带来了很多温婉的传说，给这个城市涂抹了一抹胭脂，即使千年之后，仍使人追念。她柔弱的红妆比强大的武装还要耀眼，她书写的传奇比厚厚的正史还要绵长。师师府上曾经假山叠石，曾经花香满径，曾经小桥流水，亭台水榭，雕梁画栋，临水的亭子可以观鱼赏荷，太湖石装点的庭院满目秀色。这里宛如一个优美的园林，只要是艮岳有的名贵花草，她只要喜欢就会移植过来，就算天上的那轮圆月，只要她喜欢，徽宗也会想办法。她像一首婉约的宋词被历史轻轻合在了书卷中。如今的矾楼也不是旧时地方，在开封历史地名中还有"师师府"。《如梦录》记载："折向西，是馆驿街，有奉新王府、马鸣王庙、大梁驿——原是宋时小御巷，风铃寺故基，徽宗行幸李师师处，僭称师师府。下有地道，直通宫院，明代改为大梁驿。"就这一句简单的文献，竟然触动我的思绪，师师府现在遗迹还有吗？还有老街坊知道吗？于是，在一个晴好的中午，我来到了馆驿街，寻找师师府。馆驿街不是很宽，但是感觉很通畅。临近闹市，却不喧嚣，倒是十分安静。我步履轻盈，害怕脚步沉重会惊醒地道下面沉睡的卫兵。

人生若只如初见

那一年，第一次见面，一个自称赵乙的商人拜访李师师。他至镇安坊，令众人离去，只留下张迪随行。步入坊门，便给李姥送去贵重礼物。赵乙无心吃水果，只等李师师出见，然而李师师却迟迟不出来，赵乙被引入一间小轩，小轩内外陈设颇雅，窗外新竹参差弄影，赵乙爽然落座，意兴闲适，等待美人的到来。过了一会儿，李姥引赵乙入后堂，一顿盛宴已备，李姥陪他进餐。赵乙不解李师师为何还不出见。李姥对他耳语：孩儿天性好干净，不要见怪。过了很久，赵乙抬眼见李姥拥着一位美姬姗姗而来。该女淡妆不施脂粉，一身素色衣服，新浴方罢，娇艳如出水芙蓉。

李师师满腹狐疑地在烛光下打量这位客人。这人年纪看上去有四十多岁，颔下是一把修剪得很整齐的胡须，宽圆的脸很有神采，衣帽色彩虽不是那样斑斓，但看得出质料都是极上乘的。此人雍容而不矜持，华贵而不俗气，潇洒之中透出几分大方。李师师青楼生涯，见过各色人物，但这样气派的人却少见。李师师的狐疑又增添了几分。

他很随便地落了座，客气地对李师师寒暄了几句，自称姓赵名乙。见李师师羞怯之中暗藏着狐疑的神色，赵乙表现得更加温文尔雅。他说他是个生意人，但并不忙，可以常常来见她。师师目光轻蔑，神色倨傲，也不施礼。李姥对赵乙耳语说：孩子生来任性，请谅解。赵乙在灯下凝视她的容颜，只见幽姿神韵，闪烁惊眸。问她年龄，她不予理睬，再问她问题，她便移坐到另外一个地方。李姥又耳语赵乙：孩儿喜欢静坐，得罪了，请莫怪罪。

李师师站起来，取下墙上的琴，在桌旁端坐而弹《平沙落雁》，轻拢慢捻，流韵淡远，他被琴声感染，忘记了倦意。三支曲子奏完，外面已传来鸡鸣声。徽宗走出屋外，李姥过来备上早点，他饮罢杏酥，离去。内侍们通宵潜候于镇安坊外，这时拥帝回宫。赵乙乃徽宗也。

再来，赵乙被认出是当今皇上。李姥见徽宗，浑身颤抖。李师师跪请徽宗赐额，时当三月，杏花盛开，徽宗书"醉杏楼"赐之。李姥置席，徽宗命师师坐在一旁，请她弹奏蛇跗琴。那是个春日的夜晚，明月映了一窗杏花的疏影，一把名贵的蛇跗古琴打动了师师的芳心。这次弹奏给他的是《梅花三弄》，一唱三叹。纤指翻飞，撩动世事辗转无常。他身为一代君王，痴迷的偏是书画音律。他每作画，要她点评；她每奏曲，亦请他指教。艺术是他们之间永恒的话题。他实在不是做皇帝的材料啊，天生性情中人，恨不得全天下都沉浸在他热爱的工笔与书法里，却对朝政深恶痛绝。如果他只是一个落魄文人，也许都会比现在快乐。皇冠龙袍的背后，他不过是个错生了人家的孩子。

他以"金勒马嘶芳草地，玉楼人醉杏花天"为题命画师们画了一幅画，然后将画赐给了李师师。又赐给李师师藕丝灯、暖雪灯、芳苡灯、大凤衔珠灯各十盏，鸬鹚杯、琥珀杯、琉璃杯等各十件，龙团凤饼、蒙顶等名茶一百斤，还有名贵食物数盆，又赐给她黄金白银各一千两。

爱江山更爱美人

曾经，一别数年。但是徽宗心里怎么也抹不掉师师的倩影，到了宣和三年，徽宗忍不住又去找李师师。一到李姥家，见自己赐给师师的那幅书已被供奉到醉杏楼，徽宗望着那幅画笑着对师师说："画中人呼之欲出，你就是那画中人啊！"

这个处于权力巅峰的男人，他的眉宇间有着君王常有的霸气和少有的淡泊，他有着过人的才情，擅长诗文，勤于书画，擅思博学，他的书法堪称妙绝天下。他喜欢这个女人长伴君侧，用师师的青丝长发缠绕住他的手臂，他也时常用他那宽大厚实的手掌尝试着温暖她冰凉的手指，低声喟叹："朕纵有天下无人能及的权势和财富，却无法换得卿的笑颜么？"他喜欢静静的欣赏她的琴声，执手教她瘦金书法，也曾感慨："朕这一生，有卿这样的红颜知己，唯愿足矣。"他给了她从不曾有过的温暖。

而今夜师师再操琴，含泪弹起《春江花月夜》。

春，短也。

江，逝也。

花，残也。

月，缺也。

夜，虚也。

世间之至美如音乐如情爱莫不如此。相见终是虚幻，相守终是无望……

纤指翻飞，琴音余韵袅袅。"一曲当年动帝王"，他曾感慨地说"此生，有这样的红颜知己，唯愿足矣。"在汴京，曾有这样的夜晚，在这个小巷，风流倜傥的天子来到师师府，欣赏他的琴声，留恋她的音韵，忘却了江山，只记得美人。

风流天子成往事

那天在一个老街坊的指引下，我找到了师师府旧址，就在今天教育幼儿园东侧附近一带，据说解放初期还有几间大殿，该是驿站的旧房子吧。这个街巷唐代叫上源驿，宋为都亭驿。明代才称为大梁驿。民国时期曾一度改名永康街，但没有叫起来，又恢复了馆驿街的老街名。明代周王府的朱有燉在

师师府旧址上的近代建筑

杂剧《黑旋风仗义疏财》中写道:"莫不是获俺那宋官家去李师师家游幸;莫不是获俺那宋官家上元(源)驿里私行!"多少风流韵事踏成沙尘,多少优美园林成为废墟,多少惆怅故事沦为传说。

  再也没有那样的夜晚了,并刀如水,吴盐胜雪,纤指破新橙;再也没有那样的爱情了,不为江山,只因才貌,天子也动容;再也没有那样的情景了,锦帏初温,兽香不断,相对坐调筝。再也没有这样的小巷了,连接皇宫,贯穿古今,锦衣也夜行。小御巷,铺开了一幅水墨的长卷;馆驿街,传说比小巷还要悠长,故事比历史还要惆怅。师师府,留给我们无尽的遐想……

周王府：《西游记》诞生的地方

有一年的夜晚，还是学生的我经过龙亭门前，遥望里面彩灯璀璨、一夜鱼龙转，忽然想起明代的戏曲大家周宪王。以前的周王府就在现在的龙亭公园一带，据说还是《西游记》诞生的地方。1378 年，朱元璋的第五个皇子被分封在开封，第二年在金代故宫基址上修建周王府，史载"九里十三步"。600 多年的历史变迁，周王府如今在地下掩埋，而周王府的夜夜笙歌、丝竹管弦却穿越时空，回荡在线装的书籍和石刻的文字以及帝都的传说之中。回望历史，在开封这块土地上，多少王侯将相在昙花一现之后便消失于历史的

周王府已经被黄河水掩埋地下，清代在周王府煤山处建龙亭

长河中。周王府最后留存下来的不是权利、富贵而是文化,那个死后谥号"宪"的王子,生前在一盏离愁、一树桃花之后,阅尽人间繁华、看破红尘,潜心戏曲创作,终于修成正果。在很多历史人物被印在书上渐渐记忆模糊的时候,而他却时常被人想起。还有那个写下"恰似一江春水向东流"的南唐后主,国家不幸诗家幸,赋到沧桑句便工。而朱有燉贵为藩王子弟,锦衣玉食,享尽人间富贵,最终凭借戏曲创作留下了一树繁华。

周王府的"定海神针"

朱有燉,号诚斋,别号全阳子、全阳翁、全阳道人、老狂生、梁园客,他是周定王的长子,明太祖朱元璋的第6个孙子,洪武十二年(1379年)生于安徽凤阳,洪武二十四年册封为周世子。

出身于贵族家庭又身为周王府的继承人,按说朱有燉理应万事无忧,一心享受丰厚的物质生活。就是因为他是皇孙,在复杂的宫廷斗争中,他一度成为政治斗争的牺牲品。先是由于其父周定王行为不端,引起数次源自皇权的惩罚。周定王在洪武二十二年曾因擅自离国私至凤阳而触怒明太祖,被徙往云南,当时年仅11岁的朱有燉并没有随其父至云南,但是对于年少的他而言,虽未伤及身体,却也触及了心灵。再后来,建文帝称帝之后,一场政治风暴才真正侵袭到朱有燉原本平静的生活。由于周定王与燕王朱棣同母所出,建文帝出于削除燕王羽翼的考虑,首先对周定王下手。建文帝在即位后就削周定王为庶人,发往云南,同时"置世子云南临安"。

当年,周藩是一个庞大的权贵集团,他们完全控制了开封的政治经济文化和生活各个层面。明代开封王府林立,竟然有70多家,全是周藩子系。周王府被开封人称之为老府,所以现在新街口一带还有老府门的叫法。周王府四周开有4座墙门:南门名午门、东门名东华门、西门名西华门、北门名后宰门。这4座门修成殿宇形制,各门都极宏伟,碧瓦朱门,九钉九带,有如皇家一般。萧墙之内就是紫禁城,城高五丈,上有花垛口,内有栏墙。紫禁城里面气象森严,开有四门:东门曰礼仁门、西门曰尊义门、北门曰承智门、南门曰端礼门。紫禁城中轴线及两侧的建筑主要是宫殿：有银安殿、存信殿、寝殿、棋盘殿、养老殿、白虎殿、庆安宫等。银安殿为周定王所建，是宫内主要建筑。

和历代皇朝的建筑一样，在这座威仪万千的周王府中，也修有妍姿绰约的王家宫苑。在这些宫苑中，最大的是龙亭山。龙亭山，一名煤山，周王府初建时所修。山高五丈，遍山植以松柏，常年青翠满目。山上立一碣，上写"八仙聚处"四字，意为神仙洞地，人间胜景。山下有湖曰洼池，湖光山色，秀丽异常。又有湍水涌激，水中浮有二球，急水冲动，二球上下跃腾，名为"海日抛球"。湖边沿岸遍修水亭，无数楼台舞榭，烟柳画坊，倒映水中，影楼相对，上下摇曳，疑是仙界风景。各样游乐之处，无数奇花异石，遍布于苑内重峦叠嶂之中，揽之不尽。山坎处，就山依洞，有女尼诵经，木鱼有声，香烟缭绕，俨然是界外仙境。苑内又多养飞禽走兽，随处可见鹿羊抵触，百禽鸣戏，鹤冲于天，莺歌于树，数不尽的风光柔情。每于暮春三月，暖律喧晴，碧峰回转之处。万花争出，芳草如茵，燕舞晴空，湖中微波寥寥，宫中佳人，新愁易感，旧恨悬生，轻展玉喉，画桥流水处丝篁隐动，歌韵清圆，侈靡相尚。

除龙亭山外，又有寿春园，也叫百花园，位于萧墙之内，王府礼仁门之外，为周端王世子恭枵所建，时在晚明。此园本宋徽宗御花园艮岳故基，修建时地下刨出宋时石碣可证。寿春园亦宏大宽敞，穷极天工。内有大门、二门、两厢。后殿、西殿之后有山洞，俱是名石澄泥所砌，与真山无异。山上有古怪奇石、锦川、太湖墨石、洒金等石，参差巍峨，悬崖、峭壁、岩岫、陵涧、麓峪，无一不备，俨然一座高山。山分三层，最高处建高楼五间，金碧辉煌，取名曰凌虚阁。下分子母九洞，四面皆同，各有门窗，曰九如洞，洞内各有曲湾盘旋。至二层名曰玄嚣洞，洞前修方亭二座，上安仰尘，刻有星宿部位，晚间置灯于上，照耀如星，王孙贵胄，游玩通宵，不能尽揽，题赞无数，不能备述。东边低洼处，修建高台，台上建亭，高二丈许，此亭可视内宫之景，晴空登临，放眼四眺，红墙碧瓦。说起了这根高二丈的亭子，至今龙亭公园内仍有遗迹曰"铁泉海眼"。清人常茂徕描述说此物"出地面三尺许,周围约五尺,如出水莲蓬,齐头纵横作十字坎,四面望之形如凹字,四隅各陷锻铁一方,以石击之各为一声,历风雨不锈不蚀……"

那么,这个铁柱是做什么用的呢?如果联系到明初铲王气,再联系常茂徕记载的这个铁柱"历风雨不锈不蚀",则可推断,这个所谓的二丈高的亭子只是遮人耳目罢了,这铁柱应是特殊材料制成,或者就是陨石融化提炼出稀有金属,专门立在周王府宫殿的"艮"位,一定与风水有关,估计是为了集聚王气,不仅仅是"上亭可窥见各宫眷住处",现在谁家也不会树立一根高高的铁柱,就算是旗杆也没必要这样威猛。《西游记》最早的版本是金陵(今南京)世德堂所刻的《新刻出像官版大字西游记》,此书刻于明万历二十年(1592年)。那么,这个版本出自哪里呢?令人十分吃惊的是,这个版本的来源竟是开封的周王府。《西游记》研究专家吴圣昔先生认为,开封周王府的《西游记》,是最早的《西游记》抄本。

开封著名作家赵国栋研究《西游记》,发现其有许多开封方言,也可证明此书出于开封人之手。如第二十六回,八戒说:"者着求医治树,单单了脱身走路,还顾得你和我哩。""者着"就是"指着"、"指望着"。同回的"阁气",乃"逗气"、"怄气"之意。此外,像"年把"、"勤谨"、"老实头"、"钻疾"、"刺闹"等都是开封一带的方言,且周王府的很多史实与《西游记》的情节暗合。那么这就很容易理解了这个铁柱其实就是"定海神针"的原型了。

铲王气很受伤,从此醉心戏曲

周定王曾因参与皇位的争夺失败而被建文帝废为庶人,民间传说建文帝借口开封王气太重,遂在开封铲除城南的繁塔,"塔七级去其四,止遗三级";宫内拆银安殿,并将宫内唱更楼、尊义门楼拆去,又禁开东华门,在门下四角石上用钉钉死,并取郑州虎牢关之土,用火炼熟,在东华门前堆土作台,使其寸草不生。虽说后来朱有燉袭封王位,但他的心灵依然波澜难平。

在这样险恶的环境下，历经坎坷的朱有燉深自韬晦，谨行慎言。但即便如此，也并不能保证他置身事外平安无事。几次政治风波给朱有燉的影响是深刻的。他幼年受儒家思想浸染，把忠孝作为行动准则，而他所经历的一幕幕正与之相反。不仅仅是钩心斗角，还有兄弟互相残杀。从父辈间的明争暗斗到自己兄弟间的不睦，所见所感让朱有燉触动很深。朱有燉亲眼目睹了父亲被告谋反"留居京师"、"被锢"、又"复爵、加禄"，既而又被告谋反、交还兵权的坎坎坷坷，自己也曾被"别徙"。虽富贵通天，然人生则曲折多难，在亲历家族沉浮的同时，朱有燉也见识了同为"天潢贵胄"的叔侄们的朝封夕贬。其所处生活环境的洪福齐天和刀光剑影更是非常人所能体验。家族中的残杀使他有兔死狐悲之感，心中不免惴惴不安；兄弟的倾轧又使他不得不处处小心，胆战心惊如履薄冰。

同时代的另一位皇室戏剧家，也就是朱有燉的叔叔朱权，其大起大落给朱有燉很大的启发。朱权16岁就"带甲八万，革车六千"，可谓少年得志、雄姿英发。燕王朱棣起兵"靖难"，朱权被朱棣施计挟持参与了全过程，"权入燕军"多次为燕王立下汗马功劳。当时"燕王谓权，事成，当中分天下"。然而，朱棣称帝之后，朱权请封苏州、钱塘皆没有结果。后来有人告他诽谤蛊惑事端，经查澄清事实。但是，经过此番惊吓，朱权大彻大悟，对功名利禄不再留恋，从此沉湎于"鼓棋读书，终成祖世得无患"。朱权的人生轨迹对朱有燉影响很大，于是他开始向朱权学习，寄情于戏曲、书卷和宴乐游赏。从此历史上少了个碌碌无为的藩王，多了位"雅有气象"的戏曲家。

朱有燉的创作直接来源于他的人生经历，同时其王府所在地古都开封厚重的文化积淀也促进了他的文学创作。周王府一直是文化荟萃之地，其地缘文化为王府文化氛围的形成提供了充分的条件。开封丰厚的文化积淀与多姿多彩的历史遗存给朱有燉的创作提供了更多素材和土壤。朱有燉一生绝大多数的时间是在古都开封度过的。开封在五代、宋代都曾作为都城，文化传统保存很好，其自然环境、人文胜景也成了朱有燉文学创作的重要表现对象。

开封城中及附近的景点就常常成为他登临观览的景点，他一些游览纪行的诗作，流传下来有《诚斋乐府》和众多杂剧。植根于开封特有的历史积淀和地理条件共同构成的文化温床，再加上周王府内部自身文化氛围的生成，朱有燉的文学创作汲取着多方面的营养，借着灵感与情感的触发在天地万物之间，开拓出了一片属于他自己的文学领地。

在明宗室子弟中，朱有燉比较聪慧。其父对于文学颇有素养，"能词赋，尝作《元宫词》百章"，又精医学、擅书法，居住在开封周王府的时候，经常和词臣周是修、曾子祯等人唱和。他对长子朱有燉特别关注，不仅专门设立书堂供朱有燉读书，还委命经学家刘醇指导孩子。在这种环境与气氛的感染下，加上朱有燉本身"嗜学不倦"，得以在文学方面打下比较扎实的根底。《明书》卷八十六《周记》中说朱有燉"善为诗赋，工书法，尤长于填词"。钱谦益《列朝诗集小传》及清人管竭忠修《开封府志》卷七人物传记中，都提到他在绘画、医学等方面均颇擅长，由此可以窥见他的聪颖。然而，促使朱有燉在中国文学史上占一席地位的主要原因却是他的戏曲创作，流传下来的31部杂剧。

玉带桥连接历史和未来两个世界

齐唱宪王新乐府

戏曲在明代属于"小道"，舆论控制十分严格，明太祖朱元璋先是给杂剧的内容作了明确的规范，告诫艺人不许装扮历代帝王、后妃、忠臣、烈士、先圣、先贤和神像，如果违反就要挨杖一百。"官民之家，容令装扮者与同罪。其神仙道扮及义夫节妇孝子顺孙劝人为善者，不在禁限。"而后，又对戏曲演出者的服饰做了规定，使他们明显区别于其他人，伶人要戴绿头巾，腰系红搭膊，脚穿布毛猪皮靴，不准在街间走，只可以在边上行。女演员不准佩戴金银首饰，不准穿锦绣衣服。到了明成祖朱棣时，不要说演出，就连收藏曲文都成了问题，一不小心就要被杀头。在这样一个大环境下，普通人很难进行杂剧创作，即使创作出来了，也不容易上演流传。而朱有燉养尊处优，家中养有自己的戏班子，剧目一经写出即刻上演，故而迅速在坊间流传开来。除了手写传抄，他的作品全部都有藩府自己的刻本，分为宣德间刻本和正统间刻本。

为改革杂剧，朱有燉作过一系列的尝试，成绩斐然。如，在结构处理上，朱有燉采取虚写手法，避免同类场景的重复、摆脱人物过多的写实场面、省略舞台装置。朱有燉还在杂剧中继续元代沈和甫试验的南北合套。过去杂剧只用北曲，但南曲的委婉却为北曲所不及，南北曲的并用，对刻画不同人物的性格与感情的变化是有积极作用的。这一系列的改革，都收到了较好的效果。特别是南北曲并用，开启了嘉靖间徐渭创制南杂剧的先河。

王世贞说朱有燉所作杂剧，音律颇谐，"今中原弦索多用之"。清初朱彝尊《明诗综》谓其"谱曲尤工，中原弦索，往借以为师"。由此可见，朱有燉的杂剧，不独在明初"流传内府"，供宗室贵族们观赏，同时也在后世广阔的舞台上演出，它的影响是相当深远的。近代曲学大师吴梅赞誉朱有燉"气魄才力，亦不亚于关汉卿矣"，郑振铎称他为"伟大的作家"。在他之后，再也没人能像他这样写下如此丰富多彩、艺术水平精湛的传世之作，也无人能像他那样在开封如此一生钟情于杂剧创作，更无人能像他那样如此把杂剧发扬光大。

明代开封凡街市繁华处，王府林立，诸宫相接，周藩群府建筑，成为那一时代开封城市的象征。明末的诸多王府已像一群步履蹒跚的老人，在气数将尽的封建社会中，再也无力拖动古城开封的发展，昔日勃勃生机的数代京师，已日暮途穷。这处《西游记》诞生的地方，龙脉承袭大宋王气，终于，明末的一场大水使七十二家王府一朝瓦解，尽入地下，只留下周王紫禁城中高耸的煤山（即今龙亭）雄踞古城，作为开封兴亡盛衰的见证。

二曾祠：全国唯一纪念曾国藩兄弟的祠堂

当年，笔者读书的时候，每次漫步潘杨湖畔，看见图书馆的楼影瑟瑟于湖光之中，暖风熏熏，烟柳轻拢，便暗生感慨，传说中的"二曾祠"到底在哪里？经询问"老开封"才得知，其旧址在开封市刷绒街路北，就是现在的杂技团、图书馆一带。曾国藩，在中国近代史上影响很大。他因文治武功，各地或建有祠堂纪念，但是同时建立祠堂纪念他们兄弟的只有开封。建立祠堂的许振祎，字仙屏，江西奉新人。"咸丰初，以拔贡生参曾国藩戎幕"。清光绪十九年（公元1893年），时任河东河道总督的许振祎为纪念其乡试恩师曾国藩而建。因祠内祀武英殿大学士曾国藩及其九弟两江总督曾国荃，故名二曾祠。

宛如宫殿般的祠堂

二曾祠规模宏大，坐北朝南，分为东西两大组院落。南北走向，又分为三进院；西组院系东西走向，东组院亦分为三进院。东西院落北边系湖水区，其水面与潘家湖相通。祠内建筑典雅，古典内秀。里面楼阁参差、廊庑曲折、背临湖水、院落幽静、庭宇轩敞、风景宜人。

二曾祠大门设在东院中轴线上，原为清式大式建筑，威武庄严，宛如宫殿，一对石狮踞两侧。门前柱联云："弟兄皆许国，出入冠诸公。"大门两侧排

清末二曾祠，远处是龙亭大殿

房为小式建筑，东西尽端为挑角亭，建筑为人字形坡顶。后来冯玉祥任河南省主席时改大门为西式建筑。进大门是过厅，过厅的东西两边墙上镶嵌着楠木框的大理石墙面。前院东西两边是对称的南北走向长廊，长廊为双坡小青瓦屋面，其外侧支撑在院墙上，内侧各有8根红漆木柱支撑，院子中间是一条鹅卵石甬道，甬道两旁石榴、翠柏、花圃点缀其间。

  前院北边是东西走向的小式排房建筑，中间为二门过厅，过厅东西两边墙上亦镶嵌着楠木框的大理石墙面。往北过二道门，是中院，东西两侧为南北走向的殿房，该房比前院排房高大，翅檐凌空挑角，有飘飘拂云之气势。中院四周遍植冬青，中有圆形鱼池，大方砖铺地。居西殿房中部为通向西院的过厅。中院北面是东西向双坡小青瓦屋面的长廊，长廊中部为通往后院的三道门。长廊是由南北两侧红漆木柱支撑，木柱之间由青砖花墙隔断。后院东西两边建有南北走向的殿房，飞檐挑角，巍峨宏丽。东西殿房规格一致，唯西殿房约短于东侧殿房二间，东殿房内供奉着曾国藩、曾国荃的牌位，为祭祀的主要场所。后院北侧为一道围墙把后院与北面的水面隔开，围墙中部有一月门，过月门，经过五曲木桥即可到湖水区中的叠波亭上。叠波亭是由两个联成一体的六角形砖砌挑角亭组成。亭上曾有古人对联："万变看云，可扫尘事；五色有鸟，时浮镜中。"

慈禧光绪曾经当作行宫

从中院的西殿房中间的过厅向西走，就到了二曾祠西大院的瓣香楼院，该院从南向北，依次为花脚、荷花池和瓣香楼，楼东侧有一座用太湖石叠成的假山。瓣香楼位于该院的西北角，是二曾祠建筑群中最为高大的清式建筑，该楼坐北朝南，九开间，二层高。一楼南边正中开门，两边各有4个长条型窗户。门前东、南、西三面环以二层青石台阶。东西两山墙处皆有二曲青石梯直上二楼，在二楼东西山墙偏南各有一门。二楼的东、北、西面有宽阔的走廊，廊宽约1.7米。走廊上方为飞檐，飞檐由12根粗大的红漆木柱支撑着。每根木柱下设大石墩，上端雕刻有花卉图案。该楼跨度较大，屋面为双脊，双脊两端砌有兽头，四角向上挑起，颇为壮观。袁克文登瓣香楼，感慨万千，挥毫写下："诗追梁苑、灯远樊楼，今古风流同胜地；云接太行、湖沉艮岳，纵横气概遍高台。"瓣香楼高三丈七尺，伟岸独尊，北可眺望龙亭。八国联军攻占北京后，慈禧太后仓皇西逃，1901年11月12日，在返京途中抵达开封。在汴停留的32天中，慈禧曾与光绪皇帝以该祠为行宫，住在瓣香楼，在环凤阁中设宴招待过外国使节。

清末二曾祠

在现存的名胜古迹对联中我们可以得知当年西院还有十贤堂，应该是纪念历史上的十个贤者，具体是谁，我们不得而知，但是从晚清文人裕宽题写的对联中可窥一二："壮其文词，一见诵忆；慕仰风味，匪为观游。"许振祎也题联："文之至者罔不传，昔者十贤，天地长留试卷在；我思古人怅莫见，顾詹四海，风云应共异才来。"

从瓣香楼向西便进入到环凤阁院，就是西面的院中院。环凤阁为单层，设于该院东侧，南北长，东西短，建于青石砌筑的平台之上，台上四周为青石铺边，内铺金砖。大门位于东墙中部，四壁皆为彩色玻璃窗。屋面花脊坡顶，飞檐挑角。飞檐由16根红漆木柱支撑，柱下设石墩。木柱与阁之四壁组成回廊，整个建筑考究精致。环凤阁院的西侧和南侧为二排青砖、小瓦的坡顶建筑，北侧为水榭。

从环凤阁院向西，走过水榭南边的小桥就到了二曾祠最西边的院落——西花园，园内遍布奇花异草，杨柳古槐点缀共间，环境十分幽雅。西花园的北、西、南三面为二曾祠的围墙，花园的东北有两间、西北有三间青砖小瓦坡顶建筑，估计为花匠杂役人员居住。

在二曾祠大门口，视线穿过一、二、三、四道门，可直望到蓝天碧水映衬下的碧波亭，园林中借景一法，此处运用得极为生动，给人以邃幽之感。从园门顺走廊向东，大有曲径通幽的情趣，从中院向西又使人感到了步步洞天的意境。

河南图书馆在这里诞生

后来许振祎改任广东巡抚，死于任上。经河南籍官员奏请，在二曾祠的东偏院增设祭祀许振祎的附祠，即为许公祠，许公祠的所在之处，原先乃是二曾祠的一部分。

河南图书馆开创于开封，是我国公共图书馆建设较早的省级馆之一，当时居全国第五位。1908年6月8日开始筹建，河南提学使孔祥霖呈奏抚院请创建"河南图书馆"，直言：河南图书馆的适时创立，"亦教育行政至急之

河南图书馆1932年大门

务也"，文后附《河南图书馆章程》，共十二章三十三条。开宗明义，确定"集中外古今图书，以保国粹而进文明、供学人阅览参考之资、省士子购求搜寻之力为宗旨"。方案呈报河南巡抚林绍年审核，林绍年是林则徐之子，7天后林绍年批复云："据祥已悉。该司等拟就藩经旧署，开办图书馆。甚善！甚善！章程亦尚周密……"

当年河南图书馆的机构搭建好之后，并向学部备案，于是按照计划开始着手图书搜罗和编目等工作的时候，却突然被告知原定的馆舍要"设立小学"，当年的刷绒街是个抢手的地方。几度交涉，无果而终。此时，如果再另觅他处，也没有适当的地方，加上经费不足无奈之下，只得将图书馆暂置已经设有第一阅报所的学务公所内。

为了寻求便于民众阅览的新的馆舍，孔祥霖于同年九月十五日提出商借"许公祠暨二曾祠东北角偏院地方建设"的建议，当月二十六日，"派员赴祠接收。"（见《河南教育官报》）经过一段准备，1909年二月初八，河南图书馆正式成立并对外开放。图书多从大梁、明道两书院移存，少部分为学务公所的图书。由于图书较少，不能满足士农工商和学子们的阅览需求。孔祥霖便以学务公所的名义向各地发文，要求各府厅州县查明本省所著书籍，限期送到河南图书馆，使省馆藏书迅速增加。）

许公祠"留祠正中五楹为祭祀地,余悉得充馆用","计前后堂舍十有二间,分为藏书、阅书、经理等室,群房厩舍,以处夫役";同时,"又拨二曾祠东北院之漪山房,为诸大府临视燕坐之所",即充当河南图书馆的贵宾接待室。二曾祠"前临通衢,后濒湖滨,既不邻于工厂市场,又不在偏僻之区,以之作图书馆,实甚相宜。"河南图书馆的发起者们都对二曾祠情有独钟,几经迁移,最终确定二曾祠作为其稳定的馆址。1924年1月,何日章任河南图书馆馆长,积极开展工作,新郑郑公大墓发现后,所发掘古物运至河南图书馆收藏,后又陆续收藏了登封中岳庙镇庙之宝九柄如意、省长张凤台所搜集数百方汉魏墓志等,成为19世纪20年代国内馆藏丰富、影响较大的图书馆,康有为、罗振玉等国学大师都曾到馆参观。

冯玉祥主政河南,重视社会教育,河南图书馆经费大幅增加。1928年,改为河南省图书馆。第二年开始,每月经费大幅度增加,于是改造旧式大门,计将前门三间分为传达室、接待室。二曾殿、瓣香楼辟为平民图书室、阅报室和阅览室。经过"数月"整修,已有60余间房舍。购进新书六千余册,购买扶沟刘氏藏书3000余种;受省政府委派,接收项城袁氏遗书十多箱、相国寺佛经十大柜。自1929年5月,每月购新书约200册,至年底共千余册。加上4400余种、54000余册旧存,全都"陆续陈列以供众览"。1931年和1935年,省教育厅分别决议将开封市民图书馆和中山图书馆并入河南省图书馆。

当年姚雪垠就是在此处阅读开封旧志,触发创作《李自成》的灵感。建国初期河南省图书馆迁到省会后,此处为开封市图书馆所在地。1922年,冯玉祥第一次主豫时,由午朝门向东辟了一条马路,路到二曾祠后拐了三个弯,将东湖的东南角隔了出来,成了二曾祠的小湖。"文化大革命"时拆楼填湖,据说现在的市图书馆主楼正立于原小湖及瓣香楼处。

二曾祠整组建筑做工精巧,珠联璧合,把亭殿楼阁,绿树青草,奇花异卉,碧波曲桥等诸多景致融为一体,是开封清末时期把我国当时肃穆的北方祠堂建筑和江南园林建筑巧妙而有机结合的代表作。令人惋惜的是,这一组优秀的清末建筑由于保护不当,如今已经荡然无存了。

袁家楼：袁世凯家族最后的产业

这是一个时代的缩影；

这是一个城市的记忆；

这是一段尘封的历史；

这是一种莫名的悲伤。

见到袁家楼，我的第一反应就是想起了辛弃疾的那首词：千古江山，英雄无觅，孙仲谋处。舞榭歌台，风流总被，雨打风吹去。斜阳草树，寻常巷陌，人道寄奴曾住。

这里曾经是繁华处的安静之地，亲近闹市，又远离喧嚣。过去的几年，我曾经多次寻找，转遍了生产前街和生产后街，纵横几道胡同，始终未发现袁家楼的踪迹。我一度心怀遗憾，以为已经拆迁了，再也见不到了。怀梦草老师电话通知我小楼的坐向。今天我按图索骥，走过繁华的鼓楼广场，拐进鹁鸽市街，经过善义堂清真寺，往前，左拐，步入生产后街，临街的店铺，忙着新春后的营业，环顾左右，仍不见传说中的袁家楼。北侧有一红砖小楼，像是七十年代的家属楼，后面有一残破的青砖楼房，周遭垃圾包围，气味难闻。遇见一年长的妇人，问她后面的老房子是哪家的房子。她说她也说不清，那个房子早就没人住了，已经塌的不像样儿了。

我和小女只好贸然前往。顶着垃圾的刺激，冒着居民疑惑的眼光。走到家属楼后，发现，老房子还真是有考究。屋顶已经坍塌，虽说前面被人使用

砖雕精美的袁家楼

红砖砌墙，破坏了其完整性，但仍掩饰不住当年的豪华与风姿。这是一座歇山式起脊小青瓦二层青砖小楼，前廊后厦，红柱子，木楼梯，两侧山墙上部均镶有雕花砖饰，圆形气窗。山墙前侧为青砖雕花，侧面为祥云状饰物，正面为盛开花朵、枝叶已及鱼纹柳叶，处处显示祥瑞之装饰，东西遥遥呼应，对称美观。

门窗一律拱形结构，木框皆刷枣红色油漆。外面的红砖也有些年头了。袁家楼的主人，开封人称呼他袁四少。吴凯先生撰文说：不了解实情的人说这个袁四少是袁世凯的四公子，其实这是一个误会。这个袁四少的父亲袁乃宽是河南信阳人，在袁世凯手下做事。他极善逢迎拍马，与袁世凯认了同宗，和袁世凯的几位公子称兄道弟，极得袁世凯的信任。开封袁家楼的主人袁四少，名字叫作袁毓英，按同宗他应是袁世凯的孙辈。

经查资料，记载不同，"袁毓英乃民国初年内阁农商部总长袁乃宽之四子。"（李洁著《风流故居：中国城市人文地图》，广西师范大学出版社，2005年01月第1版）。1947年4、5月间袁毓英（袁世凯的四侄）要将此房产袁家楼卖与国民党第四绥靖区司令刘汝明开被服厂。（河南省开封市政协文史资料委员会·开封文史资料第12辑教育专辑）。各抒己见，真相如何？

2006年12期，政协驻马店市委员会学习与文史资料委员会编的驻马店

高大的屋山显示出袁氏家族的辉煌

文史资料（第五辑）在近代历史人物栏目刊文《陆军中将袁乃宽》写道："袁乃宽（1867—1946），原名克宽，字绍明，正阳县城关镇人。出身官僚地主家庭。父袁有智是清朝同治年间陈州营千总，曾竭力镇压太平军和捻军，最后战死于陈州。时，乃宽9岁，随母张氏扶柩回籍，家始破落。袁乃宽幼读私塾，后考取庠生。因其父与项城袁世凯结有联宗，在袁世凯出任清朝"驻朝鲜总理交涉通商事宜大臣"后，清光绪十九年（1893），张氏把乃宽送交袁世凯，奔赴朝鲜投靠效力。与袁世凯以叔侄相称，倍受宠爱信任，让他管理档案，签发文件。"

由此可见，袁乃宽是正阳县人，不是信阳人。袁家楼的主人，袁四少是袁乃宽的四少爷。这个袁毓英（袁四少），按辈分是袁世凯的孙子辈。

这个袁四少是个典型的纨绔子弟。民初袁四少在开封玩斗鸡就雇有"鸡把式"，他的鸡把式之一的柳仲元曾名震一时。民国时期孙质光也曾长期雇用王勇为自己的"鸡把式"而名噪开封。阎连科在《斗鸡》小说中就提及此事：最后长辈们问了袁四少爷统共喂了多少鸡，有几个鸡把式，天就彻底暗黑下来。……姥爷是个慷慨人，临走时，给每人捏了一撮"袁四少爷送的御用茶叶"……

开封著名作家赵国栋先生的一篇文章曾经提起这个袁四少的遗物。2001

残破的建筑无言诉说着岁月的故事

年3月,有人告诉他,说朋友有两只鸟笼挺有意思。到地方一看,这两只鸟笼果然和一般鸟笼不一样。在笼的底部,分别镶有四幅浮雕,浮雕内容均取材于三国演义。关键是这位收藏者还收藏有两块鸟食罐象牙盖板。盖板上也有雕刻,一块上刻的是秦桧跪庙,一块上刻的是游西湖。据说这两块盖板乃袁四少的遗物。可见当年袁四少的豪奢。

此楼是袁毓英于20世纪初来到开封的时候,在生产后街路北购地建造的。1912年他又在南关东拐街购地建造袁家楼(后称大袁家楼),生产后街路北的楼就成为小袁家楼了。1930年袁四少离开开封,袁家楼卖的卖,丢的丢。飘摇在近代中国历史的风云际会中,如今,开封仅存的袁四少家的建筑就是这个残损的小楼了。

历史是如此的相似,辉煌如过眼的云烟。

红洋楼：毛泽东、周恩来共同居住过的地方

红洋楼位于陇海铁路南侧的民生街。1952年10月30日，毛泽东主席来开封柳园口视察黄河，夜晚就是住在红洋楼。2013年5月，红洋楼以国共"黄河归故"谈判旧址，入围第七批全国重点文物保护单位名单。

典雅红洋楼，独立斜阳风姿秀。屹立近百年，静观花开花落，笑看云卷云舒，沧海桑田，历史风云变幻，不变的是它的容颜。小楼历经变迁，从私人公寓到办公用房，风沙吹拂了几十年，每一片砖瓦，仿佛都说出它的尊严。小楼亲历历史，在国共"黄河归故"谈判中，见证了一场没有硝烟的战斗，

红洋楼外景

见证了国民党反动派水淹解放区阴谋的破产。

黄河归故谈判背景

1946年，刚刚经历8年抗战之后的第一个春天，杨花似雪、莺歌燕语，以蒋介石为首的国民政府打着让黄河回归故道的幌子，策划了以水代兵，水淹解放区的阴谋，妄图制造第二个"黄泛区"。为了保护人民利益，我党一方面同国民党进行黄河谈判，一方面领导解放区人民，轰轰烈烈开展治理黄河的斗争。

黄河故道的形成是1938年6月9日蒋介石为了掩护其军队撤退，以"遏止日军西犯"为由，密令炸开了郑州以北花园口黄河大堤，企图以水代兵，利用黄河之水阻止日军。虽然暂时阻挡了日军西进，但却使广大百姓遭殃。花园口炸堤使黄河水冲出故道，向东南夺淮入海。河南、安徽、江苏三省44个县市遍地洪水，1250万人受灾，89万人死于非命。其中河南省受害最为严重，21个县市、900多万亩耕地被淹，47万人死亡。

从1938年花园口扒口起，到1946年，黄河改道已经8年了。这8年期间，黄河故道堤防，受着战争和自然的破坏，堤坝残破不堪，险工毁坏殆尽。同时，黄河下游沿岸广大地区是我党在抗日战争中发展起来的冀鲁豫和山东渤海解放区。在党的领导下，沿岸40万军民，在黄河滩上开辟了田地，建筑了村庄，黄河故道已经变成了美好的田园，人力、物力、资源丰富，战略地位重要。要在短时间内完成迁移农舍、保护耕地、修筑黄河大堤各项工作，任务相当艰巨。如果在堤防未及修复的情况下，黄河水如果突然回归故道，势必决堤泛滥，解放区军民就要蒙受灭顶之灾。

国民党政府未同我党协商，就单方面决定堵复花园口的决堤口门，企图在解放区没有修复堤防工程的情况下，制造新的黄泛区。让黄河水回归故道，实质是把地处黄河下游地区的冀鲁豫解放区一分为二，把山东、豫东、苏中、苏北等解放区和华北解放区分割开来，对解放区各个消灭，以实现蒋介石宣称的"可抵四十万大军"的黄河战略。

中共中央以人民利益为重，同意黄河回归故道，但决不同意国民党政府在下游未复堤整堤，即先堵口后放水的行动，主张先复堤、浚河迁移河床居民，然后堵口，不使下游发生水灾；对于蒋介石水淹解放区的阴谋，则坚决揭露和反对。

1946年1月中旬，国民党政府黄河水利委员会派人和美籍顾问塔德查勘黄河故道。2月，国民党政府即成立了黄河堵口复堤工程局，全力筹划和推进堵口工程，并声言汛前合龙，使黄河回归故道。国民党政府并不与我方协商，即于3月1日在花园口开始打桩，动工堵口。

在全国人民的压力下，3月3日国民党政府黄河水利委员会委员长赵守钰前往新乡，会晤了正在举行军事调处的周恩来、马歇尔、张治中，商洽了有关黄河堵口复堤问题，决定各方面派出代表谈判，以求得合理解决。晋冀鲁豫边区政府派出代表，自冀鲁豫解放区到达开封。此后一年多中，以中国共产党领导的解放区为一方，以国民党政府所属水利部门及"行政院救济总署"（以下简称行总）为另一方，并有"联合国善后救济总署中国分署"（以下简称联总）参加，进行了多次谈判。

艰难谈判一波三折

1946年3月23日，晋冀鲁豫边区政府代表晁哲甫、贾心斋、赵明甫等在开封与国民党政府代表商谈堵口复堤问题，4月7日达成《开封协议》。商定堵口复堤可同时进行，但花园口合龙日期要等共同查勘下游河道、堤防情形之后作决定。之后，赵守钰和美籍顾问塔德等与中共代表赵明甫、成润共同赴黄河下游查勘，从菏泽到河口实地调查堤岸破坏情况，4月15日返回菏泽，在冀鲁豫行署，与段君毅、贾心斋、罗士高等进行协商，并达成《菏泽协议》：复堤、浚河、裁弯取直、整理险工等工程完竣后，再行合龙放水；河床内村庄迁移救济问题，由国民党政府黄委会呈请行政院发给迁移费，并请联总、行总救济。

4月17日国民党中央通讯社发出"黄河堵口复堤决定两月内同时完成"

的消息。20日，国民党《中央日报》发表消息称："倘黄河汛前不克全部完成堵口工程，（国民党）政府方面实不能负全责。"对国民党政府违反《菏泽协议》提前堵口的行为，5月5日，晋冀鲁豫边区政府负责人指出：国民党政府决定两个月内堵口，明显包含军事行为，有意指挥黄委会放水，水淹冀鲁两省沿河人民，要求国民党政府立即停止花园口堵口工程。10日，中共中央发言人也指出："坚决反对国民党政府此种蓄意淹我解放区的恶毒计划，要求国内外人士主持正义，制止花园口堵门工程，彻底实行《菏泽协议》。"

堵口谈判在开封已无解决的可能，解放区派赵明甫、王笑一同联总河南区主任范海宁前往南京同周恩来一起与国民党政府水利委员会、黄委会、联总、行总等代表进行了谈判，先后达成了《南京协议》、周恩来同塔德的《六点口头协议》，以及马歇尔、薛笃弼、周恩来三人对执行协议的"保证"。谈判的结果是：下游急要复堤工程包括险工及局部整理河槽尽先完成，急要工程所需器材及工粮，请行总、联总尽先尽速供给，所需工款由水利委员会充分筹拨；下游河道以内居民迁移救济问题，从速核定办理；堵口工程继续进行，以不使下游发生水害为原则。中共代表提出保留意见：大汛前口门抛石以不超出河底两米为限；不受任何军事、政治影响；汴新铁路暂不拆除。同时由中共派工程师住在花园口加强联系。

6月下旬，内战全面爆发。国民党对堵复花园口更加迫不及待。在向中原解放区发动进攻前三天，他们不顾历次黄河谈判成果，悍然撕毁《南京协议》，单方决定于6月23日花园口堵口工程抛石合龙。由于石料不足，加上黄河水涨，花园口违约堵口以失败而告终。

红洋楼亲历历史

红洋楼由当时北京邮政总局拨款，1917年为河南邮务管理局邮务长及会计长居住、办公而兴建的两座小楼。东红洋楼系当时邮务长阿良西（英国顾问）公寓，规格高于西红洋楼。东红洋楼地下一层，地上两层，楼后有六间附属用房及小院，其建筑为18世纪巴洛克式建筑，红机瓦、坡屋面、红砖清水墙，白灰勾缝及局部水泥拉毛外装修，木地板、木楼梯、水卫厨厕齐全，木制门窗。外装修以红色为主调，装饰细腻，做工考究，造型随平面功能而变化。外廊及阳台栏杆为西方花瓶式竖柱邻列，为典型的西洋公寓。东红洋楼在抗战胜利后为联合国救济总署所在地。

1946年7月18日至22日，周恩来在上海分别同国民党政府和联总的代表进行谈判。谈判到黄河下游解放区粮食分配及救济问题上，周恩来提出：关于具体数字的分配，我要亲自到开封去，听一听冀鲁豫解放区政府的意见，再行商定。

周恩来在上海出席黄河堵口工程联席会议谈判的间隙，为了深入了解实际情况，于7月19日他从上海飞抵开封，以便研究对策。还没有来得及稍事休息，他就决定立即乘车到郑州花园口去。

傍晚回到开封后，周恩来派车把冀鲁豫行署领导张玺和段君毅由菏泽接到开封研究黄河堵口问题。冀鲁豫边区行署主任段君毅和区黄委会主任王化云等同志听说周恩来同志要接见他们，都异常兴奋。大家急忙更换行装，连夜乘车，在7月20日黎明时分，赶到了开封红洋楼。向周恩来汇报了关于黄河复堤、应得工款、工粮及交通运输等方面的情况。周恩来同志同国民党在开封谈判黄河改道时，一直下榻东面的红洋楼。

7月20日，周恩来出席了在开封城隍庙街国民党黄委会举行的黄河归故问题座谈会，出席会议的有解放区代表、国民党河南省政府及开封黄河水利委员会的代表，还有联总、行总的代表。赵守钰和塔德发言后，周恩来发表了讲话，他从黄河悠久的历史讲到黄河改道，从国共谈判讲到中国的前途，从黄河复堤讲到花园口堵口。他用大量事实揭露了国民党把黄河作为战争工具的阴谋，阐述了我党的正义主张。重申我党"先复堤，后堵口"的原则立场，周恩来严正警告国民党反动派：黄河协议必须坚决执行，任何耍弄阴谋诡计的人绝没有好下场，他大声说：玩火者必自焚，玩水者必灭顶。周恩来渊博的知识、庄严的态度、明晰的说理，以及对事实的深刻了解，使听者无不叹服。在场的国民党中央通讯社的记者，在发出的专稿中也不得不承认，周恩来是"气宇轩昂的人物"，回答问题"是深刻的"。

7月21日，周恩来飞回到上海。22日，周恩来在上海与联总、行总签署了关于黄河问题的《协定备忘录》（又称《上海协定》），国民党当局承诺为解放区黄河复堤工程支付60亿元工料费，提供复堤器材和8600吨面粉，发放受灾黄河两岸人民228亿元安置救济费，堵口工程延期。

红洋楼见证了一场没有硝烟的战斗。在黄河归故谈判过程中，虽然国民党政府一再推翻协议，拖延支付复堤工款和河床居民救济费，但由于以周恩来为首的中共代表坚持有理、有利、有节的谈判斗争，使蒋介石政府不得不接受"复堤尤重于堵口，堵口不能先于复堤"的原则，推迟了堵口，赢得了下游复堤时间和部分工款、器材。为冀鲁豫解放区开展自卫战争创造了有利条件，为刘邓大军突破黄河天险、揭开我军战略进攻序幕奠定了基础。

1947年3月15日，花园口合龙，滔滔黄水归故道。

第三编
繁华之后是宁静

总修院：转身就开始思念

一直以来，我总是羡慕外地的美景，总以为熟悉的地方没有风景。在故都生活了10多年，曾经走遍古城的"七角八巷七十二胡同"，一度自诩"对开封颇为研究"，一味沉浸在市井文化中不能自拔。但当我偶然走进天主教"河南总修院"时，却使心灵受到极大地震撼。这是一个包容的城市，几千年的文化积淀成一部比悬河还要厚的书卷，怎么会短时间被我阅读完呢？

走进那个遗落在岁月河边的天主教"河南总修院"，在寂静中我看到了满眼的熟悉，虽说我是第一次来，但是却似曾相识，一点也不感到陌生。想

关百益书写的河南总修院

起来了，是在顾长卫导演的电影《孔雀》中多次出现的画面，全家一起吃饭的场景，胖大哥学骑自行车的情景，姐姐制作番茄酱的情景，打煤球遭到雨淋的镜头等等一幕幕浮现。不知道顾长卫当年怎么找到这么一个绝佳的外景地，在开封，除了满眼大宋的遗迹竟然还有如此辉煌的中西合璧的经典建筑。我惊诧于她的美，就像一个迟暮的美人，虽然历经岁月的铅华，斑驳的廊柱依稀可见的色彩，都显示出她曾经的尊贵与辉煌，灰色的砖瓦书写着时光的沉闷与冗长，院子的杂草与树木不知是否还记得当年这个天主教河南的最高学府。

罗马教廷批准　　营建总修院

据资料记载，传教士第一次有具体记载进入开封的时间是在1608年。后来清政府一度禁止传教，直到大约1902年，传教士进入开封，一共有6人相继主持开封教区教务，他们分别是时慎修、谭维新、包会士、毕性和、罗克信、阳霖。在此要单独提提谭维新。谭维新，1873年生于意大利北部巴维亚，是米兰外方传教会会士。他1902年到达开封，1940年67岁退休，1942年病逝罗马。谭维新神父大半辈子都在开封度过，会说一口地道的开封话，他是开封教会的开拓者，是天主教在开封最主要的支柱。谭维新主持教务32年，在任期间，他到美国和欧洲募捐了三次，为天主教在开封的发展铺设了坚定基石。

在近代，大部分意大利人是以传教士的身份来到中国的。他们在中国或以设立教会修院，创建学校医院等方式传播天主教。1926年北伐军进入河南时，天主教外籍神职人员走散，遂使教会感到培养中国神职人员的重要性，以适应时局的变化。河南省天主教各教区主教多次召开会议，经过认真协商，河南7个教区主教联合呈请罗马教廷传信部批准办学，传信部指定圣母圣心会的西班牙会士主持筹办。但由于河南各教区多由意大利人控制，1930年又改为委托意大利米兰外方传教会代管并筹办。天主教开封教区主教谭维新多次视察选址，最后按天主教传统习惯、西欧各国的常规，选定距离城市较远、避开闹市的开封东郊羊尾铺村，修建了天主教河南神哲学院，又称总修院，作为河南等地培养神父的场所。

当年在院址选定购买地皮时还有2个小插曲。最初，修建该院因系罗马教廷传信部拨款，故用传信部的名义，以谭维新为代理人，向当时的河南省契税经理局办理手续。契税局经理按当时律令，以外侨不得在内地购置永业地产为由驳回，不予办理正式手续。谭维新遇到头等难题，一筹莫展，于是便派意籍传教士前往汉口向意大利驻汉口领事馆求援，经意大利领事馆外交官出面向当时的国民政府外交部发出照会，声明系建立修院并不是私人财产，而是属于天主教会的。国民政府外交部派参事靳志来开封进行调查。这个靳志就是开封人，字仲云，精诗词，擅书法，风格典雅古秀。1926年，他在南京国民党政府外交部工作，靳志先生回到家乡开封，了解修建总修院的详情之后，也很理解支持。谭维新打听到天主教徒中徐魁元与靳志家有亲戚，徐魁元不但是天主教徒而且在开封天主教区内还有一定的声望。经徐魁元出面从中斡旋，靳志先生便网开一面，督促河南省契税经理局最后以天主教河南开封总修院名义办理验契手续，才得以顺利营建。

还有一个小插曲就是当时购买地皮的时候遇到了"钉子户"，有几户人家不管教会出面还是政府出面做工作就是不肯卖地，就是出再高的价钱也是不卖，没有办法，入口大门东临街部分始终是私人门面房，大门只得偏安西南。

远去的圣歌

天主教河南总修院作为重要的近代宗教文化遗产和规模较大、质量很高的建筑群，在历史、科学、艺术等多方面具有很高的价值。

总修院的筹建从1930年开始，1931年建成。其设计为中西合璧型，基本上是仿照天主教会在北京创办的辅仁大学所建造的模式，即外观为中国古典式，内部为西式装饰。采用这种建筑造型设计的主要因素，一是外国传教士对中国宫殿式建筑的雄伟庄严、优美协调深为叹服，二是因当时罗马教廷驻华代表刚恒毅认为，要使天主教能在中国发展就应与中国传统文化相适应，提倡教堂要建成中国式的，圣像也应绘制得具有中国艺术特色。

总修院主体建筑为一座平面呈椭圆形的环形二层楼房。楼的上下二层均有宽约3米的外走廊围绕全楼。整座建筑南北对称，造型庄重大方，气势宏大，装饰细腻精巧，色调素雅，做工考究。共计占地57亩2分1厘。四周有围墙为界，大门位于整体的偏西位置，亦为古典式。大门两侧各有传达室一间。从大门向北是广场，是修生体育活动的场所。

总修院楼的正面大门为封火山墙式，上原有书写红色行楷字迹："河南总修院"。据《开封市文史资料》记载，旁边曾有小字"北宋大花园故址"，此为开封当时名书法家关百益的手笔，现已被凿去，如今，在"河"字正下方隐约可见痕迹。下面浮雕着线条优美的宗教图案。大门最顶端伫立着一柄神圣的十字架，一扇红漆斑驳的木门镶嵌在半圆的门洞之中。

主体建筑位于中央，是一座平面呈椭圆形的环形二层楼房。南北长51.1米、东西长91.4米，建筑面积2700平方米，大小房间共有190间。上千平方米的院落，被首尾相接的楼温柔地环抱着，整个楼属于中西结合式的砖木及砖混建筑结构，高近10米，分为上下两层，采用中国古典式，造型为出厦，下层为水泥柱，上层为木柱。走廊的梁檩及木柱外露者皆加油漆。外墙青砖对缝砌造，墙身厚重，收分明显。立面上混杂使用中国古建筑手法，所用的瓦皆为灰色筒瓦，整座修院建筑主体保存基本完好，是一组不可多得的中西合璧的近代建筑成功范例。

进入楼内为一宽敞的庭院，当年这里曾经种植石榴、榕花、松柏、无花果等树木。芳草萋萋、落英缤纷、鸟语花香。如今，放眼大院，满目衰败，窗棂破碎、瓦筒残损、荒草丛生，再加上当时阴天，已经开始下起了淅淅小雨，阵阵凉意扑面而来，不由得使我的心情生出许多的伤感。

信步在漫曲的回廊中，一边享受着精美建筑带给的深刻震撼，一边咀嚼着久远历史留下的浓重滋味。当年的修院，是分男院和女院的，"独身"是天主教会的一条法律，身为天主教的神父必须要遵守这不结婚的戒律。通往女院的门紧紧地锁着，满布蜘蛛网，尘封多年的门紧闭，通过门缝的微光可见彩色的玻璃窗，一如当年那样华贵与精美。不少房间里零落着碎砖烂瓦，

中西合璧建筑的典范

弥漫着一股呛鼻的霉味；天花板墙皮大块大块的脱落，露出一些木条。一座教室样的房子屋门敞开，里面残留几张桌子，地面厚厚一层积尘，墙壁依旧洁白，只是不见当年众多修女修士静修的情景，不见那些身着长袍的神职人员，缓缓聚集在一起合唱圣歌的情景。透过岁月的烟雨风云，只感觉岁月的沧桑和时光的无情。

一楼的四角各有楼梯相通。在修院正楼正门相对的楼北向开有一个小门，有一走廊约十余米与后面的教堂相通，名为"无玷圣母堂"。建筑面积为301.7平方米，可容二百人左右参加宗教仪式，直到今天，每到周末，这个教堂中还有人在做弥撒。圣母堂正面的大门亦为封火山墙式。

整座建筑构件充分显示出浓厚的中国元素。比如图案多由浮雕和透雕构成，主要造型是植物的纹饰。滴水、瓦当均已龙或者植物纹饰为图案内容，做工精细。前主楼垂脊脊端坐有2只小狮子，造型栩栩如生，威严不失情趣。就连通气孔的铁艺图案也是四角蝙蝠吉祥图案。这一切都显示出中国传统建筑的艺术特色。

南北主楼北部山墙上有白色浮雕山花造型。山花整体保存基本完整。造型中无论是植物叶花朵，还是枝干，均构图完整饱满，线条流畅，栩栩如生。整座建筑封火墙是全砖体，老式灰砖，墙体为空心。这种设计既增加了房屋的安全系数又增添了建筑的美观。它使简单的人字屋面变得错落有致、曲折流畅，在鳞次栉比的房屋之间丰富着画面的色彩与形式，层次错落有致。当火灾发生时，高高的墙阻住了火势继续蔓延，同时，由于墙体为空心，热量在空气中传播得比固体中慢，而且墙体又厚，这无疑为隔壁的房子提供了另一重保护伞。

无玷圣母堂

墙上的山花

寂静中的守望　辉煌过后是沧桑

1932年总修院竣工，并开始招生。院长由各教区主教提名推荐，由罗马教廷批准，先后由意大利人罗克信、张景芳、博览阁任院长，宗教课全由意大利教师担任。招生修士的范围是河南全省9个教区和陕西汉中教区，入院者必须出身于天主教徒家庭，未婚并且接受过教育的男青年，招生人数无定规，各届相差很大。经费由罗马教廷传信部拨给，各教区推荐修士亦交付一定费用。学校分哲学班和神学班，哲学班修业2年，课程有圣经、经院哲学、逻辑学、哲学史、宇宙论、心理学、天主教史、拉丁文，多用拉丁文授课，普通文化课有语文、自然科学。由意大利籍神职人员和中国神父马昌仁（罗马传信大学毕业）任教。聘请清朝举人、教友陶少兰等人讲授国文。哲学班修业合格，方可升入神学班，课程有基础神学、伦理神学、教义神学、灵修学、天主教法典、天主教礼仪等，均用拉丁文。期满合格后，由院长推荐，一般即可授予神品，并由主教祝圣为神父。河南天主教神职人员大多从此毕业，开封教区先后祝圣为神父的有：刘心淳、刘文良、刘景和、张传信、赵文明、刘鸿礼、陈金铎等10人。修生人数最多时达百余人，在招生的28年间，总修院为河南九个教区及陕西汉中、安康等教区培养了几百名神职人员，为天主教在中国内地的发展做出了很大的贡献。

1938年6月，开封沦陷，战火逼近，百姓流离失所。由于二战时德意日结成了战争同盟，当时悬挂着意大利国旗的总修院免于轰炸，日军也很少来骚扰。因此东郊附近的百姓纷纷到此避难。1938年9月，周围14个村的老百姓立碑纪念。这14个村分别是小花园、扬驿铺、大花园、白塔、皮屯、前台、边村、冈郭屯、鲁屯、朱屯、文庄、樊庄、汪楼、沙岗寺等。碑文由陶钟翰撰写，《天主教河南总修院捍卫兵灾记》碑记载："自东海扬波，而中原势若怒沸，越大河以南，江口横斜，淮竟夺流矣。开封于戊寅五月，亦遂告失陷，端阳后三日也。当是时，伏暴藏虎乳，血食肤前人，或谓崩榛塞路或仿佛似之，屯民奔走来院者，其数何止千百，而妇孺尤多……"后来意大利在二战中战败，总修院外来经费减少，只能勉强维持。中华人民共和国成立后，1951年以华人马昌仁为院长。1954年以后，因天主教河南总修院在院的修生、教师及职工总共不到三十人而空房甚多，为解决该院的自养问题，由该院副院长李华藩神父出面将楼房的一半出租于河南生物制药厂办公用房。1958年秋，该院因修生仅有4人不能开班而不得不停办，这一停就是半个世纪。50年来，总修院饱经岁月更替，人事变换。这里曾经是开封炼铁厂的办公楼，也曾改为炼锌厂，入住了炼锌厂部分职工家属，如今仍有三五户散居于此，好多的窗和门被粗糙的红砖垒上了墙。

在大量近代天主教建筑已经销声匿迹的今天，对于近代开封和河南这段历史见证的"河南总修院"，更显得弥足珍贵。这座建筑，1992年4月被公布为"开封市文物保护单位"，2000年9月被晋升为"河南省文物保护单位"。可喜的是，2013年5月初"河南总修院"荣膺国家级文物保护单位。

丹麦哲学家克尔凯戈尔说："所有的人生都经历三个阶段，年轻的时候是审美阶段，中年的时候是伦理阶段，老年的时候都会步入宗教阶段。"对于这座总修院而言，则与人生不同，"年轻的时候就进入宗教阶段"，"年老的时候步入审美阶段"。灰色的墙面，灰色的筒瓦，处处都渗透着神秘和威严；大方庄重的排窗，虽然玻璃残缺不全，仍给人以无尽的想象；优雅的墙饰浮雕，厚重的铁质栅栏，仿佛还在向人们诉说着往日的辉煌……宏伟与肃穆令人起敬，荒凉与破败令人心痛。如今，这个院落已经展开了维修，力图再现当年的人文历史和建筑之美。

著名画家徐松波评价说："总修院是一个典型的民国瓷器，就是残损仍然光彩依旧"。

静宜女中：一个女性拯救了一万多河南人

没有一个地方如此令人神往，没有一处旧址使人这样留恋。在开封，双龙巷，千年历史街区的隐秘深处，静宜女中在岁月的岸边如一颗珍珠一样熠熠闪光。静宜精神传承80多年，静宜文化花开海峡两岸。"传承静宜薪火，培育华夏栋梁"。

在一个周日，我们走进空旷的校园，漫不经心，步入交错的时空，感受静宜文化，品味静宜精神。枣红色的椅子可以记笔记，乳白色的木凳上镌刻着庄严的十字架，历经80余年，依然沉香如旧。墙壁上的黑白照片，定格了当时静宜女中的盛况，那些风姿绰约的学子，那些意气风华的教师，那些中西合璧的建筑，都在无言诉说着静宜女中的辉煌过去……

盖夏姆姆女子教育布薪火

说起静宜女中，绕不过两个人，一个是当时天主教开封教区的谭维新神父，一个是修女盖夏姆姆。

盖夏姆姆

1902年传教士何安业派意大利籍神父谭维新，在中国神父时慎修的陪同下来到开封，要求清政府同意恢复天主教会。1905年他们在开封市袁坑沿街路东购买民宅一所，改建为教堂，天主教会从此在开封予以恢复。1915年经罗马教廷传信部批准建立开封教区，谭维新被任为天主教开封教区的首任正权主教。谭维新认为在城市内扩大传教范围并能取得效果，必须提高教会声誉，只靠一般的传教活动是不够的，就需要创办一些教育及慈善事业。为了吸引人才和经费，壮大开封教区，谭维新于1920年前往美国及法国、意大利、比利时各国进行活动。他在美国邀请山林圣玛利主顾会修女盖夏等人同来，其任务是开办学校。

盖夏姆姆于1906年加入美国印第安纳州圣玛利森林的主顾修女会。1920年9月29日，由她率领五位修女来华，10月24日到达开封。1921年3月在草市街路西创办华美女子学校。该校设有初级中学及小学两部，招收两班学生。华美女子学校的课程和一般学校初中的课程大致相同，只是小学五、六年级加上英文课，因为盖夏姆姆认为年龄越小越便于学习语言。由于入学者多是羡慕教会之名而来，在年龄和文化程度上参差不齐，教师用外语直接授课，学生不容易接受，再加上没有正式的校舍和缺少教学设备，该校于1925年"五卅"运动后，宣布停办。

1930年，盖夏姆姆受谭维新主教的委托，在双龙巷路北购置民房，开始改建扩建作为校址。学校先建二层教学楼一座，三层寝室一座。二层教学楼上面设置8个教室，有1.8米宽的外廊，砖雕檐口，建筑面积922平方米；接着建礼堂楼一座，建筑面积600平方米，上层为图书馆。另建有修女楼一座供美籍修女居住、圣堂一所容纳百余人礼拜、饭厅平房9间供用餐。以上建筑皆为砖木结构，灰瓦歇山式坡屋顶，人字木架，西式玻璃门窗。校长办公室、教员休息室、教务处设于前院旧式平房内。因谭主教请人为盖夏姆姆取的中文名字为"陆静宜"，大家一致要求用"静宜"二字作为校名，一方面表示对姆姆的崇敬之意，另一方面也纪念她创办学校。校名定为：河南私立静宜女子初级中学。

1931年国民政府颁发新教育法令规定："凡私立学校未在政府立案者，

政府不予承认其毕业生资格，不准许考国立高等学校"。教会办学必须在向教育厅立案以后，才可以开办。按照政府规定，校长一职必须由中国人担任，学校须成立董事会。吴筠盘在《解放前开封市私立中学的发展及概况》一文中介绍："私立中学的校董会，是由发起和创办私立中学的人员组成的。校董会组织起来，首先就得将校董名册，校董会组织章则和基金，呈送教育厅备案。学校的管理工作主要靠校董会来执行。"现存开封市档案馆的《河南私立静宜女子中学校董会章程》显示，校董会的责任主要是筹划经费、审核预决算、保管及监察财物、选任校长以及其他财务事项。对董事的资格也有限制，要求校董事曾经研究过教育，或者是学界名人或有专门学识，或者赞成该会宗旨承担经费者。对校董会作出决议的规定，"本会会议须有三分之二出席者方能开会出席，过半数之同意方可表决。"而董事会的主要职能主要体现在为学校筹措资金上。在1932年《河南开封私立静宜女中向河南省教育厅呈请立案事项表》记载：学校当年全年预算五万三千八百元中，有四万九千元是由董事会筹措的，其中拨款九千元，筹款四万元。《开封静宜女子中学校呈文抄存·教职员履历簿》显示，1932年私立静宜女子中学校董共有9位知名的天主教人士，他们中有天津圣功女子中学校长，前北京大学校长，北平中央医院董事，前求新工厂厂长，辅仁大学教育学院院长，北京大学国学研究院研究员等。英启良为北京市人，满族，是天主教著名人士英敛之（英敛之曾创办《大公报》及辅仁大学）的侄子。他担任了静宜女中的首任校长。1936年静宜

教学楼，1995年拆除，在此建了"逸夫楼"

女中校董增加到13人，里面有著名教育家、天主教著名人士、先后创办震旦大学院，筹建复旦公学（今复旦大学）的马相伯，20世纪上半叶中国著名企业家、慈善家陆伯鸿，国民党军高级将领、时任河南省主席刘峙，河南省政府主席、保安司令商震，著名实业家、中国近代经由买办发展成为民族资本家的朱志尧，时任河南教育厅厅长齐性一等。

静宜女中于1932年建成开始招生。第一学期招收51位女学生，后来增设高中部。1937年9月在校生增至500人左右。同年，静宜小学在南关官坊街开办。那里有主顾修女会的教堂，现存二层建筑与已经拆除的静宜女中的楼房是同一图纸建造的。

静宜校园　沦陷期间避难所

1937年12月，日军攻陷南京开始惨绝人寰的屠城后，美国教士明妮·魏特琳作为金陵女子文理学院教导主任，坚守校园，建立了当时在南京屈指可数的国际安全区之一，为上万名的妇女、儿童提供了可以暂时栖身的庇护之所，使他们尽量免遭日军的性暴力和杀戮，并冒着生命危险、全力以赴地营救难民们的亲人和当时为南京市民提供帮助的国际人士。这些资料我们都可以从《拉贝日记》《南京安魂曲》《南京！南京！》等书籍和影视作品中了解。在开封，同样也有一群这样修女，她们在盖夏姆姆的带领下，

静宜女中二号楼

怀着巨大的勇气与舍身精神，为中国人民做着同样的义举。

1938年6月，开封沦陷，古都被日本侵略军占据，日寇到处烧杀劫夺。天主教会在这时大办"难民收容所"，不论是否信教均可收容。当时盖夏姆姆除带领所属修女参加火车站的急救医疗工作之外，还将停课的静宜校园辟为临时难民营，收容受到战火波及的中国难民，提供医疗与照顾，并派有意大利籍神父主持校园秩序，以阻止日本侵略军的进入。在那个烽火连天的日子里，"静宜女中暂时停课，除了教室，校园里也搭满了帐篷，先后收容难民一万多人"。（《盖夏姆姆的故事》）同时教会委派教友高永昌（河北省人，后任静宜女中校长）等人协助管理。校园悬挂教会国家的国旗，避免了日军的轰炸。今天，我们应该铭记盖夏姆姆和她所带的修女们，她们的大爱使学校成为安全区，她们不但为难民提供食宿，还在心灵上给予慰藉。大约一个多月后，避难者开始自动有人离去，到年底难民才逐渐散尽。

后来，校园恢复上课后，在盖夏姆姆及负责开封静宜女中教务的美籍修女方希嘉的安排下，主顾修女会选派具有较高文化水平的修女到静宜女中，协助美籍修女照顾教友、学生的宗教生活。

静宜教育　进德修业育栋梁

开封是河南省的省会，是教育文化中心。静宜女中在创办之初就定位在很高的起点上，当时学风严谨，算是开封有名的贵族学校。据静宜女子中学档案记载，自学校1932年成立以来到1936年四年间，"由本校送美留学者六人。"

静宜女中要求很严格，学生一律住校，每周六可回家一晚，星期天下午必须回校、寝室里每个学生一床。一床头柜，柜旁挂一白布口袋，可以装换下要洗的衣物，床上一律白色床单铺平，上课使用英语讲课。

盖夏姆姆和修女们在抗日战争中也遭受了非人的待遇。1941年12月8日，日本偷袭珍珠港，太平洋战争爆发。当日黎明，日军即全副武装包围了当时住在自由路（今开封市宾馆）美国本笃女修会和驻在双龙巷静宜女中和理事厅街教会对面的美国山林玛利主顾会的全部美国修女17人，先集中于一处，后即押送到山东省潍县集中营。静宜女中同时也被封停课，经开封教区意籍传教士出面交涉以后由意籍神父负责，才同意复课，盖夏姆姆和修女们才被释放。

1943年9月，因美英盟军在意大利南部登陆，意军溃败投降，由意大利籍神职人员主持管理的静宜女中，遭受日军封闭而停课。后经梵蒂冈罗马教廷驻华代表蔡宁的安排，从信阳教区调来两名德国籍的神职人员与日本侵略军交涉后，静宜女中在停课达三四个月以后才又复课。静宜女中虽然在教会的保护下得以艰难地继续办学，但是要接受日伪政权的监督。日寇在开封办教育主要是以"中日亲善、防共睦邻、同文同种、大东亚共荣圈"和"天无私复、地无私藏、念我新民、无私无党"为办学宗旨，妄图从精神上麻醉青少年，但是静宜女中在日伪统治期间仍坚持了自己的办学宗旨和独立性。

在一份1944年的静宜女中

静宜女中学生在学校留影

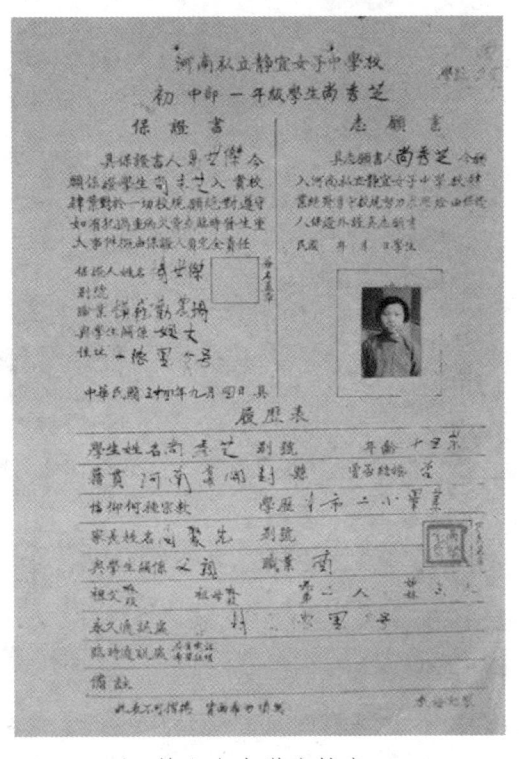

静宜女中学生档案

生的档案资料上，我们看到，油印的表格，上面有学生的照片，有履历表，背面还有成绩表，头两栏分别有保证书和志愿书。那时，学校还在日本人的统治下，除了英语课外，必须开设日语课。在这张静宜女中的成绩表上，日语课排得很靠后，安排在所有的副科末尾。而英语却排得特别靠前，明显属于"主科"。这比起其他学校几乎所有课程均以日语授课的安排来，有很大的差异，显然，静宜女中的这种安排，是不合日本人意的。在那动荡岁月里，大部分学校都宣布停办了，而静宜女中依然坚持独立办学，这需要巨大的勇气和毅力。这所学校也因此人才辈出，培养出了王佩英、袁家倧等优秀学子。静宜女中为开封引进了西方教育模式，促进了中西文化交流，在提供教育机会，培养教师和优秀人才等方面做出了积极贡献。

1951年，开封市文教局开始对私立中学进行改革。静宜女子中学经过校政改革，"奉开封市文教局指示，改为私立新生女子中学校。经费由公款补助。1953年开封市教育局统一学校规划，将新生女子中学改为省立开封第八初级中学校。"

现在的开封市八中校园

修女院：开封宗教文化的载体

10年前曾经过往无数的那条道路竟然隐藏如此神秘的处所。10年后听说该处后遍访朋友而不得知。偶然得知地址，便欣然而去。这样的建筑，一次是看不够的，需要静下心来去品味。房子建于1930年，距今已经80多年，既有东方的古典，又有西方的伟岸。青砖灰瓦，衰草萋萋，原来的建筑大都毁坏而不存，仅存的三处建筑中有两处已经破败，只有一座带阁楼的三层建筑还依然完好，这里过去是修女的宿舍，如今依然住着修女。

谭维新和主顾传教修女会

岁月是一条河，它带走了光阴的故事，留下了一些旧闻和传说。

说起开封的天主教，绕不过一个人——谭维新（意大利籍，米兰外方传教会会士），谭维新神父大半辈子都在开封度过，会说一口地道的开封话，他是开封教会的开拓者，主持教务32年，是天主教在开封最主要的支柱。1902年，意大利神父谭维新在中国神父时慎修的陪同下来到开封，要求清政府同意恢复天主教会。时慎修神父曾留学罗马，毕业于梵蒂冈传信大学，精通三国语言并能言善辩。他多方奔走，于1905年在开封市袁坑沿街购买民宅，建为教堂。1910年罗马教廷任命谭维新任河南南阳地区主教，另派一名意大利籍米兰外方传教会会士包乃宣到开封主持教务。1915年，开封从南阳教区分离出来，成立开封教区。在任期间，他到美国和欧洲募捐了三次，为天主教在开封的发展铺设了坚定基石。开封现存的几处教堂都与他有关联。理事厅街天主教堂始建于1917年，历时三年时间，于1920年全部竣工。1930年天主教开封教区主教谭维新多次视察选址，最后按天主教传统习惯、西欧各国的常规，选定距离城市较远、避开闹市的开封东郊羊尾铺村，修建了天主教河南神哲学院，又称总修院，作为河南等地培养神父的场所，直属梵蒂冈。

天主教开封教区主顾传教修女会1930年于河南开封成立。是由时任教区主教谭维新主持下所设立的，1932年经梵蒂冈罗马教廷传信部予以批准。是天主教开封教区唯一的一座修女会，在创办之初为便于管理，教区主教委托当时在开封设有修会的美国山林圣玛利主顾会修女负责代管，由美籍修女盖夏主持会务。成立初期，团体约有七十余人，在河南开封教区所属二十余堂区工作。修会的工作包括了教育、医务及传教等。从1930年正式建会以来到1949年这20年间，先后入会有100多位修女。

保存比较完整的的北楼

修女盖夏　大爱人间

主顾传教修女会影响很大，就说修女盖夏吧，她在1920年来到开封，1932年创办静宜女中，因她的中文名叫静宜，故名。当时学风很严谨，是当时开封的贵族学校。1937年，日军侵华，开封沦陷后，学校因战争被迫关闭。当时盖夏姆姆除带领所属修女参加火车站急救医疗工作之外，并将停课的静宜校园辟为临时难民营，收容受到战火波及的中国难民，提供医疗与照顾。

开封主顾修女圣母堂原有圣堂一座（可容纳百余人），修女住宿楼一座（三层，第三层为阁楼），养病楼一座（二层、14个房间），美籍修女饭厅、厨房、中国修女饭厅、厨房、洗衣房、传达室及花房等约1200平方米。有围墙相隔，种有松柏、荣花树多株、冬青及木楼交错于走道两侧颇为幽静。

至今仍服务社会的修女

开封现在仍有主顾传教修女会，由魏祖奇修女主管。那天我去拜访的时候未见魏院长。据盖夏老年公寓的炊事人员说，每天早上6点，会有六七个修女聚在一起听一个修士讲课、一起诵读经文。

做饭的大妈说，进去看看吧。西屋是厨房，中间的屋子是米面、菜和冰柜、案子。她说今天要给老人煮鸡蛋，这里的老人，每周吃一回鸡蛋，煮69枚，修女、工作人员都不能吃，69个老人，每人一个鸡蛋。修女住在二楼，门紧锁。在一楼的房间我看到了彩绘的柱子，鲜艳的红，柱子顶上有石膏造型的花朵，有的洁白无瑕，有的红绿相衬。一楼的房间原本是通着的，后来砌了砖墙，分成了房间。

据一个修女讲，按照天主教会的传统每一修会都有自行规定的会衣包括所戴的头巾。主顾修女会所规定的会衣也和其他女修会相同，

南楼需要修缮，已经停止使用

为连身长裙、颜色采用黑白交织的深灰色，头巾披肩不露头发，冬为黑色，夏为白色。已发愿的修女在胸前佩戴十字架、已经发终身愿的修女可在右手无名指上戴一银质戒指。望会生、保守生及初学均不穿戴会衣。

　　修女在院内是过着严肃的集体生活，每天的时间安撑外出、会客、住宿、饭厅等都有具体详细的规定，在院修女及包括望会生、保守生、初学均应共同遵守。比如在餐厅用餐时，由院长指定一位修女读圣书，大家边吃边听，禁止高声喧哗嬉笑。同进同出，不因特殊原因不得迟到、或早退。修女因公或私事包括其亲属来访时，首先通过传达人员向院长报告经同意后在接待室会见客人，严禁将外客引入个人寝室；在与客人谈话时要由院长指定修女一、二人陪同，外地寄给修女的信函及包裹亦应由传达人员先将信函包裹送交院长，经其同意后再转交给修女本人。修女返家省亲大体是每年一次，视路程的远近而定，除有特殊重大事故外，修女不得向院长要求请假回家，修女的寝室以集体为主，以三人以上为原则，陈设方求朴素，室内应供设苦像、圣像。决不容许悬挂张贴有伤风雅的装饰品。修女在患病时经院长批准安排在修院内养病楼内医疗并派修女前往护理。修女们在修院均以姊妹相称，而不是论资班辈，对早期入会的年长修女是很尊重和照顾的。在彼此称呼上也很少提名道姓的叫，一般习惯是称其"圣名"。

开封主顾修会早期照片

20世纪30年代初，仁爱修女会在河北省一些教区创办眼科医院，由精于眼科医术的荷兰籍神父主持并传授先进医疗技术，在当时社会中颇有声望。主顾传教修女会在征得教区主教的同意下派该院修女前往学习。在20世纪40年代初即在开封市创办眼科诊所。以带徒的方式传授医疗技术，逐步发展。该会大部分修女在不同程度上具有医疗能力。如今，这里的修女，为了服务社会，开办了盖夏老人院和眼科诊所。

公主楼：梁思成点赞的典雅建筑

"琪树明霞五凤楼，夷门自古帝王州"。开封是八朝古都，历史上那些雕梁画栋的公主楼阁已经随着岁月的变迁或毁于兵火或埋于黄沙，红颜婵娟随风去。开封目前的近代建筑中可以称为公主楼的，也只有开封宾馆的二号楼和河南大学的七号楼了。

杨廷宝设计的本笃会修女楼

开封宾馆的二号楼，原为天主教本笃会的房产，从1936年开工建设至1937年竣工，作为修女的居住场所。太平洋战争爆发后，被日军占用，成为日本领事馆。1945年，日本投降后才被收回。这所建筑据说是由中国建筑学的泰斗级人物，与梁思成并称为"南杨北梁"的"南杨"杨廷宝设计的。如果不是身临其境，你是感受不到二号楼的设计灵光与大家闺秀的气质和风范的。二号楼采用坡屋面，灰瓦歇山顶，清水砖墙，白灰勾缝，共有四个出入口，正门居中亭亭玉立，门庭采用两柱式歇山挑角门廊。整座建筑采用砖木结构，木屋架、灰筒瓦，屋脊鸱吻兽和烟囱增加了建筑的立体空间。做工十分细腻，装饰秀丽雅致，门窗采用清末花式，制作精细优美，朱红油漆格外醒目。各入口处有垂花柱和透花雕饰，造型精美。整座建筑色彩搭配协调，既有东方建筑的婉约，又有西方建筑的豪放。中西合璧，堪

开封宾馆二号楼

称近代仿古建筑的典范。新中国成立后，这座楼被改为开封宾馆，接待了不少名人政要。

河南大学的两座公主楼

再说河南大学的公主楼。河南大学百年校庆之前，汴梁博客圈的灵魂人物怀梦草策划畅游了河南大学明伦校区，河南大学的学者跬步先生当导游，讲解翔实，众博友受益匪浅。也就是在这次活动中笔者得知了河南大学公主楼的故事。河南大学关于公主楼的说法版本甚多，其实"公主楼"之说早在国立第五中山大学时期就已经开始流传，说是在迷人的校园内，有一座"俨如宫殿又严肃而华丽的皇宫小楼"，里面住着一群非常美丽的姑娘，"环境幽雅，是人人向往的天堂。"当时的"公主楼"，建筑位置在六号楼东南方向约80米处，是一座砖木结构、坐东向西的二层仿古建筑。

就是这样一个炙手可热"公主楼"却被梁思成给否定了。1936年6月初，梁思成、林徽因到开封调查了宋代的铁塔、繁塔等古建筑之后来到了河南大学，校园建筑群恢宏大气、典雅美丽。在参观了"公主楼"之后，校方引领梁思成和林徽因到七号楼前，站在七号楼前，梁思成久久不肯离去。该楼是校园近建筑群中规模仅次于大礼堂的建筑。位于中轴线西侧，建于1925年。建筑的屋顶采用歇山、悬山、平屋顶等屋顶组合而成。中部主体两边均为悬山屋顶，中部中间为平顶，两翼为歇山屋顶，同中部屋顶交接，形成两条丁字脊。屋顶之上，分设了气楼，利于建筑室内外空气流通。每个入口均有歇山卷棚屋顶式灰瓦门廊。七号楼造型精雕细致、布局严整、雍容华贵、富丽堂皇，梁思成感慨良久，说："瞧，这才是真正的公主楼！"

因为他的一席话，笔者在多年之后仍迷恋七号楼的华美，常常徘徊在楼的周围去感受她的端庄和秀美。这是怎样的"公主楼"啊，不因岁月的洗礼而失去芳华，不因时光的无情而黯淡无光，不因人事的沧桑而丧失气韵，不因年代的久远而老态龙钟。在绿树青草之边，在红柱飞檐之上，在过去未来之间，沧海桑田，不变的是她的容颜。那些雕刻彩绘的木雕，明快轻盈；那些窗间罗马式的圆柱，韵味十足；那些水泥砂浆抹面的底层基座，粗犷稳重。七号楼的建筑设计，不拘泥于传统建筑模式，而又不照搬西洋形式，设计者处理中西建筑手法已经非常娴熟，是20世纪20年代中西建筑艺术不可多得的艺术精品。就是在这座"公主

河南大学七号楼

河南大学七号楼入口

楼"，1937年6月，邓拓作为法学院进步学生，在此楼北门被国民党的特务逮捕入狱。

在开封现存的近代建筑中，河南大学七号楼和开封宾馆二号楼被称为"公主楼"当之无愧。"欲把她们比西子，浓妆淡抹总相宜。"因为只有公主的才可倾国倾城，只有公主才可以如此的娴静、典雅、高贵、纯洁。虽然历经沧桑，却依然矗立在葱郁的绿树和花香中，她们的优雅是如此的令人魂牵梦萦……

四面钟：车水马龙交通岗

四面钟现在是个地名，存在于开封人的话语中；四面钟曾经是个亭子，存活于开封人的记忆中。

当在汴京公园看到那座四面钟时，笔者心生感慨，感叹时光荏苒。这座四面钟古色古香，水泥刻花，造型优美，顶部宛如一个设计优美的帽子，西方风格的花草图案和代表中国的红星图案，十分对称，全国罕见。其上原刻有我市书法前辈高丽虹的墨宝"大河奔流"四个字，现在上面有"车马靠右行驶"字样。

存放于汴京公园的四面钟

开封曾经车马靠左行

如果问及道路行驶车辆要靠哪边行走的话，连小学生也会不假思索地说：靠右边。其实在开封第二次解放以前，开封一直执行的是车马、行人靠左行的规定，并且实行了很长一段时间。

车辆行人靠左行具体从什么时间执行的，目前已经无从考证。目前可以发现的记载是上海租界工部局在同治十一年（1872年）多次刊登在《申报》的告示。受英国影响，第一条即规定："凡马车及轿子必须于路上左边行走"。第二条规定从"右边超过"。这是最早的"靠左边走"规定。以后逐步由上海推向全国。20世纪30年代推行的"新生活运动"，规定车辆都得靠左行驶。1934年12月24日，由国民党政府交通部颁布的《陆上交通管理规则》，它设定3类21种交通标志，并规定"车辆一律靠左行驶"。开封是河南省会，当然得坚决执行。抗战期间，汽车多由美国输入，美国车辆靠右行驶，因不适应中国靠左行驶的规则，事故频仍。国民党政府最初设想是行人仍靠左走，其理由一是民众已有靠左走的习惯；二是政府认为车与人相对进行，则人早望见，易于避让。但后来此项规定作了调整，规定如有人行道，行人须走人行道；如无人行道，行人靠边走。1945年6月，当时的军事委员会颁布"改进市区及公路交通管理办法"，规定道路车辆一律改为靠右行驶。

但是，在现实中仍然无法改变靠左行驶的习惯。在开封依然道路左右都有车辆，行人很不安全。直到1949年的2月16日，开封市公安局奉中原军区命令，发出通告：改车马行人由靠左行驶为靠右行驶。为此，市公安局发动全体干警，走上街头开展宣传教育，纠正群众靠左走的旧习，经过半年整顿，达到了良好的效果。从此，靠右行驶成为了新的惯例。

车马靠右行驶醒目标识

岁月沧桑四面钟

开封著名作家王不天老师和赵中森老师说，汴京公园的四面钟原先放在鼓楼。开封曾经有几座四面钟，他们当年都见过。现存汴京公园那座关于四面钟的文物保护碑文上写道："民国时期，在开封城内原有三座'岗亭四面钟'（简称四面钟），分别位于今行宫角、东西大街交会处及鼓楼广场。"开封四面钟建于民国时期，是当时开封主要干道的城市公共建筑。

1907年，法国汉学家爱德华沙畹拍了一张开封鼓楼的照片，从照片上看，那时鼓楼上面并没有钟楼。由此可见，最迟至民国早期，鼓楼上面才增设了钟楼。后来，又拆除了两边的店铺，开始形成一个小广场。1928年，冯玉祥二次主豫时，他将第一层楼改为"中山图书馆"，上层改为"消防队"和"新闻联合会"，并在鼓楼顶端增加欧式建筑方塔，四面装有巨型自动钟，为全市报时之用。同时，又在今行宫角等处修建了岗亭四面钟，是当时城市干道路口指挥交通及向市民报时的公共设施。这几座西洋式的交通指挥岗亭，四面有钟，又有红绿灯，起计时和交通信号灯双重作用。那时，交通指挥岗亭还很少见，开封是全省第一家。

《开封市公安志》（征求意见稿）记载，现存汴京公园的四面钟是曾经放在鼓楼广场的那座，修建于1951年，"鼓楼岗警指挥台修建完毕，钢筋水泥结构。"那么，其他两座四面钟是什么样呢？笔者见到了一张在日军侵占开封时期发行的明信片，上面清楚地显示了行宫角的那座四面钟，依稀可辨东面的鼓楼。行宫角的四面钟与鼓楼的四面钟大有不同。主要区别：一是亭子不同，行宫角的是四面，鼓楼的是八角；二是亭子上面的结构不同，行宫角的上面有弧度，鼓楼的直接就是上下坐在一起，缺少变化；三是行宫角的有红绿灯，鼓楼的经过笔者考察没有；四是行宫角的亭盖有层次，无论是弧度还是纹理都比现鼓楼的美观；五是岗亭中柱一个有字，一个无字却有阴刻的条形饰纹等。

东西大街交会处的四面钟笔者问过多人，始终没找到照片资料。一次偶然的机会，笔者在旧货市场一个民间收藏家李明手里见到这座四面钟的一张照片。据他讲，这张照片是日军一个士兵拍的。天津一个留日学生前几年在日本的"跳蚤市场"淘到一本相册，发现里面有不少中国的街道和建筑照片。于是就买下带回国内，并把照片挂在网上拍卖。李先生一看里面有开封民国时期的照片，于是就成功交易。笔者在照片上看到，一名伪军正在东西大街交会处的那座四面钟上面执勤。

　　1976年，因为交通不便等原因，开封市决定将这3座四面钟拆除。拆除的任务下达给余丙寅先生当时所在的路灯管理所，余先生担心这3座有点年头的四面钟一旦损坏，将永远无法修复。他通过私人关系，将鼓楼广场那座保存较好的岗亭四面钟用吊车搬迁到汴京公园内存放。现在唯一可以见到的四面钟实物就是原先鼓楼广场那座，成了古城记忆的实物。当年政府修建这座四面钟，无疑是为了强化宣传效果，达到教化百姓的目的，红色字迹醒目显示在岗警指挥台上，强化纠正原来靠左走的习惯。

河南博物馆：名震神州　风韵犹存

开封过去是河南省省会，我一直留心与省会有关的遗迹。由于时过境迁，很多遗迹被改造、重组或粉饰一新，再也看不出旧日踪迹。但是，我每次"扫街"，或多或少都有收获。比如那一年的春节，我就发现了河南博物馆旧址。

近百年没有改变的大门

走过南京巷，穿过菜场，在熙熙攘攘的集市中透过摊贩的三轮车，我不放过任何一个沧桑的

2011年初春笔者拍摄河南博物馆遗址大门（已经拆除）

门楼或者建筑。在三胜街北段，有一院落门口横卧一巨大石块，疑似古碑的底座，墙面基础也有大石块奠基。门口的墙垛青砖白缝，因年代久远，墙面有些斑驳，但不影响它的美感。大门上方拱桥一般横跨而过的铁皮上装饰有金属云纹，中间的铁皮葫芦已经有些歪斜。我想起手里有一张河南博物馆20

20 世纪 30 年代初河南博物馆大门

世纪 30 年代初期的照片，上面"河南博物馆"字样威严肃穆，门前有栏杆，还有石狮子把门，军人笔挺地站立门两旁。就是这儿了，多亏那个铁皮葫芦给我标志性提醒。那个横跨大门的扇形铁板，过去曾经书写有"河南博物馆"字样，如今，数十年岁月侵蚀、锈迹斑斑的扇形铁板不见了字迹，但整体外观依稀可以呈现原貌，就像一个人到了老年，从照片上还是可以辨别出旧时的模样。我不禁一阵惊喜。

1927 年，国民革命军第二集团军总司令冯玉祥就任河南省政府主席时，对河南的文化教育事业特别重视。是年 7 月，河南省就着手筹建河南博物馆，1928 年 5 月建成后命名为"河南民族博物馆"。《开封新建设一览》记载："本院在开封城内旧文庙街学生图书馆中，其中原有古物不少，薛前代主席曾拟就此地，加以扩充改为河南民族博物馆，曾有省政府饬开封市政筹备处从事筹备。"1927 年 6 月，时任河南省政府主席的冯玉祥决定将该校并入现在的河南大学，7 月，河南民族博物馆在河南公立法政专门学校的地盘上开始筹备组建。

其实早在 1923 年年底，河南省当局就开始酝酿筹建博物馆之事。主要原因是 1923 年 8 月 25 日，新郑绅士李锐在凿井时，发现一批珍贵文物，有青铜器莲鹤方壶、牢鼎、王子婴瓷炉、编钟等。自新郑古器物出土后，为珍藏和保护这批中原国粹，河南当局就酝酿着建立河南博物馆之事。从1924年至1926年，河南省教育厅就着手寻找博物馆馆址，但因经费短缺没有实现。从新郑出土的古器物，先是收藏在开封文庙内，由古物保存所管理，后又保存在河南省图书馆后院阅览室，由图书馆馆长何日章兼管，待河南博物馆成立后，再予以移交、收藏。

曾经闻名全国的博物馆

河南民族博物馆开始举办展览的时候曾展出中外民族塑像百余具，参观人数达75万人次，轰动开封城。1928年到1930年，河南民族博物馆陆续接收了安阳袁世凯宅院的遗物和殷墟甲骨、洛阳出土收购的墓志、石刻以及查抄大相国寺的文物。1930年11月，河南古物保护委员会并入该馆，使该馆增加了新郑铜器以及石刻等。当年12月1日，河南民族博物馆改名为河南博物馆，馆址在开封市法院街26号。河南博物馆占地10余亩，有楼房4所，分为陈列室、动物研究室、植物研究室、绘画工作室、古物研究室等。陈列物品分为岩石部，陈列黄河冲击岩石；民族部，陈列民族模型；服饰部，陈列各种服饰及袁世凯遗物；偶俑部，陈列陶俑及各种佛像；动物部，陈列动物模型；植物部，陈列植物标本；甲骨部，陈列殷墟甲骨文字及器物……

关百益任馆长期间，河南博物馆各项建设蓬勃发展。1935年该馆创建碑林一处，当年11月16日动工，12月30日竣工，共置石碑815块。1935年至1936年，该馆部分藏品参加了在伦敦举办的"中国艺术国际展览会"，受到赞赏。由此，河南文物在国际上崭露头角。1961年，河南博物馆迁到郑州后，旧址开始成为民居。

十分难忘这次寻访探幽经历。我小心行进，生怕惊醒沉睡的旧梦。过大门进了院子，迎面是一排瓦房，被分割成多家。再往里面走，豁然开朗，里面竟然有高楼。原河南博物馆被分成了家属区和办公区两部分。河南博物馆当年的文物仓库现在属于开封市豫剧院，从这边走不过去。2008年，河南博物馆旧址入选河南省重点文物保护单位，石碑就在开封市豫剧院的门口立着。那天，我没有再绕道进去，只是远观当年的文物仓库，依然可以看到那是一个很美的欧式建筑。江湖可以老去，它却风韵犹存。

法政专门学校：河南"宪政"策源地

2013年11月份，怀梦草给我打来电话说原来龙亭区文教局那一块因为改造，有一处近代建筑露出了芳容。并告诉我就在离磨盘街那棵槐树不远。随即我便去了，竟然没有发现。第二次寻找是与一个朋友同去的，经过地毯式搜索，终于发现了那处建筑。朋友说第一感觉是这座建筑像古罗马的圣殿，高大、肃穆。我走近细细端详，心底刹那卷起一股暖意，又是一处西式建筑，显然这个位置不是宗教建筑，但这个房子高度有六七米，门廊装饰石膏花卉图案，大门威严，窗户瘦高，几何线条勾勒建筑门窗。进入

2013年11月拍摄的该校大讲堂旧址

室内，仰视屋顶，方木檩条十分整齐，琴键一般，硕大的实木梁架支撑着宽大的屋顶。那天的天气晴好，天蓝，风清，而我却有些迷茫，这建筑最初是干什么用的呢？

之后，虽然还是有计划的"扫街"，还是按部就班的工作、写作，但是我一直没有忘记这个建筑，一直在等待她的历史现身。后来笔者在考证河南博物馆旧址的文章的时候，在一则文献资料中发现，河南博物馆曾经使用河南公立法政专门学校旧址。那么这个建筑是不是就是该校的教室呢？于是，暂且按这个线索追踪。笔者查阅了《河南教育官报》《河南官报》等资料，却没有找到可以印证的照片。今年3月中旬，笔者无意中翻阅《开封市教育志》，发现了一张老照片竟然与我寻找的这处建筑一模一样，照片注释是"河南公立法政专门学校"。

开封常常就是这样，不显山露水的地方竟然是一个十分著名的地方，只是历史淹埋了辉煌，我们看不到而已。就说这座建筑吧，竟然是比河南大学还要早的高等院校，几乎是河南省高等教育中的第一批高校。河南公立法政专门学校的前身是河南法政学堂，1907年，河南巡抚林绍年根据清廷"宪政"之议，认为地方自治与预备立宪需要大批法政人才，作为地方政府要加大人才培养的力度，于是将河南仕学馆改设河南法政学堂。依照京师法政学堂办法，先办预科、讲习科，预科毕业后再办正科。翰林院编修陈国祥任监督，

民国时期该校大讲堂旧影

工作人员多为云贵籍人士，时人曾戏称"云贵会馆"。1908年正月开学，收预科学生83人。同年设立官班讲习科，全省一千数百余官员，凡在省实缺候补正佐官员，除已习法政及仕学馆外，无论正途与否，考列一、二、三、四等，一律选送入堂肄业。共分行政、司法两班，定额160名。学期六个月，先学习数学，毕业一期后将人员分别委任，再将未能入堂及省外差缺期满回省官员照选如额送入。数学班毕业后，已学习第一期的学员再重新入堂补习未学的各门课程，仍以学完三学期为毕业期限。年逾60岁者和现任官员，如果每天不能到堂学习，也可以随时入堂旁听。

1908年的3月，河南当局划拨库银在后院东北隅改建大讲堂一座，9月落成。1909年，因为学堂学生增加，官方又购置了后院西北隅民房扩充了校址，并在大讲堂的西面添建南、北、西讲楼三座。

清代的时候，河南法政学堂为近代河南培养了大批法政人才。1912年，河南省法政学堂更名为河南公立法政专门学校。同年河南巡警学堂奉令裁撤，并入此校。1913年奉令改称河南第一法政专门学校。1914年与豫北迁汴的第二法政专门学校合并，称河南公立法政专门学校。1914年东北隅的大讲堂被改建西式建筑，中间用分墙化为礼堂、教室各一处。今天我们看到的就是当年的大讲堂，大讲堂一半在开封市豫剧团、一半曾归幼儿园使用，两家共享一处建筑，中间由一道砖墙隔开。1912年10月，民国政府教育部公布《专门学校令》，规定"专门学校以教授高等学术、养成专门人才为宗旨"。李时灿、时经训等人推举余炳文、方贞、陈文鹏等学者相继执掌法政专门学校校务，按照《专门学校令》进行教学改革，将一些旧课程取消，如人伦道德、皇朝掌故、大清律例、中国法制史、经学、理学等6门，同时增设国际公法、国际私法、外交史、外国法制史、宪法、统计学、理财学、财政学、商法等9门。在课程设置改革的同时，办学宗旨也与以往有不同，法政专门学校一改清朝末年毕业生必然为官的陈规，主张教育应当让人的自然个性得到和谐自由的发展，学生在校学习不拘泥于将来如何为政，而注重于对法律学、政治经济学的研究，毕业后成为法政方面的理论学家，有从政的，有当律师的，有的经商，也有的当教师，这实质上是一种"兼容并包"的教育思想。据

当年的教室现在依然存在

1917年《教育部视察河南公立法政专门学校报告》记载，1917年该校有学生7班，共400余人，教授政治经济、法律本、英文、日文等课程。

　　1927年，在国民党中央委员会开封政治分会委员们的提议下，在河南教育界人士一致要求下，开始筹设"国立开封中山大学"（国立第五中山大学）。经过多次磋商，河南省政府决定将河南公立法政专门学校、中州大学、河南公立农业专门学校合并成立国立开封中山大学。1927年7月，省政府委派郭须静、徐金泉、何日章三人为河南博物馆筹备委员，指定河南公立法政专门学校校舍为馆址。国立开封中山大学成立之后，设4科，即农科、文科、理科和法科。河南公立法政专门学校后来又经过省立河南大学法律系（1930年）、国立河南大学法学院（1942年）等阶段。当年的河南公立法政专门学校经过改革，跟上了河南留学欧美预备学校、河南公立农业专门学校的前进的步伐，成为中华民国早期河南资产阶级教育改革的典型学校，为当时的河南教育做出了积极的贡献。

第四编
过眼烟云金石录

河南机器局：这里既造钱又造枪

河南铜元局：熔相国寺罗汉铸铜币

河南铜元局，是清政府在1904年设立的，就相当于河南的造币中心，大量的铜圆从这里流通到全国。1922年，冯玉祥主豫时，因铜材匮乏，把大相国寺八角琉璃殿内的大部分铜罗汉像销毁了，在这里改铸成了铜圆。

这个当年的河南"造币中心"在哪里呢？

为了寻找河南铜元局的遗址，我反复拨打民国河南名士沈竹白的孙子沈毅老先生的电话，但即使按图索骥，仍是一无所获。问了附近机械厂家属院的多位居民，都不清楚。于是，我一道道胡同穿梭，一排排民居游走，终于在机械厂家属院的西南侧发现了一个老式建筑，青砖灰瓦，门窗皆无，但是砖墙十分厚。似乎就是这里了，但是却找不到当年铜元局的大门。

当时的大门我见过，那是一张解放初期拍摄的照片，当年的河南铜元局大门的立柱十分别致，既有东方古典的端庄，又有西方文明的典雅。我寻思着，只有找到那个大门的柱子才能证实这个遗址。

犹豫之间，瞥见了一个坍塌的门楼样的建筑，正想前打探，一扇木门隔

河南铜元局旧址大门

住了去路。透过门缝，但见里面花草葱郁，藤蔓缠绕。我琢磨着就是这里，可大门紧锁。在附近热心居民的帮助下，才找到那个小院子的主人。

打开门的刹那，我一阵狂喜，哈哈，这里正是要寻找的地方。

当时之所欲建河南铜元局，源于皇上一道谕旨中那句"各省可仿粤省之例铸造铜圆"。当时的河南巡抚陈夔龙上奏《豫省银贱钱荒现经设局开铸铜圆以资补救折》，经部议准后，即在开封南关原机器制造局的基础上建立"河南铜元局"。当时厂房的柱子全是生铁铸造的圆柱子，梁与檩条都是很好的大方木，非常结实。清政府派布政司、按察司会同机器制造局候补道何廷俊试造铜圆。何廷俊从上海购来制造铜圆的机器设备和材料等，并聘美国著名工程师到局管理，培训工匠。他们于当年9月15日正式

开封解放初期拍下的原铜元局大门

开工制造铜圆，10月成功开炉试制面额十文的铜圆，正面中间钤八卦图和"光绪元宝"，外围上钤"河南省造"。它下设有辗片、舂饼、光边、烘饼、印花等生产车间及机修厂、仓库等。

据1905年4月15日的《河南官报》记载，河南铜元局后面特建洋楼一座，专供美国工程师休息之用。四周花木环绕，"高敞宏丽，临眺四野，心旷神怡，颇有览胜之概。"铜元局事关民生，更为人们所关注。

1906年，河南铜元局由户部管辖，改名为"度支部造币汴厂"，改造"汴"字大清铜币。正面中间钤"汴"字和"大清铜币"，背面中央钤蟠龙图。

经过几年的发展，河南铜元局由小到大，逐步发展，职工人数最多时达2000人。其生产规模不断扩大，由最初的日铸9万枚铜圆发展到日铸50万枚铜圆。在组织管理上也不断改进，制定了一些规章制度，如《铜元局开办章程》《铜元局拟定工匠章程》等。

《河南官报》1911年第29期刊载了《铜元局拟定工匠章程》，规定详细，管理到位：如有匠徒怠惰不力，不听指挥，准回明稽查委员，轻则罚工，重则开除；匠徒人等不准私带食物、茶壶及零星物件进厂；倘有偷窃等弊，立即送县惩办等。

据《开封机械厂厂志资料汇编》中记载，当时工头手持皮鞭监工，上下

大门正面

班实行搜身制，工人的衣服口袋都要缝住。老工人生病就被解雇，生活没着落。新工人进厂当学徒的时候，要请三桌酒席，写"连环保"后才准进厂。每天劳动14个小时，只发半斤面。学徒3年出师后，每月工资是3元钢洋。

河南铜元局最初的铸造原料依靠进购国外黄铜块，后来收集旧制钱融化铸币。1922年冯玉祥主豫时，因铜材匮乏，遂将大相国寺八角琉璃殿内的大部分铜罗汉像销毁，改铸铜圆。

河南铜元局的利润，大部分供给河南兵工厂的开支，一部分中饱军阀之私囊。为了支付不断扩大的军政费用，当局者不断扩厂增机，所铸面值也越来越大，致使铜圆泛滥成灾。1924年，河南省财政厅呈文中说："豫南各县通用鄂、湘、川各省铜圆，为数甚巨。铜圆充斥市场，价格下降。"

河南省初铸面额十文的铜圆，每80枚铜圆换银币一元，高于法价20枚，为铜圆价格最高的时代。至1905年，每107枚铜圆换银币一元。后逐渐下跌，至1926年5月跌为350枚铜圆换银币一元。为抵制铜圆价格下降，18省、市总商会于1921年联名上书国务院、币制局，请限制滥铸铜圆，严禁私造并统一价格。

1933年秋，因黄铜来源已断，紫铜造币又成本太高，无利可图，河南铜元局遂撤销。河南铜元局在开封生产了30年，铜圆图案中的麦穗、菊花、牵牛花、牡丹花等体现了中原大地特色。在历史烟云的深处，这里曾经护卫重重；在机器声中，铜材变成了一枚枚货币。如今，这里仅剩下一座不完整的大门，任凭万千繁华过往和岁月风雨侵蚀。

河南枪械在这里制造

鸦片战争和中日甲午战争，西洋的坚船东洋的巨炮打碎了天朝上国的自尊，清政府开始创办兵工厂。清光绪二十三年（1897年），河南机器局在开封南关创办，是全省最早的官办工业企业。1898年，河南机器局采用机器生产枪弹，拉开了河南枪械制造的序幕。

河南机器局今何在

关于清末开封兵工厂遗址，我曾经查阅很多资料，《清史稿》说："豫省机器局建设于省城南门外卓屯地方。"罗尔纲的《晚清兵志》记载："河南机器局设在河南开封南门外卓屯地方"。毫无疑问，地址在南关，也就是现在的禹王台区。但是"卓屯"又是什么地方？为此我询问了多人，仍不得其解。后在《开封市志》上找到"河南机器制造局，建在南关卓（朱）屯（今开封机械厂一带）。"朱屯在开封市的东郊，开封机械厂在南关，有小朱屯，《开封市志》应是"小朱屯"之误。遂翻阅《开封机械厂志资料汇编》找到佐证：开封机械厂的前身曾经是河南铜元局，而河南铜元局则是河南巡抚陈夔龙于清光绪三十年（1904年）在扩充河南机器局过程中，鉴于上谕"各省可仿粤省之例铸造铜圆"。于是我就从开封机械厂入手。近日我专门到民享街现场考察，询问很多人，都不知道河南机器局或者没有听说过开封兵工厂。在开封机械厂老东门门口北侧一座简陋房子前，98岁高龄的张大伯告诉我说，这个地方就是过去的开封兵工厂，老百姓称其为"枪炮局"、"兵工局"、"火药局"等。如今，旧迹已经荡然无存。

河南机器局旧址仅存的建筑

发展迅速的开封兵工厂

19世纪后期，在"师夷长技以制夷"的洋务运动背景下，1890

年祥符县刘曾禄曾作《西法议》，主张仿行西方"重商"之政，鼓励人民集资兴办各种实业公司……凡轮船、枪、炮、子弹及各种机器，均准其制造出。《清史稿》载：光绪二十三年（1897年），大学士荣禄上言："制造军火，以煤铁为根本。外洋购价日昂，中国各省煤铁矿产，以山西、河南、四川、湖南为最，应令山西等疆吏筹款，从速开采，设立制造局厂，渐次扩充，以重军需。"按照荣禄建议，清廷议允后通饬各省制造快枪、快炮、无烟火药，并炼钢铁各项机器。海疆多事，武备为先，须通力合作，以备强敌。

河南机器局即着手筹建。当年购土地20亩，厂址选定在开封城南门外。光绪二十四年（1898年）4月19日开始制造。河南机器局通过上海信义洋行从国外购进造弹机器，开始生产抬枪子弹。后又从国外购进火药机器生产无烟火药，制造无烟子弹。

河南机器局初办时规模较小，常年经费仅白银两万两，主要生产步枪和子弹、火药供应本省各地军队使用，1898年制造了膛抬枪五百杆，1902年试制单响毛瑟枪100杆。后来，生产能力逐步扩大，分枪厂和子弹厂，设铸工、木样、锻工、化钢炉、压铜片、维修等工序，能造7.9毫米小口径毛瑟马枪、步枪以及克虏伯炮、老毛瑟子弹等。全年可造7.9毫米小口径毛瑟枪三百枝，小口径枪子弹一百万粒。

1908年河南机器局迎来了一位外国客人——马达汉（芬兰人，本名Gustav Mannerheim）他受沙俄总参谋部的指派，对我国进行政治、军事、地理、文化等诸多方面的考察。6月3日，马达汉在河南开封道台的陪同下，参观了开封的兵工厂。马达汉对河南机器局进行了详细记述："兵工厂坐落在开封城西南的铁路线附近，共雇佣了70名工人、40名学徒工。参与创办这家工厂的大部分人都曾受雇于南方的兵工厂……工厂共有各种大小机床37台。所需钢材大部分来自南京。每年生产大约200万发子弹、350支毛瑟步枪和10门炮……"

辛亥革命后，1913年2月，河南军政司将河南机器局改名河南陆军兵工厂。添购机器，制造新式快枪。设炸弹科，增加炸药生产，机器设备增加到126台。员工162人。隶属于河南督军，专司制造枪炮、各种子弹，全厂占地面积约

47亩。1915年扩充，修建铁路支线到兵工厂，又征地80余亩。主要产品有：仿造麦德森机枪、柯尔特机关枪、五生七、七生五炮开花弹以及各种炸弹。月产炮1门、毛瑟步枪1支、枪弹3000余发。1917至1919年再次进行扩建，机器设备增至500余部，员工增至500余人。1917年1月29日《晨钟报》刊载："南关兵工厂初建时每月仅能生产步枪数十只及子弹四五万发而已。近年渐知改良，能仿造新式机关枪，现已造就十余尊。"此后，陆续试制出30节重机枪。1918年，首批生产的马克孙炮，试打成功，命中目标，机件灵敏无误。1919年7月试制出"勃朗宁"手枪5支，1921年试制成功"马自来"（自动手枪）。1921年，仿造自来得手枪，这时，全厂职工达到1100人。月产炮3门、机关枪20余挺、步枪200支、枪弹130万发，以及手枪、手榴弹等。1928年9月，冯玉祥把河南陆军兵工厂改名为开封兵工厂。

1930年中原大战，冯玉祥战败，该厂由兵工署接管。

1931年4月1日，《国民日报》报道："本报南京电，兵工署以济南药厂及开封兵工厂均奉令停办。在开封30多年的兵工厂一度引领河南军工企业的发展，创造了河南兵器制造的很多个第一。

1938年开封沦陷，开封兵工厂旧址成了日本兵的兵营。抗战胜利后，这个旧址是国民党"河南省训练团"所在地。直到1948年开封解放后，这里才真正回到人民手中，变成了真正为人民制造工农业机械的工厂。如今，这里高楼林立，已经成了繁华的闹市，所有的历史烟云都残存在记忆中了。

信昌银号：最牛银行怎样破产

信昌银号是民国年间河南省著名银号，它曾经十分辉煌，在省内外大商埠设立分号或办事处，1927年是该号业务的鼎盛时期，与河南省公办的河南农工银行、私办之同和裕银号，并列为河南地方金融事业三大支柱。就是这样一个商业帝国，因为资金链断裂，惨遭"挤兑"，迅速崩溃。

大宅小门，一夫当关万夫莫开

作为一个行走开封十多年的寻访者，早就听说书店街有个著名的信昌银号，附近有银号的金库，二层四合院，巍峨高大。青砖灰瓦，甚为壮观。元旦的时候与王立波夫妇寻觅未果，单独寻访两次仍是惆怅而归。后来怀梦草提供线报，说上次他们到北书店街18号看一个四合院，主人不在家，大门紧锁。问我这两天要是有时间可以去看看。禁不住诱惑，还是忙里偷闲，在黑墨胡同南侧一个死胡同发现了这个四合院。这个四合院位于徐府街东口往北向西拐的一条小胡同里，入口大门小得不能再小，和这么大的四合院很不相称，门宽一米左右，进深四五米，真可谓一夫当关万夫莫开。楼前四周连廊，中间留有天井，四角结合紧密，连条缝隙都没有，像个碉堡一样。小楼有两道铁门，第一道铁门已锈迹斑斑，无法使用，第二道铁门像是近几年安装的。院里堆满了乱七八糟的杂物，几条狼狗在不断狂吠。二楼几间房子的房顶已

鸟瞰信昌银号金库

坍塌，木质的楼栏、门窗也都腐蚀得不成样子了。

  这个四合院就是我寻找几次未果的信昌银号的金库。这个小院，隐藏在繁华闹市的巷口，出则热闹，入则宁静。最为关键的是，前端胡同尽头是人家，

入口上侧巍峨高大，上面的字迹已经看不清

一夫当关万夫莫开的大门

限制了人来车往，保证了金库的绝对安全。

曾经独领风骚

信昌银号的铺面在北书店街路西20号，是一座面阔7间的两层阁楼式店铺。信昌银号是20世纪二三十年代河南省著名的银号，于1920年正式开业，资本总额为银圆5万元，总经理为开封人秦昆生，经理田少农，副经理赵超凡。赵超凡在筹备过程中，参照家乡泽州的建筑风格，从泽州聘请工匠，在开封北书店街路西20号，建起一座面阔7间的两层阁楼式店铺，样式为尖山硬山屋顶，青色砖墙，布瓦屋面，叠瓦花脊，楼上出厦，木围栏杆，楼下雕花透格木门。该号在开业之初，同时在郑州设立分号，以后随其业务区域扩展，先后在省内外大商埠设立分号或办事处（又称分庄），有许昌、归德（今商丘）、上海、南京、蚌埠、徐州、济南、天津、汉口等分号及洛阳、陕州、新乡、彰德（今安阳）、禹州（今禹县）、漯河、驻马店、北平（今北京）、青岛、新浦、亳州、西安、晋城、周家口等办事处机构组织。各分号或办事处按其业务情况，酌设经理、副经理或主任，并以若干助理组成。其他各大城市亦多有其代理同业或商号，代办款项收付事宜。在潼关、陕州、驻马店、信阳、巩县还分别设有麦庄、盐庄（又称外庄），既营商业购销又兼办汇兑，机构遍及省内外各重要商埠，从业人员有130余人。1927年是该号业务的鼎盛时期，与省办之河南农工银行、私办之同和裕银号，并列为河南地方金融事业三大支柱。

1931年开封金融业实力比较雄厚者，仅有银号数家，银行只有河南农工及交通两家，其他上海、金城、中国、中央数家，设立不久，社会信用不佳，又加上市场萧条，业务当然不易发展，各为其自身营业计，除将本地银号打倒，没有更好的办法，所以信昌银号首当其冲。当时信昌银号原有基金六十万，放出债款约四十万，存款约120万元（据民国二十二年十月二十四日《银行周报》第十七卷第四十一期载文内的数字），因营业不佳，民国二十二年（1933年）九月已亏空十余万元，若同业肯援助，维持亦属易事。然而，在信昌发生挤兑时，约在一周内即被存户提款达 30 余万元，当时信昌总号向下调拨不灵，乃不得不求助于同业同和裕银号，予以支援，同业相嫉，竟坐视不救。信昌银号终于在民国二十二年（1933 年）十月十二日被迫宣告停业。在该号停业前夕，其存款总额有 160 余万元，存户有 1400 余户。

讽刺的是，面对金融市场的巨浪，袖手旁观的同和裕银号不久也遭到了同样的命运。同和裕银号的经济实力在当时中原银号中首屈一指，作为民营企业，随着竞争的加剧，同和裕银号发生了三次大的挤兑风潮。1933 年 10 月 13 日开始，开封居民开始对"同和裕"挤兑，迅速传至各地。第三次挤兑，使同和裕银号遭到了灭顶之灾，宣告倒闭。

四合院有些阴森森的，内部是二层小楼带地下室，灰暗的色彩有些压抑

繁华之后是宁静

繁华终于归于平静。这个曾经的金库据说后来变成了日本人的特务机构，让我想到了上海极司菲尔路 76 号的魔窟。居住在对面的一个老先生说，地下一层为地牢，地下室和上面的房间是一样的布局。他说，听说这栋楼日军侵占开封的时候也用作金库，新中国成立后一度用作部队家属院。

当年信昌银号的文书

康熙御碑：一泡尿冲出来的国宝

有一阵子，业余时间我几乎都花在寻访开封康熙御碑之事了。前一段"扫街"，走到文庙街的时候，看到附近的建筑已经开始拆迁。我的心不禁一阵紧张，加快脚步，赶到了文庙旧址，棂星门依旧高大、挺拔。曾经，我数次到当时还是开封第一师范学校的校园去瞻仰康熙御碑，都是匆匆忙忙，几乎没有留下什么资料。后来装备了器械，打算记录完整的碑刻资料的时候却发现已经不可随意进入那个地方了。如今，存放康熙御碑的学宫遗址附近因为施工，墙壁撕裂了一个大口子，才得以在秋后的衰草荒芜之中走近御碑。碑廊红柱斑驳，屋顶部分坍塌，有些苍凉感，但是那些御碑依然朴实无华、依然岿然不动、依然笑看风云。

大水冲出清代皇帝石碑

我电话联系徐伯勇老师，向他探问康熙御碑移建的事儿。因为时过境迁，徐老师说详细情况已经记不清了，但知道这事儿。他说："当时在开封第一师范学校的厕所里面发现了六块康熙御碑，当时开封市政协提交了提案，要求保护好这几块石碑，后来市政府拨款修建了碑廊，把石碑移出来了。"

开封府文庙在明代永乐五年（1407年）称开封府儒学，原址几经迁移，在清顺治九年（1652年）的时候，知府朱之瑶将府文庙迁到今址。朱之瑶"建左庙右学","左庙"即文庙,"右学"即学宫。据《开封府志》记载:"庙中大成殿七楹,戟门三楹,棂星门三楹,外为泮池。左右建圣域、贤关二坊,名宦、乡贤二祠,在戟门外东西各三楹,启圣祠三楹。在文庙后庙西为儒学大门仪门各三楹,明伦堂五楹,千秋道脉房一座。后建尊经阁东西旁房各九楹,儒学教授宅一处。在文庙东,前堂三楹,后堂三楹。"由于水灾兵燹,现仅存棂星门1座。

庙西儒学,又称学宫,新中国成立后改为学校,一度为开封九中,后九中迁到东郊大花园之后,部分被教育局教研室使用,后被开封第一师范学校使用。文庙旧址原来是七中校址,七中搬迁到学院门之后,旧址为开封师范学校接管。原来古代建筑遗留下来的一面大殿的后墙被"古为今用",一面盖起厕所,一面盖了民房。1979年,藏在墙内的康熙书写的6通御碑,由于常年遭受男生的"水炮"冲击,终于在一个阳光明媚的天气,一个调皮的男生憋了半天的"大水"把墙皮哗的一声冲下了,藏于墙内的石碑露出庐山真面,才得以重见天日,后出于"保护"目的,学校把男厕改为女厕,就这样康熙御碑又沉睡了5年。

康熙御碑

1984年开封第一师范学校在修建校舍时，该校后院厕所的北壁上的六方康熙御碑重见天日，这六方卧碑分别是："功存河洛"，长3.04米，高0.33米；"嵩高峻极"长3.19米，下部没于土中；"灵渎安澜"，长3.4米，高0.95米；"昌明仁义"长3.05米，下部没于土中；"沆济灵源"长3.6米，下部没于土中。还有一块字迹剥落，似属诗文。每块碑上都有"康熙御笔"的印玺。在东墙上还发现一块"游梁书院增科举员额由"碑。后来经过市政协委员们的连年视察和呼吁，大概是在1996年的时候，在棂星门里面新建成的碑廊收纳了那七块受尽污秽的御碑。

　　在棂星门内侧的碑廊。笔者仔细观察那六块御碑的落款，虽然都加盖有康熙玉玺，但是这六方玉玺的文字却不同，一共有两种玺文：一种是满汉合璧的"广运之宝"，一种是只有汉文的"康熙御碑之宝"。在"灵渎安澜"四字的中上方的印玺下面还写有"康熙御笔"四个楷书大字。

　　这六块御碑到底经历过怎样的历史沧桑、它们到底有什么来历呢？

文庙街康熙御碑廊旧貌

康熙御碑的来龙去脉

我曾在禹王台御书楼上见到过"功存河洛"的牌匾，落款也是康熙，大小与石碑相仿，他们之间有没有联系呢？带着疑问我到禹王台公园现场查看，结果竟然有了巨大的发现。

在禹王台东西两侧的碑廊中至今仍有几块石碑记载着四块御碑的来历。碑石表面光滑。个别字迹已经风化不好辨识，但是依然可以窥视当年御碑的来龙去脉。

先说东侧的《御书功存河洛记碑》，一共三块，每块长1.25米，高0.45米，行书，"巡抚河南等处提督军务兼理河道都察院右副都御史李国

禹王庙碑廊的《御书功存河洛记碑》

光撰，日讲官起居注司经局洗马兼翰林院修撰周金然书"。碑文记载，康熙三十三年（1694年）甲戌七月，皇上遣内阁中枢穆东格、翰林院华贴民、米贵赍奉御书功存河洛四大字为河南开封府禹王庙题额。当时官员汧肇建御书楼三楹于庙前。"爱命良工虔钩恭勒，施干掉模之首，诹吉高悬"。该碑当时是为禹王庙所书，天下禹王庙很多，独开封禹王庙得到了康熙的御笔。御书楼建筑精巧，1694年建，坐北朝南，建在高台之上，面阔三间，上下两层，重檐硬山顶，屋面为琉璃剪边，前坡有一标心，正脊为花脊、浮雕八条龙，两端置大吻，钱脊置狮、犼、羊、马、鱼等小兽，墀头浮雕牡丹，檐下无斗拱，用荷叶墩承托出。上层明脊为透雕二龙戏珠，次间为凤穿牡丹，下檐无雕饰，明间装六棣条头格扇门四扇，两次间辟坎窗，精巧秀丽。

御书楼二楼中间曾将悬挂的"功存河洛"牌匾后来遗失。据徐伯勇老师讲，在康熙御碑没有发现以前，御书楼上悬挂的是开封著名书法家牛光甫所写"功存河洛"牌匾，悬于一楼门上。后来徐伯勇老师建议恢复康熙的题词，这本身就是从文化的角度还原现场的物品，再说了康熙不但名气大，而且他的字挂在御书楼可谓"名副其实"。

另外在禹王台东西两侧的碑廊还有河南巡抚顾汧所作的《御书功成河洛匾额四道恭颂并序碑》。在序言中他说："康熙岁次甲戌，秋七月，上遣官赍御书匾额四道至河南摹勒奉悬……"，"……翰亲挥遣官赐河南境内嵩岳、淮渎、禹王庙、孟子游梁匾额，臣亮职在守土以承宣……分悬其境，仰见精微广大乎……"。"四大御碑颂"分别是《御书功存河洛颂》《御书昌明仁义颂》《御书灵渎安澜颂》《御书嵩高峻极颂》，对每一个题词都作了颂词，并简单叙述其经过，四道匾额除制作木匾颂行各处之外，还刻成了卧碑存于开封府学宫。

康熙御笔匾额"功存河洛"悬于开封禹王台禹王庙前御书楼；"昌明仁义"在孟子游梁祠，康熙二十八年游梁祠扩建为游梁书院；"灵渎安澜"在淮渎庙；"嵩高峻极"在嵩山。禹王庙和游梁祠在开封。那么，"灵渎安澜"和"嵩高峻极"分别在哪里呢？

《登封县志》大事记中记载，1694年10月，经河南布政司李国亮奏请，康熙帝为中岳庙题"嵩高峻极"匾，悬于峻极殿内。《桐柏县志·典礼志》记载："（康熙）三十三年，以钦颁御书'灵渎安澜'，匾额遣官致祭。""灵渎安澜"在桐柏县淮渎庙。《河南文史资料》第六辑刊文介绍说，在桐柏，几乎所有的人都会这样认为："灵渎安澜碑被日本人偷到了开封，1945年，他们投降了，没来得及运往日本，就挖个坑，埋了。"问到谁看到日本人偷了，他们的回答也惊人相似："都这么说，这只是主观臆断而已。徐伯勇老师说：该碑不是日本人运到开封的"赃物"，只是当年把碑刻好后，没有及时运往桐柏而留存在开封罢了。

康熙的"小资"情调

在文庙棂星门里面西侧的墙上还有一块石碑"沇济灵源",该碑的康熙落款与"四大御碑颂"所提的四块不一样,可以看出不是同一批写的。

济水是一条非常古老的河流,它发源于济源王屋山,流经河南、山东两省入海。《尔雅·释水》:"江、淮、河、济为四渎,四渎者,发源注海者也。"明代的时候,济水被朱元璋封为北渎大济之神。明清两代,对济水水神的御祭不下30次。《济源县志·祀典》:"康熙三十七年御书'沇济灵源',悬渊德殿。"这说明了"沇济灵源"匾额就挂在济源县济渎庙的渊德殿。"沇济灵源"书写的时间上要比"功存河洛"那四块匾迟了四年。

在文庙棂星门里面还有一块御碑,当年因为碑上沾满了白灰,字迹无法辨识,如今经过岁月的洗刷,字迹可以看清,内容是一首诗:"山径纡徐合,溪声到处闻。竹深阴夏日,木古势干云。倚槛听啼鸟,攀崖采异芬。韶华春已半,万物各欣欣。"字里行间无不流露出皇帝的"小资"情调。关于这块御碑的来历,笔者咨询了很多人,都没人能说出来。

如今,康熙为河南的几个名胜题写的这些匾额,在原地大都残失,这批意外保存在开封的御碑见证了当年康熙帝文治武功、励精图治的片段,随着时光的变迁,愈发显得非常珍贵。

吹台碑刻：乾隆皇帝的"到此一游"

亭台楼阁、舞榭歌台，梁园虽好，还是离别。深秋的一个雨天，伴随着菊香，执着油纸伞故地重游，再次登上吹台，依旧的斑驳典雅，淡然的依旧芳华，在相见与怀念的惊喜中竟然发现原来是拥有如此厚重的文化啊。在吹台，我一个一个阅读那些镶嵌在墙壁上或者立在地上的石碑。我用手去触摸那些漫漶的文字，用心去感受那些碑刻所承载的名士风流以及沧桑往事。

吹台梦华

在此饯别康有为

这个地方原有一土台,相传春秋时晋国音乐家师旷吹奏古乐于此,故名"吹台"。宋代的时候称"二姑台",明成化十八年(1482年)改为碧霞元君祠,嘉靖二年(1523年)建庙,故有禹王台之称。现在的台高约4米,环绕台四周是一湾渠水,有莲池、水榭点缀其间,松柏杨柳亭亭玉立,一年四季都有郁郁葱葱的花木。穿过"古吹台"的木制牌坊之后,拾级而上就可以看到御书楼了,御书楼二楼正中悬挂的是康熙皇帝专门为开封禹王庙题写的"功存河洛"匾额。楼下屋内东墙壁上嵌有康有为游历开封时所作的《游禹王台诗》石刻10块。1923年5月康有为应河南督理张子衡、省长张凤台之邀来开封游览,临别时二人在吹台上为之饯行。康有为感谢主人的盛情厚谊,乘酒酣兴浓之时即席挥毫,遂成此诗。诗中生动地描绘了吹台如画的景色:"短槐高柳绿皆新,长治园亭泽似春。碑前拓影留后因,鹦鹉解语花馥芬"。这首诗生动地描绘了他赴吹台的盛况及吹台的如画景色。省长张凤台是康有为的同年,康有为因保皇受挫后消极冷落,来开封之后备受优待感慨万分,"同观农圃,话时事,兴酣望远,万里风云,感别留题,以讯来者,用记嘉会。"当时康有为诗兴大发即席挥毫成五绝十首,欢欣之情溢于言表,书法挥洒自如别成风趣。一楼屋北墙上嵌有四块《游禹王台记》碑石,诗为张凤台所作,记载了康有为的开封

康有为书法碑刻

之行，并叙述了饯别康有为的过程。

禹王殿东侧的配殿是三贤祠故址，明初这里有碧霞元君像，1517年按察御史毛伯温改祀唐代大诗人李白、杜甫、高适，以传颂唐天宝三年（744年）三诗人相携来汴，乘兴登台，饮酒赋诗，怀古论今的故事。当时李白因赋"可怜飞燕倚新妆"之句而得罪了杨贵妃，被解除了翰林职。他东下洛阳结交了杜甫，二人来开封后又遇上高适，三人一见如故，遂乘兴同登吹台，吟啸其上，留下了《梁园吟》、《遣怀》、《古大梁行》三篇传颂千古的名篇。毛伯温曾亲撰碑文以记其事，可惜的是碑今无存。嘉靖四十一年（1562年），巡抚蔡汝楠增祀李梦阳与何景明，改三贤祠为五贤祠，李濂曾撰文，开封府知府刘鲁生立《吹台五贤祠记》碑。1830年，巡抚杨国桢重建三贤祠，仍题"三贤祠"。现吹台东面的走廊墙壁上镶嵌有《修复吹台三贤祠记》碑，落款为洪洞刘师陆撰，桐庐徐元礼书。

三贤祠故址还立有明代嘉靖二年（1523年）重修禹庙记，明代大文学家李梦阳撰文、著名书法家左国玑书丹的《修禹王庙记》，此碑两面书写。左国玑师法颜真卿，笔触浑厚庄重，与李梦阳的碑文可谓珠联璧合，是吹台碑刻中的珍品。三贤祠故址东墙上有《抚安亭记》石碑，西墙上有《时雨亭记》石碑，两碑约2米高，0.8米宽，皆为正德九年（1514年）河南巡抚陈坷所撰，开封知府贺锐、通判张皞等人所立。

神秘的岣嵝碑

步出三贤祠通过一个月亮门就可以看到禹王殿了，那是一个小巧的庭院，周围被三面回廊连为一体。禹王殿里面有光绪二十三年（1897年）河南巡抚刘树棠摹刻的岣嵝碑，此碑摹刻精到，四方碑石镶嵌在禹王殿墙壁上极为醒目。原碑在南岳衡山岣嵝峰上，字迹奇古，像蝌蚪一样，不能辨识，后人摹刻，经多人识读认为是夏禹时称颂禹功的赞歌。

碑文据传在湖南衡山岣嵝峰，碑文77字，文字怪异，众家辨释不一。昆明、绍兴、长沙、成都、南京、西安、安阳羑里等地，凡与大禹有关之处，无不摹刻。岣嵝碑在唐代以前就有传闻，韩愈曾专程寻觅不得，赋诗饮憾。南宋何致"摹其文，归而刻于长沙岳麓书院"禹碑峰后，对岣嵝碑文字的辨认和研究，受到历代学者的重视。有人认为"仓颉之初作书，依类相形谓之文，形声相益谓之字"。明人闵齐伋所著《六书通》中说到岣嵝碑的文字时说："观岣嵝片石其文皆说文之字，而字非说文也。其略同于说文者十许字耳，计其事当在舜相尧之日，当时去仓颉未远，而其变如斯矣！"岣嵝碑文字的真正破解起于明代，为世人所知者有5种释文：即杨慎、沈鉴、杨廷相、郎瑛和杨时迁5人的释文。前4人的释文大致相同，稍有差异，而杨时迁的释文与前4人的释文差异较大，相同者仅18字。被后世公众认可通行的是杨慎采集沈鉴、杨廷相、郎瑛3家意见于明嘉靖十一年（1532年）推出的释文："承帝曰咨翼辅佐乡洲渚舆登鸟兽之门参身洪流而明发尔兴久旅忘家宿岳麓庭智营形折心罔弗辰往求平定华岳泰衡宗疏事裵劳余伸堙郁塞昏徙南渎衍亨衣制食备万国其宁窜舞永奔。"

乾隆皇帝的即时抒情

在禹王殿的后面有一个碑亭，八角红柱，在翠柏之间格外显眼，亭子下

乾隆皇帝御碑亭

有一巨碑，刻有乾隆题诗。乾隆十五年（1750年），乾隆皇帝自北京起驾，渡漳河，经安阳、淇县、辉县，从孟津渡黄河抵达洛阳，游香山寺、少林寺、登嵩山华盖峰之后又来到了开封。在开封停留期间，他来到禹王台，有感而发，写下了诗文，原文是："京国探遗迹，苔碑率隐埋。何期得古最，果足畅今来。胜日停銮跸，凌晨陟吹台。传踪思颉旷，作赋羡邹枚。风叶梧青落，霜花菊白堆。寻廊揽郊郭，俯极崔巍。杜子真豪矣，梁王安在哉？无须命长笛，为恐豫云开。"草书笔走龙蛇，气韵生动，一气呵成。当时乾隆年近四十，意气风发，举国上下国泰民安。初登禹王台看到禹王台的美丽景象和祖父康熙御书的"功存河洛"匾额，兴致勃发，禁不住吟五言律诗一首，以作留念。乾隆题写的诗句后由地方要员请工匠刻石立碑，以志纪念。现在这块石碑就屹立在禹王台后的御碑亭内。其中"风叶梧青落，霜花菊白堆"的诗句被广为流传，这句诗既是对禹王台美景的描绘，也是对当时开封菊花的赞美。

吹台是个珍贵的文化宝库，里面碑刻中很多，不但有艺术价值，而且还有文献价值。那些碑刻记载了吹台本身的变化沿革，众多的碑刻资料丰富了古城的历史文化。感谢那些古人，为我们留下了宝贵财富，那些文采飞扬的词句、那些精美绝伦的书法，不断润泽我们的心灵。

繁塔额石：千年前的真诚祝福

很多时候，我们的眼睛只专注于高大的建筑或者表面的故事，而常常忽略甚至忽视细微的风景。没有谁会留意北宋的陶模，没有谁会珍惜鼓楼地下泥土中的碎片，没有谁会在意修路时出土的一块青砖，没有谁会在废墟中寻找一枚残损的瓦当，没有谁会在三千故纸堆中查找一个地名。浮躁的社会，鲜有人注重历史的细节，而真相，往往就在这些细节之中。一行漫漶的文字、一块刻字的青砖、一幅模糊的图画、一张褪色的照片、一段民间的传说、一丝细微的记忆，甚至一次不经意的转身，都可以带给我们意外的收获。比如，

繁塔英姿

那一天，在繁塔，在感叹古代建筑的精美、坚固之余，我进入塔室，拾级而上，在昏暗的光线下，一不小心的踏空，在险些摔倒的同时，手掌忽然触摸住上面的石块，感觉到笔画的痕迹。于是，打开手机中的"手电筒"，看到了上面的文字："男弟子李延贞奉为先亡父母早愿升天见存骨肉各保安康。"

时值寒冬，塔内温度在摄氏零度以下，磴道内有风吹过，冷飕飕的，冰冷的额石上面的石刻字迹依旧清晰，那些文字忽然打动了我，那些额石似乎有了温度。于是，我转过身子，一块一块阅读起来。"朱家女弟子李氏施额石一片愿阖家安乐无灾"、"开封府陈留县柳店村弟子刘福母侯氏同施愿家眷安乐"、"男弟子王美奉为母冯氏施石一片"、"男弟子莫彦进为自身施石愿见佛闻法"、"王守贞妻赵氏愿阖家欢乐"、"建州浦城县章荣为亡妣应氏六娘施"……大约160块额石，每一块都记载着当年施舍人的姓氏或者佛名、籍贯以及心愿。看到那些静待千年的祝愿，冰冷的石块镌刻下温暖的话语，为父母、为妻女、为兄弟、为阖家欢乐、为幸福安康、为平安如意、为修行见佛等。千年以前，在天清寺，因舍利子而修造浮屠，全部靠民间百姓一砖一石捐赠，众人拾柴，经过20多年才得以建成不朽的佛塔。该塔原高有73米多，其修建时间之长、捐助范围之广、施舍人身份之庞杂实在罕见。

那些捐赠人的心意和虔诚，成为佛塔磴道的石阶。千百年过去了，那些美好的祝愿依旧如此清晰、如此震撼。往生幸福，现世平安，岁月如此静好，言辞如此温馨，三言两语表寸心，一生一世一家人。因为慈悲，所以虔诚。它们与塔同呼吸共命运，不离不弃，不悲不喜。以塔的方式站立，如剑似戟。卑微如草、细小如沙、坚韧如水、绵延如光，100多句祝愿，1000多年未变。如果是爱情，一定是圆满；如果是亲情，一定是温暖；如果是友情，一定是久远。那些石块证明，这座古塔见证。

繁塔高9层，目前可以看到的只有3层，而这些镌刻有美好祝愿的额石也只是部分，那些青石，那些青春，那些年华，那些祝愿，一定，在地下，生根发芽；一定，在水中，开出莲花；一定，被岁月秘藏，酿成一坛老酒，陶醉过往的有缘人。

额石上更多的是为父母捐赠的短句，读到古人为父母祈福的言辞，我有

额石上的碑刻文字

些失态，甚至大脑瞬间有些短路，一股暖流直击我的心扉。我想起了我的母亲，她离开我已5年了。很多年来，我一直前行，无暇风景，只因翅膀沉重。树欲静而风不止，子欲孝而亲不待，她在天堂可好？外面冬日阳光的温度不及我在古塔内额石给我的温暖，在古塔之内，在千年之后，那些美好祝愿之词，令人感动。谁不是父母生养，岂能忘情？我流泪，为母亲。来生化成一方额石，上面刻上母亲的名字，嵌入磴道的石级，被人踩成路，在某个刹那被人读到母亲的名字，温暖过往游人的心灵。

陆游曾写诗道："何方可化身千亿，一树梅花一放翁。"梅花零落成泥香如故的时候，不如叫我化身繁塔的一块额石吧，在塔身万千佛像护佑下，安心居住其中，不管风雨雷电、不惧沧海桑田、不怕日光流年，安详、幸福。为父母镌刻祝愿，为家庭祈福平安，祝朋友幸福安康。为时光镌刻印记，为风尘承载记忆，为星月储存光辉。

"男弟子吕凝妻刘氏施愿阖家安乐"、"男弟子高进与妻赵氏同施"、"罗延嗣杨氏五娘同舍愿安乐无灾"、"男弟子张文施石一片愿阖家清吉妻胡氏男张福更愿无灾"……古塔回望，片片额石，满目温情。他们的悲欢故事，他们的祈愿言辞，他们的爱恨别离，他们的静默甚至无语，都一一打动我这个过客。额石上的感动，字字皆是温暖的话语和不舍的依恋。石头有思想，他们叫我放缓步伐；文字有力量，他们叫我思索生命。

我们可以腐朽，而亲情却恒久流传；石头可以破碎，而爱情却永远流传。

"革命纪念园"石碑：蒋介石冯玉祥"蜜月"的见证

那一年春天，笔者和中森老师、国栋以及怀梦草等汴梁博客圈的几位"扫街"者，走进了红洋楼。在感受那座中西合璧建筑带来的视觉震撼的同时，我们习惯在附近搜寻旧物或者寻觅故事。在红洋楼东侧入口的走廊里面，在尘灰之下竟然笼罩着一段近代历史风云。如果不是亲眼所见，根本无法相信开封还有这样一块石碑：蒋中正和冯玉祥共同题写的一通石碑。

蒋介石、冯玉祥合写的石碑"党国柱石"

石碑局部

借助阳光的斜照，我们屏息凝视，终于可以看清楚这块石碑上面字迹的内容了，碑文上款为楷书"革命纪念园成立纪念"，正中为隶书"党国柱石"，下署"冯玉祥题"，而"冯玉祥题"4个字间又隐有双钩刻"蒋中正"3个字。碑文上款和正文字体截然不同，上款9个字为蒋介石题写，正文4个字为冯玉祥题写。显然，这是一通十分罕见的蒋介石、冯玉祥合题石碑，弥足珍贵。

该碑也见证了二人关系的非同寻常。既然碑文上款为"革命纪念园成立纪念"，我们先从这里入手。"革命纪念园"始建于1927年11月，园址在开封城南郭屯（现在大郭屯）西南角，紧临开封至朱仙镇大路，前后共有两个大门，四周是高高的土墙，墙外种植有柳树，里面安葬的是国民革命军殉难将士。1927年11月上旬，奉鲁联军从豫东和豫北分两路进犯开封，国民革命军分头迎击，白刃肉搏，战死者不计其数。冯玉祥深痛烈士无葬身之地，于是在城南购买120亩地用以安葬死难将士。为了纪念死者激励生者，冯玉祥令河南省政府在此地创设一个"革命纪念园"，莳花种木，修建亭宇，以慰忠魂。

"革命纪念园"由前门入内，是一个砖砌的花园，里面有4个小草亭和两个小门，花园种植花草无数。花园西侧建有庭院一处，有上房7间，为烈士祠，陈列烈士的遗像和相关牌匾等。南厢房7间为学校，北厢房7间，是古玩陈列所和图书馆。花园的南侧是一个菜园，供职员四季菜蔬。花园北面是烈士坟墓，共1750多位在豫东豫北战役中战死的国民革命军将士。

蒋介石与冯玉祥之间最早的联系始于1926年6月3日，当时广东国民政府主席谭延闿和军事委员会主席蒋介石电邀在苏联的冯玉祥赴广东共筹"北伐"大计。根据1928年的蒋介石日记记载，2月15日，他由徐州搭车往开封，2月16日，"正午到开封，焕章（注：冯玉祥字焕章）总司令来接，相见甚洽。二时到开封参加欢迎会，后即入旧督署休息，再至省政府午餐。后参观大相国寺、革命纪念馆及游龙亭，传说宋太祖登位于此也。晚到欢迎会讲演，后与焕章谈话"。2月17日，"上午阅兵后往孔庙参观，新郑古器甚贵也。下午到郑州，欢迎会后往郊外参观农村。焕章欲约为兄弟，乃换兰谱。"

无疑，蒋介石来开封是与冯玉祥商议"北伐"计划的。在那个时候，按照《开封新建设一览》书中叙述，当时，冯玉祥在开封正在修建"革命纪念园"，各项建设正在进行当中。而蒋介石的到来，为二次主豫的冯玉祥带来了精神支柱，二人叙旧话新，虽然蒋氏日记中没有记载为"革命纪念园"题词之事，但是，可以这样设想，1928年1月4日，蒋介石到南京宣告复职，而当时的冯玉祥控制着河南，势力非常强大。到1928年6月2日，蒋介石通电宣告"北伐完成"，冯玉祥军事集团已达鼎盛时期。美国《时代》周刊曾以《Strongest Man》（最强者）为题介绍冯玉祥："他站着足有6英尺高，不像弱不禁风的黄种人，他宽阔的身材、古铜色的皮肤，为人和蔼。手枪在他可及之处，他是一个虔诚的基督徒，也是拥有19万5千人的世界上最大的私人武装的首领，他是如今中国的最强者：冯玉祥元帅"。

1928年前后，那是蒋、冯关系最好的时期，后来二人为了不同利益而相互倾轧，甚至是你死我活、兵戈相见，那是后话。这通高2.05米、宽0.75米的石碑，当年一定是仪式隆重立于园中，随着历史车轮的前进，战事连绵，外敌入侵，石碑无言不语，默默叹息。"革命纪念园"逐渐变化了模样，石碑不知何时被运到了如今的地方，横卧地上，任凭青草淹没，任凭时光变迁。这通石碑，不但揭开了开封"革命纪念园"的历史，而且还见证了近代历史上的风云际会。

石碑拓片，二人的字迹更清晰

天圣铜人：史上最早的针灸模型

十多年前，我陪一朋友游大相国寺，在藏经楼的耳房看到了仿铸的天圣铜人。那尊铜人至今让我记忆犹新，它与常人身高差不多，体貌端正，神态安详，嘴角微微上扬，千百年来一直洋溢着孩童般的微笑。多年之后，我想再次观摩天圣铜人，但3次进入大相国寺却没有见到，询问寺院的和尚，说是被保管了起来。闻之，怅然若失。好在，我还见过那尊铜人，虽然只是仿铸，但是足以慰藉我们寻访文化的虔诚之心。

《重铸宋代天圣针灸铜人铭》记载说，这尊铜人是开封云集志士经过博采考校、通力协作，于1987年10月"复置大相国寺"，"全像直立于缠枝牡丹花基座，浑然一体，佳气荣光"云云。北宋天圣铜人铭记了北宋针灸学的鼎盛，书写了千年之前中医的繁荣。那些刻画在身体上的经络、穴位，一如帝国的河流、山川。

开封仿制的天圣铜人

王惟一，"天圣铜人之父"

《开封市卫生志》记载，王惟一于天圣年间主持设计、铸造针灸铜人两尊，作针灸教学于考试医生之用，对后世针灸学术有十分深远的影响。要想弄明白天圣铜人，必须先了解王惟一这个人。没有他牵头，这个皇帝布置的课题也许就无法完成。正是他的敬业和聪慧，才创造了针灸史的一系列第一。

王惟一是开封人，约生于987年，卒于1067年，原名王惟德，家中原本是官宦之家，其祖父是宋太祖孝明皇后的弟弟，是皇亲国戚，曾奉命分管西京（洛阳），因为杀害婢女之案被绳之以法，被斩首于西京。其后代流落他乡，到了王惟德这一代，已经沦为贫民。宋真宗念及祖上关系，心生怜悯，于是就授他为"汝州同士参军"。王惟德虽然家道中落，但是不坠青云之志，一直研修医学。宋仁宗即位后，以其"素授禁方，尤工厉石"，授予其翰林医官院官职，于是王惟德开始改名为王惟一。

北宋的皇帝十分注重医学典籍的整理与刊行。以针灸为例，在宋以前，各家技法不一样，针灸穴位名称也是十分混杂，每一派叫法不同，不但不利于传播，更不利于后人学习。

天圣元年（1023年），宋仁宗颁布诏令，邀请国内医学高手对古代针灸医籍进行校勘整理，并组织医官制定针灸穴位新标准，开展标准化建设。这项工作历时三载，由王惟一牵头于天圣四年（1026年）完成，所编纂的著作就是《新铸铜人腧穴针灸图经》。医官夏竦为此书作序，说殿中省尚药奉御王惟一，潜心工作，废寝忘食。"精意参神，定偃侧于人形，正分寸于腧募，增古今之救验，刊日相之破漏，总会诸说，勒成三篇。"在书中，王惟一讲述了经络和部位相结合的腧位排列方法，既使人了解了经络系统，又便于学针灸者临床取穴。《新铸铜人腧穴针灸图经》一经完稿，北宋政府将该书印刷颁行全国，规定其为法定的针灸典籍，凡从事针灸医生和太医局针灸科医官，必须以其为必读之书，也是临床中必须遵守的针灸规章。宋代虽然印刷术发达，但是纸质书籍还是不便保管，为了便于该书的长久保存和观摩学习，又请工匠将《新铸铜人腧穴针灸图经》刻在石碑上，这就是有名的宋天圣针经碑。当时碑石刻完之后，放置于大相国寺针灸图石壁堂。元代初年，该碑石被运往北京，经过100多年的岁月变迁，加上朝代更迭，石碑已经漫漶不清、字迹模糊。在明代的时候，蒙古瓦剌不断骚扰北京，明英宗为防止瓦剌进犯，开始加固京城的城墙，石碑被人劈毁充当了修筑京师城垣的石材而沉睡了几百年。1965年至1971年，在拆除北京城墙的过程中，从北京旧城墙地基中相继发掘出土5块宋《新铸铜人腧穴针灸图经》残碑，1983年4月又在北京朝阳门南雅宝路东口附近再次发现《新铸铜人腧穴针灸图经》残石两块。当然，这是后话。

接着说王惟一。他在刻石之后，想加快普及针灸知识，于是就设想制作一个模型，这样比文字和图像更有直观性。这个想法很快得到了宋仁宗的肯定。"上以针砭之法传述不同，命尚药奉御王惟一，考明气穴经络之会，铸铜人式"。经过反复试验，王惟一于"天圣五年十月壬辰，医官院上所铸腧穴铜人式二"。当时是1027年，时值宋天圣五年，所以这两尊铜人又被称为天圣铜人。天圣铜人铸成之后，送进皇宫请宋仁宗观赏。宋仁宗见了十分高兴，赞赏不已，并下旨这两尊天圣铜人，一尊放在朝廷的医官院里，供医生学习使用；一尊放在大相国寺仁济殿中，供人鉴赏。

世界上最早创制的人体经脉经穴模型

天圣铜人乃是采用青铜铸成，为青年男子裸体形象，身高1.60米，胸围89厘米，头围63厘米，项围41厘米，口角长7厘米，目部长4厘米，眉部长7厘米，耳部长9厘米，腹围80厘米，由肩髃穴到中指尖81厘米，由环跳到足趾79厘米，由腕关节到中指尖17厘米，足趾26厘米，两乳间29厘米，从踵跟到足中趾尖83厘米。铜人体表涂有亮漆，用黑漆标明经脉循行路线和腧穴在人体部位。腧穴名称用金字旁标，经穴孔直径为0.35厘米，天圣铜人全身共有腧穴365个。天圣铜人体腔及四肢中空，胸腔及腹腔内装用木制的五脏、六腑、大小肠、膈膜。这些器官被能工巧匠雕刻得栩栩如生，四肢腔内装有木制骨骼模型，铜人全身可分解为六片段。面、颈、胸、腹为一纵剖部分，前臂桡侧至肘关节为一纵剖面部分，前臂尺侧从肱骨外上踝至腕部为一纵剖面部分，小腿胫部至足肮为一纵剖面，膝关节至大腿股骨尽头为一纵剖部分，前阴为一纵剖部分。解下上述任一部位纵剖切面部分均可见到内部器官或骨骼。全身6个分解部分，由特制插头相连，拼合成一完整铜人人体。体表刻经络腧穴，使"观者烂然而有第，疑者涣然而冰释"。同时，穴位都是与内里相通的小孔，用时，外面涂上黄腊，里面装上水，针灸之人，按分寸取穴进针。针对的，便针入而水出；针错的，针便不进去。当时就是用这个办法传习针刺技术和考核针灸医学生的。

天圣铜人的创铸，有着划时代的意义。这两尊铜人是史上最早的针灸模型，大大弥补了当时针灸教学上石碑和书籍的不足，给临床试验带来了巨大方便，有力地推进了针灸学的迅猛发展和长足进展。这两尊天圣铜人的出现，不仅是针灸史上的创举，而且也是世界雕塑艺术史上的"明珠"。天圣铜人集我国古代医学文明和铜雕铸文明于一身，是祖国医学文物中的上乘之作，堪称"国宝"。

随着时间的推移，它越来越被推崇为价值连城的"国宝"。天圣铜人是世界上最早创制的人体经脉经穴模型，也是世界上最早的如实地反映人体内脏及骨骼的解剖模型，较之西洋医学解剖学家维萨利斯的《人体之构造》（1543年）早500余年。

天圣铜人演绎历史传奇

天圣铜人自出世以后，便开始了颠沛流离的生活，也由此而演绎了一桩桩神秘的事件，一段段旷古的传奇令后人感慨不已。

两尊天圣铜人在北宋陈列了大约100年之后，在靖康年间开始命途多舛。1126年，金人攻打汴京，主张求和的朝廷答应了金人的一切要求，金人得以在京城大肆掠夺20多天，从王宫到民间，无数的珍宝、财物被洗劫，无数的宫娥、工匠被强行掠走。当然，还有天圣铜人，这是他们搜索的重点。《续资治通鉴》和《宋史纪事本末》都载有了天圣铜人被金人掠去的记载。在当时，金人之所以在意天圣铜人，除了它的医学、艺术价值之外，还有它本身的价值。由于北宋大量使用铜来铸造制钱，致使铜钱流落到周边国家，造成铜紧缺，于是北宋实施了"铜禁"，而金国更是缺铜，所以，天圣铜人对他们而言至关重要。据宋人邵博的《邵氏闻见后录》记载："宣和殿聚殷周鼎、钟、尊、爵等数千百种，国破金人尽取之。其下不禁劳苦，半投之南壁池中，后世三代彝器当出于大梁之墟云。"但当时那么缺铜，金人不会把铜或者铜人投入水中。所以，有学者认为金国掠走的是浑天仪中的铜人，而非天圣铜人，另外《金史》中也没有天圣铜人的记载。可以这样推论，这尊铜人似乎还在开封。

另一尊天圣铜人在"靖康之难"后不久，辗转至今湖北地区，南宋周密《齐东野语》记载："尝闻舅氏章叔恭云：昔襄州口，尝获试针铜人，全像以精铜为之，脏腑无一不具"，"盖旧都用此以试医者"。这尊天圣铜人是宋人在汴京城战乱中从大相国寺仁济殿中偷偷运出城的，后来献给了南宋朝廷，在南宋灭亡的时候，这尊铜人被元朝从临安运到了汴京，后又运到大都。在《元史》中还有记载，因铜人在战乱中受损，由尼泊尔匠人阿尼哥修复。到了明正统八年（1443年），栉风沐雨的铜人已显破旧，明英宗决定重铸，并重刻了《新铸铜人腧穴针灸图经》石碑。铜人铸好后，置于太医院的药王庙，被人称为"明正统铜人"。至于原来的天圣铜人是否还在原处，史书无载。后来历经战乱，没有了踪影。

如果金人当初在宋廷的医官院没有找到天圣铜人，那么它在哪里呢？唯一的答案是它还在开封，沉睡在地下近千年，横卧沙中或者站立水下，天圣铜人当"出于大梁之墟"。我们期待考古奇迹的发生。

第五编
往事沧桑说梦华

仓颉陵：中国文字从此开始

拜谒仓颉墓是在一个初春，穿越护城大堤，向北不远进入一个叫刘庄的村子就看到三通石碑，皆是1995年所立。一块刻有"文字始祖仓颉之墓"，一块是"仓颉墓碑记"，一块石碑刻有赞颂仓颉的二首诗和捐款人姓名。经询问村里人，墓葬在路西的田野里。于是，我们穿过野地，在一片空旷的田野发现一个巨大的墓葬，该墓呈椭圆形，占地30平方米，高4米，是开封市文物保护单位。

华夏文字始祖

在上古传说中，仓颉是轩辕黄帝的记事史官，创造了文字，被尊称为"仓圣"。他创造的文字，结束了远古结绳记事的历史，开辟了中华五千年文明历史的先河。

汉字是世界上至今通行的最古老的文字之一，是记写汉语的符号系统。汉字在表情达意、为人类服务方面，具有重要的工具性。同时，由于汉字的造型、结构方面的特点，使书写者结合绘画的审美原则进行构思、创造，形成丰富多彩的形象，因而给人以美的感受，由此又产生了东方特有的艺术——书法。汉字是汉民族先民们集体智慧的结晶，在传说里，人们把这个功绩寄托在仓颉身上。从春秋战国时期开始，就流行了仓颉造字说。《韩

历经几千年的仓颉陵墓

非子·五蠹》曰："古者仓颉之作书也……"荀子就说过："故好书者众矣，而仓颉独传者，壹也。"意思是说，爱好文字的人是很多的，为什么仓颉的事迹流传于世呢？这是因为他专心致志于此的结果。

据传，仓颉，原姓侯冈，名颉，这个人智商很高，聪明勤奋。他看见飞鸟落地、野兽奔逐留下的爪痕蹄迹，受到启发，心想这些印迹可以用来当作区别事物的标记，于是，他穷思苦索，观察天地万物的状态，采用一个个的字形来描写记述。《易·系辞》说："上古结绳而治，后世圣人易之以书契。"东汉许慎《说文解字·序》说这位"后世圣人"就是仓颉。有了文字，各种工匠可以用它剖析事理，教授技艺；各级官吏可以用它记述情况，传达政令。自从有了文字，人类才开始真正进入文明时代。文字，确实具有神奇的力量，它能超越时间和空间的限制，飞向未来，飞向遥远。人类有了文字，可以记下发生的事情，写出自己的所思所感，所爱所恨。古代的社会治乱、生产经验依赖文字流传至今，今天的创造发明仍然要靠文字讲个清楚明白。文字，扩大了人类的眼界，增长了人们的知识。没有文字，人类文化知识的积累、交流，根本无从谈起。仓颉造字开创了我国文字的先河，是中华文明史的源头。

仓颉遗址寻旧踪

传说中的仓颉的塚全国有多处，开封著名历史学家孔宪易先生在1990年撰文指出："开封城北的仓颉塚比较早些、可靠些，而白水、寿光、东阿、虞城等地的仓颉塚、庙属于纪念性的塚庙。"明《汴京遗迹志》载："仓颉墓在城北时和保。俗称仓王冢是也。"罗泌《路史·禅通记》称"仓颉居阳武而葬利乡。"关于利乡的位置，罗泌称："浚仪县即春秋阳武高阳乡也，或曰利乡。亦即时和保之墟也。"《水经注》及宋《太平寰宇记》、东汉《陈留风俗传》等著作也都有有关仓颉城和仓颉陵墓的记载。

孔宪易先生认为，仓颉是一个王者，而不是史官。他的都城在阳武。"其故城在今河南阳武县东南二十八里。"（《中国古今地名大辞典》）距离开封也就是50公里左右。在仓颉的后裔中，有一支是夷门氏。《史记》中有"夷门者，城之东门也。"开封人和开封方志都认为夷门是因为建在夷山之上。而孔宪易认为，这个夷门乃仓颉氏后人夷门氏居住的地方，大梁东门名夷门氏而得名。夷门氏早于大梁城，侯嬴之所以能为"大梁夷门监者"，是因为侯氏也是仓颉后裔中的一支，所以祖居于此。开封城西有个仓家寨，简称仓寨，现已划归中牟县，村中仓姓自称系仓颉后裔，早年他们曾多次到仓颉墓祭祖。

20世纪80年代末，孔宪易和王宴春二位专家学者曾到刘庄考察，他们见到了石碑，碑高约四尺，宽约二尺，厚约四五寸，碑顶有篆书"碑记"二字，碑中有碗口大小楷书，隐约可见"古造字台口口口"诸字，造字台在墓东南约三百公尺处，台基已被铲平，栽上了各种小树。据说造字台附近地下还埋有石碑一通。

上古时期，据传这里筑有东、西两座城堡，称东西仓城，今郊区刘庄为西仓城，开封县魏湾为东仓城。到魏晋时代城堡相当繁华，称仓垣城或仓皇城。晋永嘉五年（公元311年），洛阳饥困，大臣请迁都仓垣。未能实现。《舆地志》记载："仓垣城南临汴水，西北有仓颉坟。城有列仙台"，唐代此城已荒废。

岑参写诗说："野寺荒台晚，寒天古木悲。空阶有鸟迹，犹似造书时"。金元以来，由于黄河泛滥淤积，更加荒凉。晚清李鹤年《仓圣祠记》："大梁城北十五里，旧有造字台。又西北二百余步有墓，《县志》所谓苍皇陵也。今古百迁，沧桑亿变，荒碑仅峙，遗迹空存。道光己丑，乡人醵金重茸，圣迹一新。至于癸卯，河决开封，激流沉沙，台墓俱失"。清道光年间，这里是黄河滩区，台、墓屡淤而渐平。

东方文源研究会立的石碑

拓不走的仓颉造字碑

　　传说仓颉发明文字时，顷刻之间，"天雨粟，鬼夜哭"。天雨粟，是说天上像下雨一样把米撒下来，表示上天的祝贺。因为这给人类文化提供了利器，故此，万民匍匐在地，顶礼膜拜。鬼夜哭，是说有了文字以后，民智一开，老百姓从此再不会整日浑浑噩噩了，所以鬼就悲伤地哭了。开封本地还有一个传说，说是"仓颉造字圣人猜，二十八字一未开"。说的是孔圣人一次路过这里，看见仓颉碑上的28个字，一个字也不认识。开封仓颉庙内原有一通仓颉造字碑，现已不见。据当地村民讲，很可能还埋在造字台地下。关于这通碑，开封流传：仓王造字碑上的字捶（拓）不走，捶下来一出村就变样。现在碑已没有了，到底捶（拓）走、捶（拓）不走，已无从验证。

梁园：见证李白杜甫友谊的地方

古吹台在一个园林里面，那里风景优美，十分幽静。有一年，雪夜探访，苍松翠柏沾满白雪，古典建筑分外妖娆，鸟儿已飞绝，小径人踪灭。万籁俱寂，一幅人间胜景模样。当时忽然想起了汴京八景之一的"梁园雪霁"，暗想要是天气晴朗，雪后的这个园子一定是十分养眼的。可惜的是我们再也看不到古人的"梁园"了，看到的只是旧址，那些花木、那些建筑已经不是当年场景了。君不见，梁园宫室豪华、风光无限；君不见，梁园主人梁孝王一掷千金、门客无数；梁园，一个被历代文士津津乐道的乐园。从文化层面上讲，梁园的概念并不仅仅是一处园林，似乎成了一个具有丰富的内涵文化象征。

梁园

"梁园雪霁"风景异

　　说起梁园，有人说在商丘，笔者查阅文献，最终发现，以此称呼开封的最多。特别是在宋元以后，几乎已经成了开封的别称。当年的那个园林十分大，"孝王筑东苑，方三百余里。"孝王就是西汉梁孝王，北魏郦道元在《水经注》中，有"梁孝王始都大梁，以其土地下湿，后迁睢阳"之说。《陈留风俗传》《括地志》《元和郡县志》等典籍也都有这样的记载，认为梁园在开封，梁孝王的都城最初就在开封。"梁王增筑以为吹台"（《陈留风俗传》），宋人沈存中《登吹台诗序》曰："繁台，即梁孝王吹台也"。明人刘昌《吹台驻节诗序》称："城南有吹台，世乃言梁孝王台""唐杜甫从李白登吹台，慷慨悲歌，为一时所慕。故后世骚人诗客，以不得至开封、登吹台歌啸为欠事"，就是明证。宋人《舆地广记》即云："梁孝王增筑焉"。李濂对梁园位置做了准确的考证。他在《汴京遗迹志》中说："梁园，在城东南三里许，相传为梁孝王游赏之所。……一名梁苑，孝王筑吹台于苑中。"李濂认为刘武由汴迁睢阳，只是迁都，与开封辖属并无干连。梁孝王筑东苑三百余里，并非三百里内尽为园林，而应是三百里外犹有苑所离宫，这便是梁园。他不但增筑吹台，在开封还凿䣧池于城西北，垒蓼堤于城东北，皆有据可查。乾隆皇帝南巡的时候经过开封吹台题写一首诗，里面就有"凌晨陟吹台"、"杜子真豪矣，梁王安在哉？"这样的诗句，吹台就是师旷演奏音乐会的地方，就是现在开封的古吹台，而梁孝王就是汉文帝的儿子。

　　根据《史记·梁孝王世家》记载，汉文帝共有四子：景帝刘启、刘武、刘参、刘揖。其中景帝和刘武为窦太后所生，深受窦太后的宠爱。公元前178年汉文帝分别封刘武为代王，刘参为太原王，而将"爱之，异于他子"的刘揖封为梁王，又派了当时的青年才俊贾谊任太傅。四年后职务变更刘武为淮阳王。后刘揖因为从马上坠下来死了，文帝伤心之余，在公元前168年又改封刘武为梁王。可见梁国在文帝时期就有着不同于其他诸王的政治地位。汉景帝即位后，因梁孝王和他是同母胞弟，更是对他怜爱有加，再加上"孝王慈孝，每闻太后病，口不能食，居不安寝，常欲留长安侍太后。太后亦爱之。"梁孝王刘武深得窦太后的喜爱。当时梁国"为大国，居天下膏肤地。"梁孝王不但有了政治资本而且还有了经济资本，为以后建筑大的园林打好了良好的基础。

汉时开封周围尚为南国风光，河渠纵横，水网连通，其地阴湿，树茂草长，郊野之外，一望青郁，梁园亭台宫观，隐约其间；红墙绿瓦，水光湖色，地貌钟灵，王气很盛，有不可胜言之妙状。梁园中最著名的是修竹园，也是梁孝王最钟爱的地方。园中竹木，尽备天下之选，使这座名苑充满着生活的气息和高雅的情趣。加之开封地气适宜，气候温和，丛丛青竹在精心栽培管理下，直长的遮天蔽日，把一座梁园装衬得葱气蓊然。修竹园又集天下奇树，凿土为山，台池遍布园中。开封本多水，园中因地引水，高台曲舫，有天然造化之妙，胜观不可尽数。

修竹园以外，又有曜华宫。宫极高大，楼阁相连，是梁园中最壮观的建筑。又修有蠡台，蠡台因回道似蠡，因此得名。蠡，是一种用贝壳做成的瓢，据此可知蠡台造型十分独特。

梁孝王又在梁园中凿雁池，池不甚大，周围四里。建造时雁池中已建有岛，取名鹤洲，这是我国湖中建岛最先出现的园林建筑。雁鹜池边则有凫渚，

梁园雪霁，著名的汴京八景之一

渚上俱是飞亭走廊，奇树香草。夏日景明，微风吹拂，池中荡起一池碧水，无数珍禽奇鸟，飞嬉其中。舟歌琴趣，流水漂花，梁园岁月，说不尽的繁华。

雁池外，又开清冷池。清冷池风景最好时，莫过于凉秋九月，其时伫立池上，但见木叶尽脱，无边瑟芦，西风萧萧而过，满目清冷世界。水边垂杨下，细舟自横，湖中帆影寥寥，最是引人生发思乡情怀；当年多少佳人赋客，徘徊池上。池中心筑岛，岛修钓鱼台，钓鱼台命名为清冷台，其名意蕴，贵在冰心玉洁。冬日雪霁，大雪弥止，风停日出，此时尽看万树银装，玉翠映辉，"梁园雪霁"成为当时开封一大风景。

名士风流梁园集

修竹园又是梁孝王延揽天下名士的地方。修竹园中多修馆阁，诸方游士如过江之鲫，望风而至。梁孝王常与所招之贤吟诗歌舞，上下相得，极为欢洽。大赋家枚乘专作《梁王菟园赋》，描写修竹园为"修竹檀栾夹池水"。在赋风很盛的汉代，赋家已可用修竹园风景入赋，足见修竹园风光之优美。修竹园既为养士之所，园内馆阁建筑，也多以名士所居分别命名，如枚乘所居之馆，即命名为"枚馆"，邹阳所居之馆，即命名为"邹馆"，其他名士，各以号名之。于是在梁孝王时代，人以苑闻名天下，天下亦以人而争传梁园。梁孝王好士，与当时好士的淮南王、吴王一样有名。据《史记·梁孝王世家》记载，梁孝王招延四方豪杰，其中一个名叫公孙诡的人多奇谋邪计，初见梁孝王，便得千金赏赐，官至中尉，被称为"公孙将军。"这样重金高官招延人才，不亚于战国时之燕昭王。由于梁孝王广招人才，又爱好文学，所以邹阳、枚乘、庄忌等人离来吴王来到了梁孝王身边，司马相如也宁愿放弃朝中的郎官之职，来到梁孝王门下，一时形成人才济济的局面。他的周围聚集了许多当时已经显名并流传后世的文士、辞赋大家，主要有枚乘、司马相如、邹阳、严忌、羊胜、公孙诡等。

先说枚乘，他诗文歌赋无所不精。曾被吴王刘濞聘为郎中，极受重用。可他看到吴王在暗中招兵买马，阴谋叛乱，便直言不讳地上书劝谏。由是知名，景帝授予弘农都尉。但枚乘"久为大国上宾，与英俊并游，得其所好，不乐郡吏，以病去官"，不久又回到了梁国。"梁客皆善辞赋，乘尤高。"枚乘在梁园作《梁王菟园赋》。菟园就是梁园，枚乘是梁孝王的主要宾客之一，曾活动于梁园之中，对梁园的繁华有切身的感受。赋中铺叙了梁园的自然风光、规模建制及一年四季中的各种景物，描写了梁王带领随从狩猎的壮观场景，也抒发了作者的个人情感。此赋是枚乘的代表作之一。枚乘之赋铺张夸饰，对汉赋的博大恢宏气势有一定的影响。比如南北朝时期江淹作《学梁王菟园赋》，就明确地指自己是学枚乘的。

接着说司马相如，他是蜀郡成都人，汉赋著名作家，其名作《子虚赋》即作于梁园。他"少时好读书，学击剑"，慕蔺相如之为人，改名相如。他原受汉景帝武骑常侍之封，因景帝不好辞赋，正好梁孝王带领诸文士来朝，相如于是托病辞职，客游于梁。"梁孝王令与诸生同舍。相如得与诸生游士居数岁，乃著《子虚》之赋。"

邹阳是齐人，当年吴王刘濞刚刚封国的时候，曾经招四方之士，邹阳与枚乘、庄忌一起仕吴。后因吴王有谋反之迹，邹阳上书谏之，写下著名的《上吴王书》。吴王不听，于是遂改投梁孝王。邹阳为人有智略，慷慨不肯苟合。在梁时，他介于羊胜、公孙诡之间，羊胜今存有《屏风赋》，公孙诡今存有《文鹿赋》。公孙诡就是初见梁孝王，便得千金赏赐后来职务升到"公孙将军"的那个人。羊胜、公孙诡"欲使梁王求为汉嗣"，邹阳以为不可而力争，受到羊胜、公孙诡的谗害，被投入牢狱。于是邹阳在狱中上梁王书，"书奏孝王，孝王立出之，卒为上客。"后由于大臣袁盎等反对，为梁求汉嗣一事未能成功，梁王恼怒之余，与羊胜、公孙诡密谋杀害袁盎等大臣。事情败露后，"孝王恐诛，乃思阳言，深辞榭之，资以千金，令求方略解罪于上者。"梁孝王以千金向邹阳求计。邹阳向齐人王先生咨询后，悄然入京，见景帝王美人之兄王长君，劝王美人向景帝进言，不要再追究袁盎之案。同时，韩安国进京面见长公主，向长公主求情。最终使景帝不再追究这个事儿。从此也能看出，邹阳在梁国的身份，不仅仅是一个文士，还是一个非常重要的谋士。

那是一个美好的时代，众多的文人集聚在梁园，挥洒豪情，书写心志，感怀古今。那是文学史上一个辉煌的时期，汉赋名家赏玩梁园，风雅相聚，饮酒吟诗，恣意汪洋。梁园，成为文学上的胜景，后来，历代文人骚客莫不以到梁园抒情为最理想的处所。游梁园、登吹台，凭吊怀古，吟诗赋词，抒发情思。

三贤聚会闪耀古典文学的星空

梁园，已经成为文人的一个心结，无论他是从哪里来，总要到此一游，抒发情思。

阮籍在《咏怀》中写道："驾言发魏都，南向望吹台。箫管有遗音，梁王安在哉？战士食糟糠，贤者处蒿莱。"战士吃酒糟米糠等粗劣食物，贤人隐居草野而不被任用。结果是"歌舞曲未终，秦兵已复来。"

到了唐代，经过历史的风云变幻，梁园虽然有所变化，但是作为一个著名园林，其胜景仍是不减当年。李峤《兔》诗云"汉月澄秋色，梁园映雪辉。"储光羲《临江亭五咏》（之四）云："梁园多绿柳，楚岸尽枫林。"王昌龄《梁园》诗云："梁园修竹古时烟，城外风悲欲暮天。万乘旌旗何处在？平台宾客有谁怜？"诗中写古代梁园之盛，气势宏伟，而立足现实予以回顾，秋天梁园的竹子一如昔时烟雾迷漾，黄昏时分城外风吹似悲鸣。曾经飘扬的亲王旗帜在何处，平台上的宾客又有谁能关心。

岑参于天宝三年（公元744年）28岁时进士及第，正是仕途顺利之时，在《梁园歌·送河南王说判官》诗中，他写梁园春景色调明丽，并由对世事变迁的咏叹而显示出积极进取的锐气。诗的结句云"輶轩若过梁园道，应傍琴台闻政声"，是对亲友的勉励，也是对梁园的追思。岑参又有《山房春事诗》（其二）亦写到梁园，诗云："梁园日暮乱飞鸦，极目萧条三两家。庭树不知人去尽，春来还发旧时花。"立意及情趣与前一诗相近。在诗人心中，梁园，依旧是温暖的故乡；梁园，依然是华美的家园；梁园，还是那个梁园，任凭时光变迁，而你却不曾改变，纵使景观变化，而心中依然灿烂。

今天，古吹台还有三贤祠，三贤祠建于明代，当时河南巡抚毛伯有感于唐代大诗人李白、杜甫、高适曾同登吹台饮酒赋诗而特意建造。

高适是沧州人，20岁时曾到长安寻求功名，怀才不遇，便北上蓟门，漫游燕赵，想在边塞寻求报国立功的机会，但也是一直没找到出路。之后，他便在汴州（开封）一带过着"混迹渔樵"的贫困流浪生活，长达十几年之久。但是高适的作风非常豪侠浪漫，在他的作品中充满豪士侠客的肝胆意气，豪迈动人。

而唐天宝三年（公元774年），在京名噪一时的李白因赋"可怜飞燕倚新妆"之句而得罪了杨贵妃，被解除了翰林职位。他东下洛阳，结交了杜甫。两位大诗人神交已久，相见恨晚，便一同沿着黄河漫游，饱览锦绣山川。初夏时，他们来到开封。

李白、杜甫、高适三大诗人相聚梁园，同登吹台饮酒赋诗。《新唐书》卷201《杜甫传》说：甫"少与李白齐名，时号李杜，尝从白及高适过汴州，酒酣登吹台，慷慨怀古，人莫测也"三人酒酣古吹台，放眼四望，信陵君的坟墓已被耕为平地种上庄稼，梁孝王的舞榭歌台早已踪迹皆无，枚乘和司马相如也已灰飞烟灭，不禁感慨万千。忽然听到不远处窗外传来如梦如幻的琴声。三人疑是师旷再生，不禁心生感慨。似醉非醉之间，李白即兴赋诗，挥笔在墙上写下了那首千古名作《梁园吟》："我浮黄云去京阙，挂席欲进波连山。天长水阔厌远涉，访古始及平台间。平台为客忧思多，对酒遂作梁园歌。到晚年，杜甫还在他的《遣怀》诗中这样写道："昔我游宋中，惟梁孝王都。"他们在旅游胜地乱涂乱画据说遭到了一位僧人的反对，那个僧人拿起工具准却忆蓬池阮公咏，因吟渌水扬洪波。……"高适吟诵再三，伴着悠扬的琴声也写下《古大梁行》："古城莽苍饶荆榛，驱马荒城愁煞人。魏王宫观尽禾黍，信陵宾客随灰尘……"直

三贤祠内三贤雅集

三贤惺惺相惜，酒逢知己千杯少

千金买壁，李白十载客梁园

备擦去诗句，却被弹琴的那位姑娘拦住。为了保留诗句，她愿千金买壁留下李白的诗句。她就是汴州的才女宗氏，她的祖父宗楚客，在武后、中宗曾三次做过宰相，后来因依附韦后，为玄宗所杀。不久，李白听说此事，深受感动，便托杜甫和高适做媒，娶这位宗氏才女为妻。宗氏就是李白的第四位夫人。这个"千金买壁"的传说未必真有其事，但宗氏才女却确有此人。据郭沫若考证，李白"在梁园也有家，往来于此，累十年之久"。

宗氏成了李白第四位夫人。婚后，二人感情深厚。李白和宗氏结婚后仍四处漫游，也常回家看看。直到安史之乱爆发，他才带着宗氏与她的弟弟宗昂逃到江南避难，结束了"一朝去京国，十载客梁园"的生活。

读书人心中的圣地

明代中期以后，文士诗咏梁园则更明显地哀叹繁华飘逝，感慨世道变迁。如李梦阳《梁园歌》云："挂席欲进逐洪波，我今亦作《梁园歌》。梁园昔有信陵君，名与岱华争嵯峨。"李梦阳又有《梁园雪歌》云："今为梁园客，独对梁园雪。"诗中对梁园的咏叹包含了诸多历史与人生的体悟。嘉靖时王廷相作《梁苑歌》其二云："百年之后君为谁？有酒莫惜千金挥。不信试看梁王苑，狐兔草驰鬼火吹。"那个时候，梁园已经是一幅衰草遍地的破败景象。

李濂年轻的时候曾寄宿在吹台读书。吹台就在现在的禹王台公园，梁园遗址也。李濂编《汴京遗迹志》收录了不少写及梁园的诗篇，其中有李濂自己作的《梁台怀古》五首，其三云："梁苑久云废，梁台亦已颓。当日修竹园，寂寞狐兔驰。秋风吹禾黍，异代令人悲。"诗中也是描绘的是一幅梁园遗迹破败不堪的图画，历史上的梁园盛况已经荡然无存。在明代话本小说《醒世恒言·十五贯戏言成巧祸》中，刘氏对静山大王说："却不道是'梁园虽好，不是久恋之家'。不若改行从善，做个小小经纪，也得过养身活命。"这句话是告诫世人不要贪图享受、安守本分的劝善之词。可见，在明代人们的心目中，梁园已被作为一个豪华、富贵的理想乐园的代名词。

于谦《题汴京八景总图》有"梁园花月四时好，日落夷山映芳草"句。清代蒋湘南在《梁园吟和李白韵》中："我昔游梁发清兴，驱车遍访夷门山。汴人指点道旁树，黄沙漠漠埋其间。廿载来往怀感多，今年始作梁园歌。不怜艮岳一拳石，不吊蓬池千顷波。"1923年的春天，康有为来到了开封，吹台雅集兴致浓，康有为登上高台，望万里风云，感时事兴衰，欣然命笔，写下一首古体诗。生动地描绘了梁园旧址的如画景色。康有为亲书的这首诗的刻石镶嵌在御书楼东壁之上，现仍保存完好。

梁园是读书人心中的圣地，它是古典文学灿烂星空中一颗最明亮的星星，从汉代至近代，多少王侯将相、才子佳人在梁园留下了无数的感叹和奢望，没有一座园林如它那样，倾醉千古文人；没有一座园林如它那样，留下汉赋、唐诗、宋词以及戏文等多种吟咏佳作。

两千多年以来，梁园以独特的文化底蕴屹立于中国古典文学的殿堂，历代文人几乎都曾为它谱写过华章，不因时光的变迁而布满灰尘，不因时代的发展而被人遗忘。如今的梁园旧址还是一个优美的园林，花木扶疏、鸟语花香。"梁园客已散，风景独依依。"好在还有一个遗址可以回望，好在还有碑刻、文献可以重温。

第五编　往事沧桑说梦华

府城隍庙：中国最牛的城隍庙

说起城隍庙，总让人想起上海城隍庙的繁华与热闹。上海城隍庙可谓一个地标性建筑，而开封城隍庙却仅仅存在于人们的口碑传说和地名之中。近百年来，开封城隍庙似乎淡出了人们的视野，昔日的繁华被逐渐忘却。

开封城隍的起源与发展

古代"城"是指城墙，"隍"是指墙外环绕的深沟，《说文解字》说"城，以胜民也"，"隍，城池也，有水曰池，无水曰隍"。城隍是自然神，凡有城池者，就建有城隍庙。最早的城隍庙见于三国吴赤乌二年（239年）建的芜湖城隍庙。至唐代，城隍信仰已经颇为盛行，而且有城隍塑像。当时文人为求风调雨顺、民康物阜而书写祭城隍文。唐人张说、李德裕、李阳冰、杜牧等祭祀城隍神的文献记载至今仍广为流传。宋代欧阳修也写有《祭城隍神父》这样的文章。公元923年，李存勖攻入开封，灭掉后梁，建立后唐政权，移都洛阳时，据说当时开封城隍曾向皇后托梦说："汴州王者之地，不可轻离。"但李存勖决意西迁，后来由于漕运不便，经常闹粮荒，导致兵变亡国。当然，这只是传说，但从中可见城隍在人们心中的地位甚高。

宋朝时封祀更为繁杂，比唐代有过之而无不及。陆游曾说："自唐以来，郡县皆祭城隍，至今世尤谨，守令谒见，其仪在他神祠上。"而对山川、城隍的祭祀亦开始列为国家祀典。

宋朝的祭祀城隍还有一项内容，与出兵有关。据《文献通考》卷八十九载："（太祖皇帝建隆元年）六月，平泽潞。及车驾还宫，皆遣官奏告天地、太庙、社稷，仍祭袄庙、泰山庙、城隍庙。其年十月征扬州及太平兴国四年征河东，并用此礼。"从此，诸府、州、县纷纷广建城隍庙。宋代徽宗皇帝还册封城隍，这在南宋赵与时的《宾退录》卷九中有所反映："余尝撮城隍爵号，后阅《国朝会要》，考西北诸郡，东京号灵护庙，初封广公，后进佑圣王。大内别有城隍，初封昭贶侯，后进爵为公……盖东南城隍之盛，多起于近世，此数者亦徽朝锡命耳。"

宋代城隍开始人格化，多奉去世后的英雄或名臣为城隍神。宋孝宗时，李异任舒州知州，"有德于民，去郡而卒，邦人遂相传为城隍神"。南宋末，"赵汝澜知澧州"，自称"生为太守，死作城隍"，他死后，当地士民居然为之"建祠立碑"。

北宋南迁之后，金人统治者在开封仍保留了北宋的传统，比如在其旧地尊奉城隍神，也见于正史记载："大定二十一年，复修宫殿，建城隍庙。"（《金史》卷二十四载）这显然是朝廷所为。后来开封的城隍庙在蒙金战争中毁于兵火，直到元大德三年（公元1299年）十二月才由河南路兵马都总管刘福重建。元代的王恽在《汴梁路城隍庙记》说："汴梁之庙事城隍，其来尚矣……世说秦功臣冯尚，见梦于汉高帝曰：'奉天命与王知，领城隍阴事。'虽傥侃不可致诘，然自汉至今，遂为天下通祀。"

城隍庙的普建和祭礼的规制化，是在明初实现的。朱元璋定鼎中原，即诏天下有城池者，建其庙。据《明史·礼志三》记载：朱元璋建国伊始，即于洪武二年（1369年）正月封京都（即南京）城隍为承天鉴国司民升福明灵王，开封、临濠（即凤阳）、太平（即当涂）、和州（即和县）、滁州的城隍亦封为王，职位为正一品，和太师、太傅、太保这"三公"及左右丞相都是平起平坐的。《明会典》载，洪武三年（1370年）正城隍神号，命从祀于山川坛，旋诏革除其封号，称某府、某州、某县之城隍神，未几复降仪注，令凡府、州、县新官到任，必先斋宿城隍庙，谒神兴誓，在阴阳表里，以安下民，又令各处城隍庙，须摒去闲杂神道。府、州、县庙宇俱如其公廨，设公座笔砚，如其守令。

明代开封府城隍庙坐北朝南，由南向北为照壁，左右鹿角、牌坊、大门3间，门后为甬道，甬道后为二门3间，二门东西各开角门，角门外为东西夹道，二门后为甬道，甬道后为歇山式大殿5间，殿后为后殿，形制如大殿，东、西两殿内祀奉七府及汝州城隍像，大殿内祀奉府城隍。

开封城隍庙屡经水患，多次重修。《汴京遗迹志》上说："洪熙元年（1425年），道士萧景新重修。天顺五年（1461年）沦于水，道士萧守正葺完。"开封府城隍庙在宣德六年（1431年）重修。《开封府志》记载，嘉靖二十五年（1546年）重修城隍庙，万历三十六年（1608年）皆重修城隍庙，明末毁于黄水。

1984年孔宪易校注的《如梦录》说："城隍庙：府城隍庙、县城隍庙、济渎庙、穆蔼堂，今皆黄河水利学校（今黄河水利职业技术学院）旧址。"清顺治十五年（1658年）尚书刘昌重建，康熙六年（1667年）巡抚张自修重修。清代的府城隍庙位置就在现在的成功街，庙门坐北向南，迎面有影壁，庙门两侧有泥塑神像，庙门上建有戏楼，院内有石栏围绕着大殿，月台上建有正殿，正殿后有寝殿。规模相当宏大，香火极盛。

《如梦录》上记载："府城隍庙西是县城隍庙。"其实县城隍庙原在城南百亩岗，明成化六年建，"万历年间，知县王鹤龄移植府城隍庙西"（清光绪《祥符县志》）。县城隍庙面积较小，庙门两侧也有塑像，院内有东、西陪房，中间有大殿，殿后是一座二层小楼，楼上是道士居住的地方。《祥符县志》记载了清乾隆二年（1737年）祥符县知县张淑载楷书撰写的《重修祥符县城隍庙记》。1927年，冯玉祥主豫后，推行新政，销毁佛像、解散僧道，城隍庙名存实亡。解放战争时，国民党飞机炸毁了大殿，城隍庙内的最后一座建筑片瓦无存。

明代城隍庙庙会最繁华

开封城隍庙在明代属于都城隍，全国就5个。在明代，每月朔望日的开封城隍庙庙会远远超过北宋时期的大相国寺内"万姓交易"时的繁华。《如梦录》记载甚详，现依其记载整理开封城隍庙庙会盛况如下：

照壁前有牛马尾网巾、唐巾等货；牌坊下卖描金、彩漆、卷胎、拔丝等盒，帽匠盔洗旧帽、安鞭爪兼补破坏。东角门外是卖木器的，有桌椅床凳衣盆等架、大箱、衣箱、豆面小箱、壁柜、书橱等……鹿角外则是卖锡器和各样走铜山水器皿、嫁妆之物，大小竹货，莲桶、莲缸、珍宝古玩杂货；大门下是卖油箪、油糕、煎饼蒜面、扁食、油粉酥糖等食物；绒线翠花珍珠、珊瑚、各式银器杯盘等则集中在甬道上；二门东角门内多时鲜干果、梳梳竹篦、假银物件等；二门西角门下是卖旗和彩帛制品的。庙会商品种类繁多、琳琅满目、应有尽有。油靴、油鞋、泥履、雨伞铺、男女缎靴；笔墨砚台、南京草履，小书时画圣像、故衣竿子；果木、违兰、栀子砂觇砂盆、小轿、骨花抽挪大轿、十景花盆等，种类之多，颇为惊人。

"城隍出巡"规模浩大

旧时，开封城隍每年三次出巡。春季为清明日，出巡"收鬼"，因二麦返青，早秋将播，农事日繁，"收鬼，以防贻误农事。道长卡云牌、法器，摇金铃，持黄表纸符录，招鬼魂收入箱内，作为拘囚"。秋季为"中元节"（七月十五），出巡"访鬼"，受理屈冤鬼魂申述，道士持仪如春巡，沿途焚化纸钱，舍粥饭，每遇十字路口，则念"往生咒"，焚"往生咒"文。冬季为十月初一，出巡"放鬼"，因农事已毕，鬼出无碍也。道士持仪如春、秋季，至旷野取春季收藏符录焚之，擂鼓三通，击法器放焰口（注：一种佛教仪式），作法道士披发执剑，指向四方，诵《金刚经》，放出鬼魂。每次出巡，礼仪甚隆。当日晨起，道士先将城隍和夫人木像移至前殿，出行时，用木椅抬轿内。府城隍坐十六抬大轿前行、县城隍坐八抬大轿前行，夫人花轿相随，执事人鸣锣燃炮，吹奏唢呐。仪仗前为八面虎头大牌，上书"肃静"、"回避"，后跟二十八宿大旗，白底红边，分绘青龙、白虎、云鹰、熊黑、太极八卦、日月星宿……后面是六十四执事，一群武卫人员分执刀、枪、矛、戟、金瓜、铖斧、朝天镫等兵器。紧接着是四十二面大盘鼓，其声响彻云霄。再后为善男信女，执香纸、抬香案、香塔，后面则是高跷、舞狮、旱船等民间游艺。全城各寺院道观的僧道人员分为两行行进，和尚执钵、挥拂尘，道士击木鱼、奏笙管，其后则是红纱宫灯，上贴"城隍"金字，另有四人抬香炉，内燃檀香，一路香烟缭绕、鞭炮轰鸣。旧时迷信的人们为"祈福免祸"，为将来死后"好进阴曹地府好做鬼"而打通关系，或因为替父母重病许愿而还愿等。于是，在"城隍出巡"之日，人们要扮成罪人，穿上红色囚衣等参加送迎行列以示虔诚，家家如此。所以每次"城隍出巡"，送迎行列浩大、喧闹森严，令人恐怖。据陈雨门先生回忆，清末城隍出庙南行至西司门，经巡抚衙门到行宫角往北到新街口东口，府城隍折向西，经前营门，出西门；县城隍经西大街，往东出曹门。

开封府城隍庙旧址上的近代建筑群（2013年拆除）

另一盛典是为了城隍诞辰。原为农历三月二十八，因为那个时候青黄不接、民力维艰，所以后来就改为农历五月二十八，在城隍庙举行。头一日，已有善男信女络绎来庙，动辄万人，庙不能容，乃沿街坐卧，男女混杂，喧闹终夜。等到次日凌晨，僧道先行上香焚纸，随后为善男信女祈福，众人纷纷上香焚纸，顶礼膜拜。庙内火光烛天，烟雾迷离，万头攒动，好不热闹。通过举行盛典，"城隍"可以收到好大一批贡品，其中，有阴府用的"钱"，也有阳间用的钱。这些都由一位道长代收，当然最后还是要转交给举办"出巡"盛典的头目的。至于"贡品"是真的"孝敬"了城隍，还是落入了某些人的私囊，也就无人细究了。

近代城隍庙改建为文化传播之地

1927年，冯玉祥指定旧城隍庙大殿作为河南教育馆馆址。自1927年9月开始，历时7个月，于1928年4月15日正式开幕。该馆把城隍庙旧址进行改造利用，开辟门前空地为公园，"植木种花，点缀新鲜，入门为前院，博物室在北，庄严雄伟，史地室、卫生室、游艺室、教育行政室、学校成绩室及馆员住室等，分列两旁"（1928年《开封新建设一览》）。院中原有两处水池，被整改成4块小花园，栽花养鱼，以供游人玩赏。博物室的后面是原城隍庙后院的北房，十分高大，改为了理化室。东北角一小院为办公场所，前院的东面有一大院，改为了游戏场。1931年2月河南省政府会议决定河南教育馆为河南省立民众教育馆，隶属省教育厅领导。馆内设总务、教务、展览3部，增设民众学校、化学工艺班、国术训练班、贫民借贷所等。1933年增设民众代笔、询问、识字等处，还设有活动事业、编辑、工商施教、经费稽核等委员会。1930年8月，河南省教育厅饬令各县筹设县立民众教育馆，为实施县民众教育之中心。馆内设图书、讲演、科学、艺术、展览、体育、编辑、总务8个部。后来教育馆迁走后，国民政府水利部黄河水利委员会设于此。

近代文化曾经在这里开始传播（建筑已经拆除）

　　1946年2月建冀鲁豫黄河水利委员会，驻地历经菏泽、临濮、郭万庄、孙楼、郑那里、百寨等。1948年12月，该会易名为华北人民政府黄河水利委员会，驻开封城隍庙。后因扩大组织机构，把紧邻的县城隍庙和穆蔼堂两所院子合并到府城隍庙内，为新黄河水利委员会会址。黄河水利委员会迁郑后，改为黄河水利职业技术学院，成为为人民治黄培养人才的专业学校。再后来，学校西迁，此处成为淮河医院的北院。

开封城墙：李自成眼睛被打瞎的地方

对于今天的历史文化名城开封而言，城墙是其重要的组成部分，是历史文化名城的重要标志。在中国八大古都中，开封现存城墙全长14.4公里，是仅次于南京的全国第二大古代城垣建筑，是目前中国保存下来的最完整的古代城墙，素以雄伟壮观闻名遐迩。即使是壮观的西安城墙，其周长也比开封城墙少0.75公里。开封城墙，至今仍如巨龙般盘亘在老城周围。

开封城墙多次遭遇黄河水淹

中国城墙建造的历史起源于新石器时代，开封城墙源于春秋时期，有南北开封城之说。"南开封"是郑庄公命大臣郑邴在朱仙镇附近古城村筑的城，取启拓封疆的意思，命名为启封。后避汉景帝刘启之讳，改启封为开封。"北开封"就是现在开封的位置，春秋时属于郑国属地，战国时名大梁。魏惠王迁都大梁后，开始修筑城池。当时各诸侯国战争频仍，大梁乃中原重镇必争之地，所以城墙修筑得格外严整。《史记》记载："臣闻魏氏悉其百县胜甲以上戍大梁，臣以为不下三十万。以三十万之众守梁七仞之城，臣以为汤、武复生，不易攻也。"过去四尺为一仞，大梁城为"七仞"，足见其高峻坚固。魏大梁城是开封城墙的起源，共有12个城门，东门名夷门，西门曰高门，与今天的开封城相比较，偏向西北，面积较大。

公元前225年，秦将王贲引黄河水进攻大梁，历时3个月，将城破坏。这是开封第一次遭遇毁灭性水灾。大梁城现被深埋于地下10余米处，已经沉睡2000多年。

隋朝的时候，大运河的开通为汴州城（开封）插上了腾飞的翅膀。到了唐建中二年，"汴州次城隘不容众"，节度使李勉开始拉大城市框架，城墙规模宏大、坚固宽广，史称"筑罗城"，奠定了今天开封城的基础。汴州城周长20里155步，设城门7座，其中南面1门，名尉氏门；东面2门，南为宋门，北为曹门；西面2门，南为郑门，北为梁门；北面2门，西为酸枣门，通往延津，即旧酸枣县，东为封丘门。汴州十分繁华，诗人王建在《汴路即事》一诗中咏叹："千里河烟直，青槐夹岸长。天涯同此路，人语各殊方。草市迎江货，津桥税海商。"

五代时期，开封的政治军事地位愈加突出。后梁、后晋、后汉相继建都开封，因忙于战争而无暇整修城池。后周时期，周世宗柴荣继位后，开始大规模修筑开封城，调集开封、滑县、郑州、曹县等地方10余万人修筑外城。在开封一直有"跑马圈城"的传说。周世宗让大臣赵匡胤绕开封骑马飞奔倾尽跑出50里，以马力尽处为城界，下令以马跑的范围扩建城池，修建了气势宏伟的东京外城。开封一带土质松软，不易筑城。为确保城池坚固，于是取荥阳虎牢关的土筑之。周世宗修建的外城，城墙坚固如铁，其周长48里223步。

北宋建都开封后的168年间，曾对城墙进行过10余次不同程度的增修。宋开宝元年，宋太祖赵匡胤"初修汴京，大其城址，曲而宛如蚓诎焉"。神宗熙宁八年，重修开封城，历时3年完工，周围展至50里165步，高4丈，广5丈9尺。城墙均系夯土版筑而成，使京城规模宏大壮丽、举世闻名。北宋时期建设了完整的外城、内城和皇城三重城墙防御体系。据《东京梦华录》记载，宋外城外四周都建有护城壕，"阔十余丈，壕之内外，皆植杨柳，粉墙朱户，禁人往来"。"新城每百步设马面、战棚，密置女头，旦暮修整，望之耸然。城里牙道，各植榆柳成荫。每二百步置一防城库，贮守御之器。有广固兵士二十，指挥每日修造泥饰，专有京城所提总其事"。

金元时期曾对开封城墙进行修筑。公元1357年，元将泰木花为防红巾军攻城，将汴梁城"四门城门只留5座，以通往来，余8门俱塞"。

李自成初围开封就成"独眼龙"

从明代开始，开封城墙外表才筑青砖，一改历史上"土城"的形象。据《古今图书集成》记载，洪武元年重筑的开封府城，城周长20里195步，高3丈5尺，广2丈1尺，这是现存的开封城墙的前身。明代开封的规格是陪都，环城修"高五丈，敌楼五座，俱有箭炮眼，三方四正，十六邪"。据《如梦录》记载，还修有"大城楼五座，角楼四座，星楼二十四座"，"样铺十座，窝铺五十四座，炮楼十座，周围四千七百零二丈"。

明开封城墙五座城门互不对应，东面一座城门偏北，一座城门偏南。南门偏西，西门正直，北门偏东，称作"五门不对"。如此格局，是因当时的一种说法，即汴梁地脉，原自西来，故西门正直，以吞西边河洛过来的王气；而其余四门皆屈曲旋绕，意在使进城的王气不致走失。整个看，明开封城呈卧牛形，西门为牛首，其余4门为牛足，故开封城又称卧牛城。不过，在宋元笔记中也有对宋东京外城以"卧牛城"的称呼。"旧说牛为土属，土能克水，取名卧牛城，当可镇河水之患。五门共有铁裹城门五十扇，门外有护城河，

就是在这个城门外，李自成成了"独眼龙"

俱有板桥供人马通行。五门除安远门通延津外，大梁门通中牟，曹门通兰阳，南薰门通尉氏、通许，宋门通陈留，称为'五门六路、八省通衢'"。

明崇祯十四年（公元1641年）李自成率领三万多起义大军，第一次攻打开封城，当时河南巡抚李仙风到河北去围剿土寇了，开封城守备副总兵陈永福到洛阳出差未回。李自成趁开封城空虚，急行军三天三夜，于二月十二日兵临开封城下，想奇袭开封，没想到遇到了开封守城官兵及全城老百姓的抵抗。明军据城拼死抵抗，开封城墙成为双方激烈争夺的主要战场。结果，李自成不但没有把固若金汤的开封城攻下，而且在二月十七日于开封的西门外被人射瞎左眼。《大梁守城记》记下了该事："曹太守鼎言：'围城时，身任西门右所总社，日则出城打仗，夜则守城。军中削竹为箭，其大如箸，略长一二寸，铁镞如锥。刻木为槽，安放于中，引弦激槽，其箭可射三百余步，闯围汴时，满城放箭，遂中贼目，实用此箭。究不知为何人所射……"第一次攻打开封城李自成以失败而告终。后来，李自城又攻打开封两次，均未攻克。

第三次围城时，明军决河水淹开封城，洪水从北向东南穿城而过，城内黄水几与城平，一座千年古城顿成汪洋泽国。据《汴围湿襟录》载，"水深数丈，浮尸如鱼。哀哉，百万生灵，尽付东流一道。举目汪洋，抬头触浪。其仅存者：钟鼓二楼、周府紫禁城、郡王假山、延庆观，大城止存半耳。至宫殿、衙门、民舍、高楼略露屋脊"。城墙只露出水面，四城周围地貌完全改变，河流全被淤没，千里沃土，变成"黄沙白草，一望丘墟"。

开封城墙如巨龙一般

现代城墙是清代遗迹

公元1662年，重修开封府城，在明城废墟上重建一座新城，《祥符县志》卷九《城池》说重修的开封府城"各门营建如旧制"。公元1841年，黄河决堤，开封城墙再遭浩劫，淹城8个月，城墙损坏严重。次年二月，重修开封城，历时一年半，这就是今日之开封城墙。《重修河南省城碑记》记载了这次修建过程，"自二十二年三月兴工，明年（1843年）九月告成"，"旧城高二丈四尺，今增高一丈，又益女墙六尺"。城之西北隅及南段部分城墙皆重筑，"重建五门……月城及城楼……均复其旧"。重修后的开封城墙，周长22里70步，墙的高度和厚度都有所增加，城门升高丈余。

每次黄河水泛滥后，在开封城所沉积下的泥沙更厚，数座古城池深深淤积于地下，形成了开封"城摞城"的奇特景观。这在我国文明史上是绝无仅有的，在世界考古史和都城史上也是独一无二的。"开封城，城摞城，地下埋着几座城。"开封城曾多次在历史的长河中被毁坏，但又一次次在原址上重建，开封人民从来舍弃不下这座城。追忆开封城墙的似水年华，不由人不

城墙外面建成公园，历史上曾经多少故事在这里上演

感叹开封人民的坚守、坚定。城墙是开封人安危的最后一道屏障。开封城墙，拱卫了开封千百年间的政治、经济、文化和军事。黄河在开封境内决口370余次，其中直接围困开封城的有15次之多。水入护城堤内，但因城墙之阻而未进入城区的就有10多次。开封城墙是历史风云的写真，是民俗画卷的记载，与开封人民息息相关。

　　如今的开封城墙为市民提供了一个休闲、健身、娱乐的好去处。每天上下班，笔者都要穿越城市东西，一天当中要数次与古老的城墙走过一段静静的时光。它就像一位慈祥的老人，注视着古城的朝晖晚霞，感受着帝都的花开花落。它的豁达、宽厚、古朴无不影响着古城的民风。它历经沧桑却从不低头，屡经兵火却巍然屹立，大水灌城仍不改本色。它是开封城的脊梁，是开封城的守护神，春秋有序而福祉无边，岁月有痕而文脉延续。

相国寺：千年以前"潘家园"

大相国寺是开封的地标建筑，早在北宋时期就是皇家寺院了。宋室南渡后，南宋使节只要经过开封，就会询问大相国寺的现状或者前去凭吊一番。后世的小说评话以及戏剧、曲艺演唱中提到开封时，也大多会加入一些大相国寺的情节，比如《水浒传》中鲁智深倒拔垂杨柳，就是在大相国寺的菜园；《说岳全传》中还有一章"大相国寺闲听评话"。古今多少事，尽在笑谈中。寺内"资圣熏风"、"相国霜钟"是著名的开封胜景。一座宝刹，穿越千年，历经战火、水灾后，依旧从容、淡定……

冯玉祥主豫的时候把相国寺改为中山市场

在神圣与凡俗之间的从容

现在的大相国寺，是清代翻建、新中国成立后整修的，规模比历史上小了很多，原来"基址七进，有五百四十余亩"。大相国寺的地址，原为战国时魏公子无忌信陵君的故宅，也有说是他"胜游"、"游赏"的场所，宋代将这一带叫作"信陵坊"。南北朝时期，佛教盛行，各处纷纷建立寺院，555年，曾在这个地址建立一座建国寺，后来遭兵燹毁坏。唐初为歙州司马郑景的宅园，附近还有一个福慧寺经坊。701年，一个叫慧云的僧人来到了开封，夜宿繁台，隔着汴河望见异象，"徒步临岸，见澜漪中有天宫影，参差楼阁，合沓珠璎，门牖彩绘，而九重仪像，逶迤而千状，直谓兜率之宫院矣"。《智严经》说，琉璃地上，现宫殿之影，此不思议之境界也。于是他打算在那里建一座寺院。711年，慧云募购郑景宅园，掘得北齐置寺的古碑，遂改福慧寺为建国寺，并将以前募铸的高一丈八尺的弥勒佛像安置其中。当时唐睿宗为了纪念自己由相王即位皇帝，于是下诏把建国寺改为大相国寺，并御书牌额。从此，大相国寺香火日盛、名声显赫。唐代大书法家李邕撰写的《大相国寺碑》称大相国寺"棋布黄金，图拟碧络，云廊八景，雨散四花。国土威神，塔庙崇丽，此其极也……人间天上，物外异乡，固可得而言也"。

唐代大相国寺里面是个艺术宝库，佛殿内有吴道子画的文殊维摩像、石抱玉画的护国除灾患变相、车道政画的北方毗沙门天王和塑圣杨惠之所做塑像，都非常神妙。寺内一些建筑，不仅非常宏丽，而且非常精巧，比如大相国寺楼门，宋代的木工喻浩曾说："他皆可能，唯不解卷檐尔。"后来遭受一次严重火灾，三日不息，大部分烧毁殆尽。804年，日本国遣使空海来大相国寺学习3个多月，学习汉语言和密法。他归国前再次寄宿大相国寺，学习天台密法，研习中文，并撰述大量笔记。后来他用汉字草书的偏旁，参以梵文的音符，制成《伊吕波歌》，成为日文字母之一——平假名的创始人。

万姓交易的大市场

大相国寺在北宋时期最为繁华，它恰位于东京里城的南部，是当时最繁华的区域，又正在汴河北岸，交通便利，加上规模宏大、游人众多，从而自发地形成百姓的交易市场。据记载："相国寺每月五次开放万姓交易，大三门上皆是飞禽猫犬之类，珍禽奇兽，无所不有……"寺内汇集了大批民众在此娱乐，有上元观灯，各种灯艺，光彩争华；有资圣熏风，夏日纳凉，冬季赏雪。听琴观画，僧院品茶，繁华世界，百姓乐园。

据说北宋立国不久，宋太祖就到大相国巡视，面对佛像，宋太祖问陪同的赞宁和尚是否跪拜，赞宁和尚十分聪慧，说"现在佛不拜过去佛"，宋太祖会心一笑，并为寺院题写金字牌匾，以后皇帝在上元节来大相国寺游赏成为一个不成文的规矩。大相国寺有五百罗汉塑像，个个栩栩如生。元丰年间，久旱无雨，宋神宗在宫中祈祷多次，梦有一僧骑马飞驰空中，口吐云雾，化为倾盆大雨。第二天，宋神宗命人寻梦中之人，在大相国寺三门五百罗汉中第十三尊找到梦中那僧。

大相国寺对文人的诱惑尤为强大。王得臣在大相国寺淘得《张登文集》一册六卷，黄庭坚于大相国寺得宋祁《唐史藁》一册，"归而熟观之，自是文章日进"。上官极游大相国寺，买诗一册，纸已发黄，回家一看，包书皮的纸竟是五代时门状一幅，上面还有皇帝赐进士及的文书。米芾曾购得王维的真迹；苏轼海南放还时，欠人酒钱写诗抵账，不久，这幅字就出现在了大相国寺里。李清照为丈夫赵明诚的《金石录》作序，回首往事时，首先想到的就是大相国寺。她与赵明诚结合时，赵明诚才21岁，在太学每休假，他总是把衣服典当了，换钱去大相国寺买些碑文。

宋徽宗继位前是端王，他到大相国寺游玩时，一高兴就叫直省官替他算了一卦，算卦人是浙江的陈彦，问过八字文后大惊失色，曰："必非汝命，此天子命也。"直省官大骇，狼狈走归，不敢声张，第二天悄悄告诉了端王，"王默然"。

还有一个在寺门口算卖卦的先生，有天连接做了4个书生的生意，掐指算来竟然都要当宰相，连他自己都晕了，说怎么会一天之内来4个宰相，围观的人更是哄堂大笑，从此再没人信他的卦术，落了个穷饿而死。那4个书生为张士逊、寇准、张齐贤、王随，后来皆为一时名相。

金元多战火，大相国寺一度被战火波及，《汴京遗迹志》和《宋东京考》都说大相国寺"金元兵毁"。大相国寺原有60余院，历经兵火只剩数间房屋。

范成大作为出使金国的使者,路过开封,"过大相国寺,倾檐缺吻,无复旧观"。元世祖曾对大相国寺进行修葺,寺院主要建筑如旧,但是已经没有北宋时的繁华了。

到了明代,开封作为地方政治经济文化中心,加上明太祖朱元璋也是和尚出身,极为重视佛教。朱元璋在洪武初年重修大相国寺,改赐额为崇法禅寺,后沦于河患。永乐、成化、嘉靖年间经过多次修建,明代大相国寺的规模虽不如北宋的宏丽,却比金、元时繁盛得多。据《如梦录》记载:"每日寺中有说书、算卦、相面,百艺逞能,亦有卖吃食等项。"明代的大相国寺庙会已由宋代每月5次、金代每月8次的定期开放变为百姓日常交易和游乐的场所。

热闹繁华的"中山市场"

开封自明末黄流淹灌后全城"俱被泥沙围拥地下",大相国寺只存形迹,大部均遭淤没。周亮工由南京赴北京,路过开封,亲眼看到水退后情形:"大殿檐溜当胸,释迦巨像,裁露肩肘。"

清代先后9次修葺大相国寺,其中以1766年的规模最大,今天寺中的主

冯玉祥把大雄宝殿改为实业馆

要建筑多是此次重修的，但因"周遭各设公廨"（即各郡行馆），使得大相国寺的面积较之前大大缩小了。大相国寺"百物充盈，游人毕集"，仍为一圣地。清末由寺出资在东、西走廊一带建了一些店铺，赁与商贩营业，所有地皮和住房由寺按口或按月收租金。营业时间只限于白天，入夜即须歇业外出，因寺内惯例，每至晚10时必须净寺锁门。寺内店铺出售的物品除书籍、字画、古董外，还有布料、药品、玩具、首饰、女工针线、各类杂货及各种地方小吃。此外，还有说书、相声、双簧、坠子、摔跤、武术、算卦、测字、相面等各种杂耍。

1927年，冯玉祥改大相国寺为中山市场。寺内佛像除千手千眼佛外大部分被毁，寺内建筑物长年失修，残破零落。据《开封新建设一览》记载，当时的中山市场由商店、娱乐场及公共游览处等部分组成，商店种类繁多，有布匹、国货、织染、铜锡铁器、油酒酱酪、古玩画籍、饭馆等；娱乐场有戏园、词曲、武术、绘书、杂货、烟店、茶社、幻术、留声机、写真片及动物游艺等；游览处则有平民休息处，马戏、平民公园演讲处，民乐厅、革命纪念馆、美术馆、图书馆、游艺馆、实业馆。张履谦的《相国寺民众娱乐调查》一书记载了大相国寺11类娱乐，分为戏剧（包括梆子、京剧、坠子3种）、说书、大鼓书、道情、相声、竹板快书、西洋镜、卖解、幻术、日光电影、玩鸟等。

1933年，刘峙将河南省立民众教育馆由城隍庙迁移到中山市场。笔者根

大相国寺鸟瞰图

据见到的档案显示，1946年8月汴教四字第5149号代电令该寺交与河南省立民众教育馆，大相国寺住持释华庵不服河南省政府行政处分依法诉愿，上访到国民政府教育部。释华庵陈述了大相国寺的历史价值之后，据理力争，维护了寺院利益。

1992年3月28日，大相国寺作为佛教场所重新开放。作为千年古刹，大相国寺既是佛教寺院，又是文化寺院。在神圣与凡俗之间，大相国寺一如帝都几千年的发展变化一样，沧桑从容，优雅淡定。

岳飞庙：十二道金牌泪别满江红

朱仙镇是我国古代四大名镇之一，也是当代"中国十大最美的村镇"之一，相传为战国时朱亥故里。朱亥本是一屠夫，因勇武过人，被信陵君聘为门客后，在窃符救赵立下汗马功劳，后世屠者尊朱亥为仙人，此地故名朱仙镇。

历史上，岳飞抗金最著名的战役则属朱仙镇之役，今朱仙镇西一公里，有土岗，称为点将台，传说是岳飞演兵之地。岳飞率岳家军在朱仙镇大败金兵主帅金兀术，正待收复大好河山之际，被南宋昏君以十二道金牌召回临安，在风波亭被奸臣秦桧以"莫须有"罪名陷害致死。岳飞遇害，噩耗传来，万

岳飞庙大门

民痛哭。朱仙镇一带的黎民百姓对爱国爱民的抗金英雄岳飞无比敬仰，对卖国求荣的奸相秦桧切齿痛恨。英名赫赫垂青史，梨园世世演精忠。岳飞慷慨悲壮的英雄故事，千百年来，通过戏剧和小说，一直在人民群众中相传。《说岳全传》把岳飞的形象塑造推上了高峰，这是一部以岳飞抗金故事为题材、带有某种历史演义色彩的英雄传奇小说。

"和秦桧一家的不能乘我的车"

时值盛夏，笔者来到朱仙镇岳飞庙，正赶上缏会，街道遍布商贩，只得步行前去。朱仙镇岳飞庙经过历代增修，成为名扬四海的全国三大岳庙之一。朱仙镇岳飞庙坐落在关帝庙西邻，坐北向南，山门前阔三间，进深两间，绿琉璃瓦顶，有东西两个侧门，青石台阶，明间之中一对石狮分立两边，两边中柱上有一副篆书金字对联，上联写：若斯里朱仙不死，知当日金牌北招，三字含冤，定击碎你这极恶滔天，黑心宰相。下联言：即毗邻关圣犹生，见此间铁骑南旋，万民留哭，必保我那精忠报国，赤胆将军。进山门便是五奸臣反剪手、赤上身的铁跪像。中为秦桧，紧靠秦桧西边的女人是秦桧的妻子王氏，在其夫谋害岳飞的罪恶活动中充当了帮凶的角色，当时被人骂为"长舌妇"。西为罗汝辑，他追随秦桧，充当帮凶。秦桧东边是张俊，投靠秦桧，陷害岳飞。东为万俟卨，南宋初任湖北提点刑狱，依附秦桧，任监察御史、右正言。他秉承桧意弹劾岳飞，主治岳飞之狱，充当秦桧的打手和帮凶。百姓痛恨这5个残害忠良的刽子手，把他们铸成铁像，让他们袒胸露腹，蓬头垢面，反绑双手，面北而跪。清代嘉庆年间，有人看到秦桧夫妇铁像，跪于岳飞庙前就曾戏撰一联，题在两块小木牌上，分别系于秦侩夫妇的颈上。秦桧颈前的是："咳！仆本丧心，有贤妻何至若是？"王氏颈前的是："啐！妇虽长舌，非老贼不到今朝！"虽说此乃戏言，但对卖国贼秦桧夫妇确实是莫大的讽刺。"五奸跪忠"铁像前有皮鞭，让他们永远接受正义的鞭笞和良心的拷问。

别的岳飞庙，"五奸跪忠"铁像都在院内，而这里的五奸却是在山门外

五奸跪忠

跪着。据说由于秦桧陷害岳飞，而使这里百姓重遭金兵蹂躏，所以他们对秦桧极为痛恨，跪也不让他跪到院里。

　　在朱仙镇多年留传下一个烧秦桧的风俗。每年农历正月十四到十六3日，人们用砖瓦泥塑一个秦桧像，下有口，肚里空，拿桑柴一烧，秦桧便耳口眼鼻七窍生烟，人们便欢呼、叫骂，十分解恨。有人拿烧饼在其上烧，烤得黄焦再吃，称吃秦桧肉。后来演变为每年逢正月十六岳飞庙演戏，则必演《烧秦桧》一剧。是日，四乡八村的群众将事先用草扎成的秦桧模型，带入戏台之下，当台上演到火烧秦桧和王氏之时，台下观众就会将草扎秦桧点燃。此时，台上台下，欢呼雷动，人们怒火满腔，无不对秦桧之流咬牙切齿、唾而骂之，对抗金英雄则愈加恭之。《开封县戏曲志》记载了一则故事，说一次朱仙镇岳飞庙演完《烧秦桧》戏之后，有观众驾车在回开封途中，遇到了一个步行者要求搭个便车。驾车者欣然同意，在行进中，驾车者和搭车者谈起了《烧秦桧》剧目，说"姓秦的坏透了"，搭车者言语中透露出自己也姓秦。驾车者得知他与秦桧同姓，就把他推下车，驾车而去。搭车者有些莫名其妙，尾追求停车，驾车者喊道："和秦桧一家的不能乘我的车。"

欲加之罪　何患无辞

　　岳飞庙前院为岳庙正殿，后院为寝殿。庙宇庞大，建筑雄伟，气势磅礴，十分壮观。前院有东西厢房各三间，走过厢房便是卷棚，卷棚后边就是岳庙正殿五间。殿内供奉岳飞及其部下四将塑像。正殿后为后寝宫，里面有全国仅存的岳飞夫妇青铜鎏金像。在这里，笔者看到了"岳母刺字"的彩塑。岳飞在从军时，母亲在他的背上刺下了"精忠报国"4个大字。"靖康耻，犹未雪；臣子恨，何时灭！"在以后的抗金斗争中，他时刻牢记母亲的教诲，念念不忘的是报家国之仇、雪民族之耻。他在战袍上刺下"誓作中兴臣，必殄金贼主"几个字，时时激励自己，收复失地，还我河山。

　　1140年，金朝撕毁和约，向南宋发动大规模进攻。赵构命令各部抗击金军。岳飞接到命令后，挥师北上，率领岳家军反攻中原，战旗所指，所向披靡。在岳飞庙，笔者看到岳飞手书的《送紫岩张先生北伐》："号令风霆迅，天声动北陬。长驱渡河洛，直捣向燕幽。马蹀阏氏血，旗枭克汗头。归来报明主，恢复旧神州。"岳飞率部在郾城、颍昌大败金将兀术率领的金军精锐"铁浮图"和"拐子马"，给南下的金军以沉重打击。这时，抗金形势十分喜人，黄河以北各地的义军群起响应；金朝在黄河以北的统治风雨飘摇。金将兀术哀叹："自我起北方以来，未有如今日之挫败。"金军士气沮丧，感叹"撼山易，撼岳家军难"。岳飞乘胜向朱仙镇进军。朱仙镇离金朝军队大本营仅有22.5公里，兀术惊慌失措，准备渡河北撤。岳飞看到中原故土就要收复，无比兴奋地对部下说："直抵黄龙府，与诸君痛饮尔！"在民众庆贺之时，赵构和秦桧等却忧心忡忡。宋高宗也怕取胜迎回徽钦二帝后，自己失掉帝位，于是下令抗金部队停止进攻。其他各路宋军陆续奉命撤退以后，前线只剩下岳家军。赵构在一天内连下十二道金牌，召岳飞班师回朝，帝命难违，岳飞率师南旋。岳飞班师那日，朱仙镇一带数万黎民，手拎竹篮，头顶条筐，送来鸡蛋、糕点、肉食，跪于一街两厢，苦苦哀求，挽留岳飞。岳飞泪流满面，悲愤交加:"十年之功,废于一旦!所得诸郡,一朝全休!"臣子永远是一颗棋子,当岳飞最终成为弃子的时候,迎接他的是"何患无辞"的"欲加之罪"。

1141年,秦桧一伙诬告已辞官的岳飞谋反,把岳飞和他的儿子岳云还有张宪投入牢狱。秦桧等人的倒行逆施,引起了南宋军民的不满和愤怒,纷纷为岳飞鸣不平。老将韩世忠当面责问秦桧:岳飞到底有什么罪?秦桧含糊其辞:"飞子云与张宪书虽不明,其事体莫须有?"韩世忠气愤地说:"'莫须有'三个字,何以服天下!"1142年1月27日,岳飞被杀害于临安大理寺内,年仅39岁。岳云和张宪也同日遇害。岳飞临死前,饱蘸墨汁,写下了"天日昭昭,天日昭昭"8个大字,向命运、向上苍发出了悲愤的呐喊。于谦在《岳忠武王祠》哀叹:"如何一别朱仙镇,不见将军奏凯歌?"

槐树想念岳飞而死

在岳飞庙里有一宋代大钟——青云钟,钟高1.5米,重千余斤,上有"国泰民安,风调雨顺"字样。为纪念岳飞,当年百姓用缴获的金兵兵器数万件而铸。在当地,笔者听到了两棵槐树的故事,都与岳飞有关。一棵是"相思槐",

岳飞庙大殿

一棵是"系马槐"。当年岳飞大战朱仙镇，帅府曾设在朱仙镇今清真寺所在的地方，那里有一棵槐树，岳飞常在树下研究兵法，召集军事会议。后来，岳飞屈死风波亭，朱仙镇的居民便去槐树下纪念岳飞，谁知没过几天，这棵槐树也死了，人们都说它是思念岳元帅而死的，称它为"相思槐"。传说金兀术为与岳飞决一死战，将镇中物资抢劫一空，填平所有水井，堵截上游河道，打算将岳飞困死。岳飞收复朱仙镇以后，就骑马找水源。当他来到岳飞庙这个地方，将马拴在一棵黑槐树上时，这马前蹄扒、后蹄踢，鸣叫不已，枝头树叶哗哗直响。岳飞感到十分奇怪，就将马缓缓解开，那马向西南走不几步，用前蹄扒起来，不一会儿，地下便冒出水来。岳飞命士兵用铁锹挖，挖不多深，泉水汩汩，清凉甘甜。从此，人有水喝，马有水饮，既救了岳家军，也救了当地百姓。后人就将那棵黑槐叫作岳飞系马槐，将那小水坑修成一眼水井，叫作岳飞饮马泉。

　　这些美丽的传说无不寄托人们对岳飞的无限怀念。穿行于古镇的大街小巷，笔者寻找着有关英雄岳飞的遗迹和传说，感受着"出师未捷身先死，常使英雄泪满襟"的悲壮。"文官不爱钱，武官不惜死，则天下太平矣。"岳飞以一人之躯，鼎立千秋忠勇和正义，赤胆毫挥青玉案，高风泪洒满江红。

御河：桨声灯影胜秦淮

　　御河，不是皇宫中的河流，而是市民的亲水乐园。虽说河在帝都，但是时光流逝，如今开封已经不是北宋王朝的东京了，辉煌如过眼的云烟，河流写下沧桑的遗韵和繁华的旧梦。这条河流托起的东京梦华，千百年来一直萦绕在线装的史册和都市的想象之中。临水而居是惬意的，而今，这种惬意也只有在御河中才可以体现。

御河美景惹人醉

"北方水城"赛江南

古代的开封城就有"水乡泽国"的称号，它凭借的就是地形有利、雨量充沛，一度使城市附近河流湖泊围绕四周。据史料可查，春秋战国时期，比较靠近开封且对开封水运系统形成有着巨大促进作用的河流就有济水、淮水等多条河流。此外，还有大野泽、圃田泽、孟诸泽、荥泽等湖泊。古代开封附近较大的湖泊约140个。这其中，仅开封一带就有知名的大小湖泊数十个。

古荥泽在现荥阳县古荥镇东一带，又名"荥波"、"荥阪"。古荥泽呈东西长、南北短不规则椭圆状，面积大约相当于现在开封市及开封县所属地区。公元前602年，黄河在大禹治水后第一次大改道，河水自今河南浚县南改折向东，致使荥泽水源枯竭，湖面逐渐缩水。在战国以后、西汉中期以前这段时间里，荥泽干涸淤为平地，至今从当地地貌上看，尚有小部分遗迹可寻。

圃田泽位于荥泽东边，在今开封以西40公里，面积比荥泽大一倍有余，且与荥泽水道相通。圃田泽呈西北窄、南宽不规则的三角形，泽中心在今郑州东圃田一带，是古代开封著名大泽之一。春秋战国时期，圃田泽烟波浩渺，面积相当大，曾一度与"邦城破"合湖，至北魏时期，湖面开始缩小，且形状变化甚大。东魏孝静帝天平元年（公元534年），圃田泽已变为东西长、南北窄状。据唐代李吉甫《元和郡县志》载，当时圃田泽仍"东西50里，南北26里"。此后由于水源断流、泥沙淤积，圃田泽中开始出现大大小小的岛屿一样的沙岗，岗上蒲苇丛生、鸥栖鹭飞，湖岸在湖水退缩后露出了大片大片的沙滩，滩上灌丛交错、兔没狐出，与今日之黄河湿地相类似且更胜之。唐宋以后，圃田泽逐渐泥沼多于水洼，最后由湿地变为陆地，成为沧海桑田的又一力证。

崔符泽位于现开封西杏花营至现中牟县东北一带，该泽南北长、东西窄，其面积稍大于今开封市市区，是雨季为湖、枯水期为沼的一大片沼泽区。

逢池在今开封市南偏东12公里处八里湾一带。在3000余年的历史长河中，逢池曾有诸多名称，东周时称"逢泽"，春秋时称"蓬泽"，战国时称"逢破"或"逢破忌泽"、"逢忌之薮"，汉时称"蓬阪"或"百尺阪"，唐时由唐玄宗李隆基更名为"福源池"。逢池为一西北、东南向椭圆形中型湖泊。唐代，逢池依然烟波浩渺。宋代，逢池在各类典籍中屡见记载。金元以后，黄河多次决口，逢池首当其冲，累经淤塞，渐为平地。

东方威尼斯

北宋开封处于水系的中心地带，"四方所凑，天下之枢，可以临制四海"，河流的汇聚，使开封拥有了"天下之中"的绝佳地理优势。在"汴京八景"中，与河有关有：州桥明月、汴水秋声、隋堤烟柳。州桥是北宋东京城内横跨汴河的一座大桥，是交通四方的要道。桥两岸店铺鳞次栉比，商业繁荣，特别是州桥夜市，小吃琳琅满目、风味绝佳。州桥的夜晚，除了美食，更有美景。桥高水深，舟过皆不去桅，最宜月夜登桥赏月。汴水，即汴河，是维系开封城的一条生命线。宋太祖赵匡胤曾形象地将汴河、蔡河、五丈河比作3条玉带，其中，汴河位居第一，它是北宋时期的御河。金秋时节，汴水处于丰水期，河水清洌，碧波千顷，宛如银龙。阵阵秋风吹过，波涌浪卷，水声铮铮，清越入耳。当年汴河之堤种植杨柳，叠翠成行，风吹柳絮飘飞如烟；晓雾蒙蒙，堤岸、柳树被笼罩在淡淡的烟雾之中时隐时现，组成一幅迷人的画卷。作为"北方水城"的开封，还曾被马可·波罗在《东方见闻录》中这样记录："汴河直通运河，北连通州（北京）、南通杭州，城内六条水系，和我的故乡威尼斯何其相似乃耳！"

开封有数量众多的湖泊，如果仅仅是散居的水韵，缺少一根玉带连接全城的水系，"一城宋韵半城水"也仅仅存在于文字的张力和思维的想象之中。还好，水系工程的实施打造了一个全新的水韵开封。

御河沿岸风情万种

如今的开封境内湖泊流域广布，水系通达，城内有龙亭湖、包公湖、阳光湖、铁塔湖等。随着开封水系改造工程的进一步实施，御河将城内外水系连成一线，使开封成为名副其实的北方水城，实现"河与湖贯通相连，城与水彼此环绕"的城市水景观特色。

游走御河，感觉景色优美、气韵生动。御河沿线文化景观众多，景色宜人，恍惚间如梦回宋朝一般，令人流连忘返。开封水系工程沿线的水系文化景观是以水景、园林式绿化、仿北宋景观建筑和休憩场所为主要构成元素，御河沿线有5个主题景观园，由北向南分别是集锦园、春花园、夏荫园、秋韵园、冬凝园。

集锦园是会馆文化区，各种奇花异石、名木异草，为集锦园增添了更多的趣味性，以古城水系河道为界，形成北部游览活动区，南部会议住宿区。北部游览活动区以12幅经典的宋画串联成个个精美的景点，犹如"无声的诗，立体的画"。游人游历其中，如在赏画，形成具有闲雅意境的"画中游"。

桨声灯影宋韵长

南部的会议住宿区，区内溪水蜿蜒流淌，自然分割园区空间，形成私密性较强的环水独立合院客房。集锦园是5个景观园之中最大的一个，位于法院街与龙亭西湖之间。

春花园采用宋代特有的彩楼欢门装饰酒楼作为标志性建筑和视觉空间的中心聚集点，对面广场形成景观节点和游人的聚合空间，以亭、廊、酒楼围合形成静谧休憩空间，并以酒楼、跨河石拱桥、水榭形成空间的对景轴线关系，形成视线上的"移步异景"。结合《清明上河图》中精美建筑物，以酒楼为标志性景观，彰显宋都繁华市景。以现代设计手法使得建筑物凌驾于水系之上，不仅可以汇聚景观视点，也增添了景观艺术性；以体现宋代文化的景观小品设施来点缀亲水广场空间，不仅聚集人气，还能延续城市文化传统，再现《清明上河图》之宋都盛况。我们可以用"桃红柳绿春风爽，花楼玉液酿琼浆"来概括其景观整体特色，并利用植物的丰富性来营造景观的多样性，平面绿化和立体绿化结合，水生植物与陆地花木配置，使园区在四季的静态构图中呈现动态变化，岸边间植桃柳，营造"盈盈碧水映桃花，树树桃花间柳花"的意境，形成本园区"桃红柳绿"的特色植物景观。

夏荫园由诗句"垂柳罩荷水面齐，梨园豫曲乾坤戏"引申出的景观园。园内以戏楼为景观中心点，以母子双桥连接水系主流和支流，转换景观空间，强化入口景观；结合开封悠久的戏曲史，以大型仿宋戏楼作为标志性建筑物，可作为景观视线最高视点，不仅可以集散人流，强调突出主题建筑，而且可以与河岸滨水建筑形成呼应。母子桥飞跨主河道和支河道，中间以亭作为连接，形成"双桥拱月，玉亭清风"的景观。植物景观突出夏荫，河面上清香的红荷与岸边飘盈的绿柳形成了垂柳罩红荷的夏季景观。

秋韵园以体现北宋时期百姓人家为主题，采用传统民居的白墙、灰瓦、红门、门神等文化元素展现祥和的市井文化生活。园区内西侧展示西方园林的张扬与大气，与东侧中国古典园林的含蓄和细腻、疏落自如的自然景观形成了强烈对比，产生一种中西合璧的园林之美，同时体现出北宋东京作为国际大都会所具有的文化的包容性。植物景观突出秋色，形成芦花莹莹飞雪、柿树亭亭如盖、枫叶红红似火的秋季景观。

冬凝园与包公湖景区相接，以体现北宋时期手工商业文化为主题。以古典园林景观空间展现宋都宋风宋韵为此区域最大特点。仿宋建筑群落合理布局，以长廊、水榭、景亭相互衔接，设置石木结构的船舫作为景观焦点建筑物，用特色丰富的宋式手工坊来点缀，展现传统风情，通过多样化的景观空间为市民营造自然山水城市环境。整体景观特色是："回廊仙台望舟舫，红梅翠竹傲冰霜。"植物配置追求突出冬景，兼顾四季，形成"青松滴翠，古柏傲雪，虚竹凌云，梅花竞放"的冬季景观，营造"梅雪冬妍"的意境。

集锦园放开不说，春花园、夏荫园、秋韵园、冬凝园4个园区，其实就是四种意境：桃露春浓、荷云夏净、桂风秋馥、梅花冬妍。这4个园区展现出"春花、夏绿、秋色、冬姿"的优美景观，随着四季的更迭与交替呈现出特色鲜明的景象与色彩。

御河连接开封的水系。内外水系文化景观丰富，如古建筑、桥梁、船舶、岸边小品景观等。水系周边的建筑类型中有皇家建筑、府衙建筑、园林建筑和民居建筑等；水系沿岸的桥梁有"天波桥"、"孝严寺桥"、"龙韵桥"、"陆福桥"、"西司桥"等，一桥一景，古朴、典雅，造型优美，风格迥异，是御河一道亮丽的风景线。水系岸边小品景观有历史名胜古迹、原址重建的仿古景观、历史文献典故造景等。御河水系整体河道蜿蜒曲流，水体景观千

风情万种的御河夜景

姿百态，异彩纷呈。景观雕塑主题定位为市井文化，设计主要参考《清明上河图》，还原《东京梦华录》，另辅之以其他的历史记载，展现这一历史时期庶民百姓的日常生活情景。

如果把御河比作古典美女的话，无论是沿岸行走还是坐船游览，都可以感觉到御河具有"沉鱼落雁，闭月羞花"之容。夜晚行舟则更惊诧于她的风景绝美，沿岸灯火辉煌，水中倒映着岸边的水榭亭台，跨河的桥梁在灯饰的装扮下与水相映成趣，水中桥梁在水波的荡漾下摇曳生姿，灯影仿佛融化了的山水画。远处有宋词乐舞的音乐盈盈传来，时而缥缈，时而清越。待伴随着桨声走近之时，才看到衣着宋装的美女在翩翩起舞，一时竟然觉得穿越到北宋。

一条河，贯穿古城开封的主要景区；一条河，打通古代现代的时空；一条河，展现帝都的人文景观。其中，既有古今交汇的从容，又有富贵典雅的雍容；既有现代科技的璀璨，又有传统文化的延伸。

御河处处泛涟漪，桨声灯影胜秦淮。

第六编
古城记忆韵味长

州桥：杨志在这里卖刀

2013年，郑州市的惠济桥在历史长河中沉睡多年后被唤醒，发掘出来并展露芳容。该桥是始建于隋唐时期的三孔石拱桥，与赵州桥是同一个时代的建筑。经历代加固修复，现存的这座桥修建于明朝。惠济桥下的河流，史料记载名叫通济渠，后来演变叫汴河。惠济桥印证了郑州作为隋唐大运河枢纽的重要地位。我国的石拱桥在东汉时期已经出现，发展于隋，兴盛于宋。由于这种新的桥型坚固、耐用，又方便通航，很多地方都涌现出大小不一、形式各异的石拱桥。岁月流逝、河道沧桑、道路变迁，古石桥历经战乱、洪水

州桥遗址

洗礼，风骨尚存、精髓未失。它们以其独特的技巧、浓郁的特色、较高的艺术价值和重要的历史价值闻名于世，如一部部灿烂的艺术史书记载着劳动人民的聪明与智慧，展示着我们曾经辉煌历史。而开封的州桥也同样建筑考究，历史辉煌。

州桥南北是天街

州桥是开封的一座古桥，修建于唐朝建中年间，在今中山路中段。明成化《河南总志》载："唐建中年间节度使李勉建，以在州之南门，故名"。

唐代称为"汴州桥"，五代时称汴桥。宋代时候改名为升平桥，又称迎真桥。天圣年间改名为天汉桥，金代名天津桥，又称周桥，习俗成州桥。

隋唐时期，通济渠处于当时大运河的中间，漕运繁忙。北宋的时候，通济渠改称"汴河"，州桥"飞虹百尽，雄跨汴河之上，实为一方胜概。"《东京梦华录》记载："次曰州桥（正名天汉桥），正对于大内御街，其桥与相国寺桥皆低平不通舟船，唯西河平船可过，其柱皆青石为之，石梁石笋楯栏，近桥两岸，皆石壁，雕镂海马水兽飞云之状，桥下密排石柱，盖车驾御路也。州桥之北岸御路，东西两阙，楼观对耸……"《东京梦华录》记载是北宋改造过的州桥，已非唐时原貌。

《张氏可书》（永乐大典本）记载：章惇刚刚上任的时候，采用都提举汴河堤岸司贾种民的建议，"起汴桥二楼，又依桥作石岸，以锡铁灌其缝。"宋用臣路过，大笑而去，贾种民十分疑惑就问宋用臣访笑什么？用臣说："石岸固奇绝，但上阔下狭，若瓮尔。"种民恍然大悟，便恳请用臣良策。宋用臣说："请作海马云气以阔其下。"经过修改于是就成了《东京梦华录》记述的那样了。

北宋时开封的州桥镌刻精美、构造坚固，有许多青石镂刻的桥柱，以及镌刻着精美花纹和图案的石梁、石栏、石壁，桥下可以通行"西河平船"。由于州桥位于开封的御街和汴河交汇处，从皇城到南城门、朱雀门，州桥是必经之地，所以，州桥是当时开封城里横跨汴河的交通要道。"明月楼，在州桥南街东，洪武十五年毁废……"（《汴京遗迹志》）。月明之夜，有许多人在品尝过小吃之后，登上州桥或者明月楼赏月，月波柔美，皎月沉底，对影成三客。"州桥明月"一直是"开封八景"之一。宋人周密记载："天津（汉）桥有奇石大片，有自然华夷图，山青水绿，河黄路白，集然如画，真异物也。"

青面兽杨志在这里杀了泼皮牛二

就是这座桥，见证了大宋繁华的月月年年，见证了战火毁城的悲凉心酸。就是这座桥，目睹了市井的万千风情、流年的暗自感叹。

州桥见证了凡俗生活的万千场面，也感受了人世的无常冷暖。宋人周密记载："天津（汉）桥有奇石大片，有自然华夷图，山青水绿，河黄路白，集然如画，真异物也。"《水浒传》中，青面兽杨志穷困潦倒，只好沿街叫卖祖传的宝刀，他走到州桥，遭遇了当时开封城里的泼皮牛二。面对牛二的无理纠缠，杨志最后怒斩牛二于州桥的桥头。

忍泪失声问使者，几时真有六军来？

在金兵攻陷开封后，南宋诗人范成大奉命出使金国，途经开封，他登上州桥四望，这个时候，曾经繁荣的州桥，成了一个朝代兴衰的见证。诗人悲愤地写道："州桥南北是天街，父老年年等驾回。忍泪失声问使者，几时真有六军来？"

六军最后没来。完颜亮对汴京的重整，州桥随着大内基址的东移而稍微东移，州桥历经了金代的迁移后，在明代又进行了一次大的整修。明初，朱元璋曾想迁都开封，于是大兴土木，"对北宋州桥进行了较大规模的改造，利用北宋州桥原基。该修了桥墩，增修了桥券，改棚梁式石桥为砖石结构的拱形桥。"（刘春迎《考古开封》）明代的州桥"桥高水深，舟过皆不去桅"。州桥在明末，因黄河水淹开封，河道淤塞，地面增高。清人宋继郊说，后人在上面曾建了一座关帝庙，坐东朝西，门额曰"古州桥"。

1984年8月，开封市政地下管网改造工程施工中，发现了州桥。1985年8月20日的开封日报在《宋城》版报道："掩埋了三百四十多年的汴京州桥，从地下发掘出来，这是近年古都开封文物考古方面的一重大发现……"沉睡几百年的州桥离地面只有4.5米。经开封市文物勘测队初步探测，桥面铺砌青石条，下衬砖两层，再下为青砖砖券，厚约1米，跨径5.8米。桥面南北宽约17米。桥洞东西长约30米。因当时条件所限，发掘停止，未能窥视全貌，又掩埋地下，甚为遗憾。

香车已尽花间市，红袖歌残水上楼。州桥依旧长眠于地下，养在深闺人未识，在车水马龙下等待光的到来。开封州桥和郑州惠济桥曾经横跨同一条河，作为中原双城，郑州惠济桥的"复出"为开封州桥的挖掘提供了参照和思考，在隋唐大运河申遗中，开封更应开"封"，期待州桥"重出江湖"，给世界以惊喜。

双龙巷：人道太祖太宗曾住

开封有一条巷子一直牵挂着我的心，那里存留着较多的近代老门楼，保存着最完美的四合院，流传着最动人的故事和传说。她，就是双龙巷。我无数次踏进小巷，无数次被感动。我一直不明白为什么对她会如此钟情，不知是源于历史还是源于风情。

鉴园深藏双龙巷

此处有一座豪华的私家园林，内有小桥流水、蜿蜒石径、氤氲假山、名贵花草……那就是鉴园。鉴园在清代十分有名，园子的主人叫林希祖。林希祖（1812年~1876年），字至山，江苏吴县人，出生于官宦之家，少有才华，博览群书，游学四方。后在开封，依靠他的一位掌管河务的亲戚谋得一份差事。林希祖很快就熟悉了河务工作，在谈论治河方略时，他的言辞常常暗合河务官员所思。他虽曾到山西任职，但心里仍然牵挂着开封。后来，他在开封营造私家园林，亭台楼阁、花木葱郁成夷门之胜景。"谈笑有鸿儒，往来无白丁"，林希祖常常于园中招待客人，吟诗作画，其乐融融。曾国荃在开封任职时，经常到林希祖的园子里游赏。当时的开封名流都曾在林家园子里风雅聚会。曾国荃曾赠书联曰："天爵在身，无官自贵；异书满室，其富莫京。"鉴园已经隐蔽在岁月深处，仅百年的光景，就像一块冰融入水中。那条巷子，曾经有多少达官显贵的辉煌如过眼云烟，这座古城，多少帝王将相如戏台上的生旦净末变换着"出将入相"的舞台风云。鉴园，已经融入历史深处，那些建筑再也寻觅不见，唯有脚下的土地似乎还有假山叠石、亭台楼阁甚至那个时代的中原名士雅集的身影隐约闪现。仿佛一个城市的贵族气息，时隐时现，又如一个城市的文脉，陈旧之下掩饰不住器宇轩昂。鉴园已经不在，漫步双龙巷，感觉精气神还在、私家园林的风雅还在、文人雅士的高贵气质还在。曾经在，城不败。

巷子里面近代建筑林立，随进一处小院的情景

一条巷子走出两个皇帝

其实双龙巷的伟大之处还不仅于此，可以追溯到五代时期。先说一下我最初与双龙巷的接触吧。很多年前，我读高中时，因为准备考美术专业，便和同学到开封市明伦街附近的美术班去"串班"，记忆中是一个名叫黄幻兰的师姐领着走访各个美术培训班，开开眼界，吸收诸家之长。黄幻兰的名字很有艺术气息，她熟悉地形，带着我走街串巷拜访不少美术班"码头"，使我开了眼界、长了见识。依稀记得是个黄昏，我们经过双龙巷，她对我说，这个巷子十分著名，是个风水宝地，曾经走出两位皇帝。当时我就感叹，这个比我老家的街道还要窄的巷子竟然走出两位皇帝？也是，要不怎样会叫"双龙巷"？见我疑惑，黄幻兰给我指着那个龙头的位置，说这个就是最好的物证。我倒是真见到了那个石雕龙头，当时就镶嵌在距双龙巷西口

不远处一幢房子的北墙上。距离龙头不远处有一铁制牌楼，是部队与地方共建修筑的，牌楼西面有对联曰："双龙巷栖双龙双龙共业　军民街颂军民军民齐飞"，牌楼东面也有一对联："卫边关血愿洒疆场　干四化功已盖双龙"。现在这个金属牌坊因为风雨侵蚀早就不见了，但是附近的石雕龙头依然在墙内，面目古朴，十分优雅。这，已经是20年前的往事了。

　　后来，我考上了开封的高校，毕业后飘荡在这座城市。由于一度疲于奔命，在物质生活的压迫下我渐渐疏远甚至遗忘了双龙巷的龙头，我那位师姐后来失去联系。再次关注龙头是在2010年11月，因为镶嵌石雕龙头房子的主人改建房屋，原先的石雕龙头不知了去向。媒体报道此事之后，石雕龙头很快成为市民关注的焦点。因为双龙巷的石雕龙头不仅承载着历史的积淀，更凝聚着双龙巷人对家园的深厚感情。原来，石雕龙头被房主陈先生在拆除房屋时送到曹门派出所暂存。后来，陈先生在重建房屋时继续把龙头安置在老地方，算是了却了很多人的心愿。

　　石雕龙头不但代表整个双龙巷的形象，而且是双龙巷的文化符号之一。《如梦录》记载，双龙巷是宋太祖、太宗旧居之地。而开封本土传说，五代十国的时候，天下大乱，战火焚烧，民不聊生。有一个名叫陈抟的人，看到天下争杀不已，没有太平日子，于是就隐姓埋名，潜心钻研学问，特别是对周易研究较深。后来，经人指点学会了"龙蛰法"，到华山修行，得道成仙，据说可以呼风唤雨、预测未来。有一天，陈抟下山游玩，见一群难民中有一中原人挑着两个孩子气质不凡。问之则知道是洛阳人赵弘殷从夹马营逃难出来，一副挑子两个箩筐，一头儿坐一个小孩儿。陈抟一看那两个孩子，不觉哈哈大笑。行人问他如何这样高兴，他说："我道天下没有真龙天子，谁知一担挑了两条盘龙。天下自此定矣。"于是，他给赵弘殷一些银两，叫他好好抚养这两个孩子。

　　赵弘殷挑着担子逃到开封，箩筐里面坐的孩子大的叫赵匡胤、小的叫赵光义。赵弘殷挑着两个孩子走到一条巷子里面，累得走不动了。在开封城他举目无亲，于是就在这条巷子找地方暂时居住下来。后来这俩孩子都做了皇帝，于是巷子就改成了双龙巷。双龙巷的居民为了纪念宋代开国皇帝赵匡胤和他的弟弟赵光义，特在巷子东西两头雕刻汉白玉龙头两尊。这是其中一种说法。

还有一种说法是开封民间老百姓口碑传说的，说双龙巷里东西有两口井，里面分别居住两条龙，东头的龙人们称之为火龙，因为它一出现必有一片红光，且东边一定发生火灾，是不祥之兆。于是，人们祈祷许愿修建了一尊石雕火龙头。巷子西头的井里面也有一条龙，人们称它为青龙，青龙得水，象征着吉祥幸福。传说青龙的龙头在天空，龙尾在井里。天气干旱，只要人们祈祷，青龙就显灵，就会下雨，风调雨顺。现存的只有西边的龙头，那么东面的火龙龙头到哪里去了呢？一说被盗走了，一说火龙被人填进井里。

当然，这只是传说，但也寄托着人们对安居乐业的向往。然而，缺少龙头的双龙巷好像缺少一种标志，缺少一种灵魂。很多时候都是这样，平常一种物件或者建筑，我们天天见到，已经熟视无睹了，但是一旦有些小的变化，我们心里都会感觉异样。

汉白玉龙头

孤独龙头怅望古今

春节前后,我和朋友数次经过双龙巷,每次都要触摸一下那尊龙头,感受一下它的沉默和寂静。我会给朋友拍一张照片留念,因为那是我们心中的龙。特别是一个雪夜,双龙巷西口的龙头上积了厚厚的雪,因为雪花的装饰,那尊龙头越发入眼。龙头孤独了很多年,它头上的积雪宛如白发,我把那副画面取入镜头。那一刻,我失声念出了一个词"白头到老",朋友都说这个描述精准。其实,我当时想的是这尊失散伙伴的龙头如此"白头",是谁陪伴它"到老"呢?尽管答案被茫茫大雪覆盖,尽管追问没有结果,答案似乎已经明了,因为它是龙,是龙就要"潜龙在渊",无关尘世的悲伤与幸福,无须静静等待风起,只要内心强大、灵魂高贵,就算它一直不语,在经历心灵的纠结之后,在历史的长河中依然笑对尘世的沧桑。

金明池：皇帝操练水军的地方

在诗词创作上有《金明池》这一词牌名，始于秦观，金明池调见《淮海词》，赋东京金明池，即以调为题。《金明池》，双调一百二十字，前段十句四仄韵，后段十一句五仄韵。柳如是曾经写过一首《金明池·咏寒柳》，这是现存的柳词中最著称的一首。《金明池·咏寒柳》为作者离开陈子龙以后感怀身世之作，抒发了"美人迟暮"之感，手法上更为成熟。柳如是对爱情是忠贞的、执着的，她对陈子龙刻骨铭心。金明池本是开封一景观，是一个规模盛大的游乐场所、文化园林，风光旖旎的金池夜雨是开封八景之一。

卧桥津宇八面风

金明池，位于东京外城顺天门（即新郑门）外大街以北，即今开封西郊演武庄一带。始建于五代后周世宗显德四年（957年）。池周回九里三十步，池西直径七里。初建时，沿池畔即修有台榭亭阁，以奉皇上御驾，真正的大规模建筑是在宋徽宗政和年间。经过大兴土木，宽台高楼临池拔起，卧桥津宇八面接风，一池碧水更有无限风姿，引人入胜。

关于金明池的历史，可以追溯到春秋时期，孟子见开封历史上的第一个著名国君梁惠王，"王立于沼上"。古代开封四周有大面积水域，如城西北有沙海，城东南有蓬泽，城东有牧泽，古代开封水域称"沼"的，仅有西郊

金明池一瞥

的金明池。魏末秦将王贲水灌大梁,开封遭到极大破坏,此沼因之默默无闻,但它一直是"停水"之地,并未消失。

五代后周时期,周世宗显德四年(957年)打算征战南唐,于是就在原来的基础上开凿一个更大的水域,便于操练水军。北宋太平兴国年间又复凿之,引金水河注其中。太平兴国七年(982年),宋太宗曾经亲自到金明池阅兵,观看水战。徽宗政和中于池中建殿宇。孟元老《东京梦华录》记载,金明池原为宋太宗检阅"神卫虎翼水军"的操练之处,后来改作观赏龙舟夺标"水嬉"的园林,金明池水嬉成为东京娱乐的主要项目之一。金明池每年三月定期开放,允许百姓来参观,叫作"开池"。到上巳(三月三),皇帝车驾临幸观看"水嬉"完毕,金明池即行关闭了。每逢水嬉开池的日子,东京市民倾城来看热闹,也允许商贩摆摊做买卖和卖艺的杂耍百戏表演。

在此之前的太祖赵匡胤,只能到"造船务"去观习"水战",这是不能满足以在马上取天下而自负的皇帝的虚荣心的,故太宗动用了3.5万名士兵凿池,引金水河水注入。为保证开凿质量,太宗还特意赏赐每个建设者钱物,并赐此池名为"金明"。雍熙元年(984)四月,太宗驾至金明池水心殿,检阅水军,只见:"战舰争胜,鼓噪以进,往来驰突,必为回旋击刺之状。"太宗就此景对侍臣发了一通议论:"兵棹,南方之事也,今既平定,固不复用,但时习之，不忘武功耳。"金明池之所以开凿成周约9里30步，池面直径7里许的规模，正是为了能够容盛巨大的军事演习的阵势。现在虽然是和平时期不再南征，但是养兵千日用兵一时，还是需要平时不断操练以备无患啊。

历史上有关金明池的诗文佳话流传甚多，如：冯梦龙《醒世恒言》（第三十卷）中的《金明池吴清逢爱爱》、司马光的《会饮金明池书事》、梅尧臣的《金明池游》等，不胜枚举。

波底画桥天上动

据开封市文物工作队勘探显示，金明池东岸约位于东京外城西墙之西近300米处，池为东西向，呈近方形，东西长约1240米，南北宽约1230米，周长4940余米，与史载"方圆九里三十步"大致吻合。底污泥距今地表深12.5～13.5米，厚度为0.4～0.7米，泥内包含有众多的小蚌壳和个别白瓷片、腐草及蓝砖颗粒等。池底低于当时池岸3～4米，未探出池岸所砌之石，可能是在金明池废弃后被拆除。在池中心一带，距今地表约10米深处，普遍探出较多的蓝砖瓦块，面积约400平方米，但未发现建筑残基。

为了重现北宋著名皇家园林水城的风采，古都开封将金明池遗址公园作为文化旅游系列项目开发建设中重要的一部分。《东京梦华录》详细记载了金明池的布局以及各建筑物的作用。"入池门内南岸，西去百余步，有面北临水殿，车驾临幸，观争标锡宴于此。……由西去数百步，乃仙桥，南北约数百步，……桥尽处，五殿正在池之中心，……桥之南立棂星门，门里对立彩楼，……门相对街南有砖石砌高台，上有楼观，广百丈许，曰'宝津楼'，前至池门，……北去直至池门后，乃汴河西水门也。其池之西岸，亦无屋宇，……"金明池基本是一个方形的池子，园林中水面占了绝大多数面积。建筑物点缀池中，南北轴线上建筑物较多，从南到北有棂星门、彩楼、仙桥、水心五殿、澳屋。在南北轴线东边，仙桥之东，有一临水殿。在池东北角有一水榭，池东有一不知名重檐九脊殿。

入池门，沿南岸向西一百余步的水面上建有临水殿。由此向北有一桥由

夕阳下的宝津楼

南岸延伸水中，称为仙桥。仙桥南北长数百步，整个桥身由连续起伏的二道拱形相连，下排雁柱使每个拱的中央隆起，桥的栏循用朱漆涂丹，光彩陆离。远远望去，若三条飞虹横卧寒波，又似一条巨龙腾跃水浪，为广阔的池面增添了如诗如画的风韵。此桥起伏迤逦，造型奇特，酷似骆驼脊背，所以又称"骆驼虹"。

金明池上的"飞虹"仙桥与"水心五殿"是这座水上园林的核心建筑，《东京梦华录》中称它为"仙桥水殿"。《玉海》中说水殿有五座："有水心五殿，南有飞梁，引数百步，属琼林苑。每岁三月初，命神卫、虎翼水军教舟揖，习水嬉。西有教场亭殿，亦或幸阅炮石壮弩。"所谓"水心五殿"就是在金明池的中央专门为皇帝游乐建造的水上宫殿。长期以来，人们都把湖光山色与小桥流水看作是人间佳景。但开封地势平坦，城中虽不乏小桥流水，而湖光山色却不可得、金明池的设计者在凿池之初，就设计了巧妙的造山规划。他们把挖池的泥土堆集于池的中央，撮土成山，叠石造景，随后又在南方搜得诸多奇花异草种植其上，建成了大池中心的人工岛。岛的周边呈十字状，用砖石砌成。小岛之上又建成了巍峨的宫殿。金明池以池中央的人工岛为核心，从池的南岸到池心岛修建虹桥。这座"飞虹"仙桥设计得尤为别致。通过撮土筑岛，修建桥梁，又在岛上建筑楼台殿阁，并设置了御座、龙床、屏风等富丽堂皇的御用物品，营造出一个风光如画的人间天堂。皇帝站在湖心岛的殿台上可以饱览金明池上各处的秀美景色，就像到了蓬莱仙岛一样快活。当时就有人把金明池上的"飞虹"仙桥看作是连接天上人间的通道。如宋代诗人在《游金明池》诗中所称赞的："波底画桥天上动，岸边游客鉴中行。"由此可知当时金明池上湖水如镜，天水一色，水上的拱桥与水下的影子融为一体，浑然天成。韩琦的《驾幸金明池》一诗，就把金明池比作蓬莱仙岛。他说："庶俗一令趋寿域，从官齐许宴蓬山。楼台金碧交辉外，舟楫笙歌浩渺间。"在他看来，皇帝就是在蓬莱仙岛设宴，让他们这些随从官在这里体验到了神仙般的悠闲与快乐。

沿桥步入池中，一路凭栏，清风习习，几度上下便走到桥的尽头处。仙桥北端正接临水殿，五间大殿坐落在池水中央，整个殿基用石梵砌就，面向池北一字排开，上下两层，各建回廊。大殿中央设皇帝专用幄幕，周围屏风皆雕以云水戏龙图案，凝神之技，令人叫绝。屏风之中置一朱漆明金的龙床，供皇帝临风坐卧，观赏千军操练。仙桥南端有一门与临水殿遥遥相对，称棂星门，门内置两彩楼相对。棂星门外为一长街，街南筑有高台，台上建楼观，宽一百丈左右，称"宝津楼"。高台至金明池大门之间有一阔百余丈的宽畅场地，为骑射百戏之所。宝津楼南有殿，称"宴殿"。再西有一殿称"射殿"，供皇帝张弓习射之用。两殿之南为一横街，"牙道柳径"，为都人击球之所。金明池东岸临水筑围墙，墙内植垂柳，两边"彩棚幕次"。池北岸正对临水殿筑一大屋，为藏龙船所用，人称"澳屋"。池西岸"垂柳蘸水，烟草铺堤"，游人稀少，为垂钓者的好去处，正如司马光诗曰：

> 日华骀荡金明春，波光净绿生鱼鳞。
> 烟深草青游人少，道路若无车马尘。

这一泓绿水，两岸柳烟，雄楼接风，画桥寒波，把金明池装扮得潇潇洒洒，秀色可餐。每当春华烂发之时，遇阴雨霏霏，夜幕茫茫，一湖碧水更显得迷蒙绮丽，清新秀媚。"金池夜雨"，时人赞誉为京都一大景色。有诗这样描述：

> 金明池上雨声闻，几阵随风入夜分。
> 萧瑟只疑三岛雾，模糊犹似一江云。
> 荷花暗想披红锦，草色遥知染绿裙。
> 晓起银塘鸥鹭喜，水波新涨碧沄沄。

金明池北岸修建的澳屋，是世界上最早有记载的船坞，是这座水上园林独有的标志性建筑。所谓"澳屋"，就是修造与停靠船舶的地方。"池岸正北对五殿，起大屋，盛大龙船，谓之'澳屋'。"

北宋朝廷早年用的大龙船为吴越王钱俶所献，船长8米，龙头凤尾，高大华贵，十分壮观。到宋神宗时期，龙舟经历百余年的风雨侵蚀，船体已经严重破损，无法继续使用。为了给皇室修复和打造新的龙舟，宦官黄怀信献计创建了澳屋。"于金明池北凿大澳，可容龙船"。这个澳屋实质上就是世界最早的船坞。它比西方第一个船坞的出现早400多年。澳屋的创建，不仅解决了修造大船的困难，也为大船的停泊养护提供了专用场所，为金明池添置了一道特殊的风景。

"大龙船约长三四十丈，阔三四丈，头尾鳞鬣，皆雕镂金饰，楫板皆退光。两边列十阁子，充阁分歇泊，中设御座龙水屏风。"（孟元老，《东京梦华录》卷七）除了这种瞩目的大龙船之外，还有许多富有特色的各类小龙船，如：水上百戏乐船、虎头船、龙头船、飞鱼船、鳅鱼船，还有露台乐伎与船屋等。由于这些船只不是用于轮渡，而是专门用于游乐服务，所以个个造型优美，装饰华丽，具有很高的观赏价值。

观习"水战"与民同乐

"三月十八，村里老婆风发。"《醉翁谈录》中的这句俗谚，揭示了当年金明池的魔力，这一天，村姑无老幼都入城玩耍，主要去处是金明池。那

龙亭公园说艮岳遗石

是一个皇家园林，只见波光浪花，返照着矗立在水中的岛上宫殿，亮晶晶，金灿灿。池中，龙舟昂首，小船簇拥，游艇徜徉，桥飞千尺长虹，柳丝拂水；岸上，楼阁巍峨，树丛环绕，彩棚人聚，伎艺涌动……她们耳闻目了震地的铎声，笙歌曼舞，锦绣满园，甚至"真龙天子"也会翩翩而来。贵家士女乘着娇子来游玩，游人如织，风雨不禁，略无虚日。当年皇帝临幸此池多在三月二十这个吉祥的日子。因此，可使万人空巷的水上体育盛会届时就在皇帝的检阅下正式拉开了帷幕。

淳化三年（992）三月，太宗又一次来到金明池，亲手将一银瓯掷到波叠浪翻的池中，命令一军卒泅入水里取上来，表演"竞渡之戏"将太宗与太祖比较，太祖全是观习"水战"，太宗则于"水战"演习间隙，设置了不仅能锻炼体魄，又可调节情绪的"水戏"。

金明池在特定时间可供士庶同游，成为皇帝与民同乐、了解百姓疾苦的平台。宋太宗曾在金明池观水嬉时"从京城观者，赐高年白金器皿"；又曾"召田妇数十人于殿上，赐席使坐，问以民间疾苦"。由此可见，无论是统治者的初衷，或是无意识中逐渐形成，金明池都起到了让统治阶级与下层人民接触的公共交流场所作用，而不仅是作为皇帝游乐的场所存在。《东京梦华录》

记载的"三月一日开金明池、琼林苑"说"五殿正在池之中心,中坐各设御幄……戏龙屏风,不禁游人,殿上下回廊皆关扑钱物饮食伎艺人作场,勾肆罗列左右。"在皇帝临幸观赏龙舟竞渡的御殿,小商贩可以将摊位一直摆到御殿廊下,老百姓可以随意在御殿回廊里游览、饮食、甚至博彩,这恐怕是历朝皇家园林中不曾出现的"奇观"。在这样的园林中,市民感到自由舒畅,无拘无束,其活动也多样得令人目不暇接。

艮岳遗石：曾经颠覆江山的"花石纲"

历史仿佛开了一个玩笑。当年，宋徽宗听信一道士的话便劳民伤财，以举国之力增加开封城东北部的高度，仿照杭州凤凰山的模样建造假山，种植奇花异草，饲养名禽珍兽。开封地处中原，没有山，于是宋徽宗命人从安徽运来奇石，建起方圆5公里有余的假山，营造皇家园林"寿山艮岳"，搜尽天下名花奇石，安置于此。

金明池东门夜景

艮岳，皇家园林的代表

艮岳作为皇家园林的集大成者，几乎囊括了中国园林建筑中所能见到的一切景致。艮岳全园建筑四十余处，建筑造型各异，既有华丽的宫廷建筑风格的亭、轩、馆、楼、台、堂、阁、厅、斋、庵、庄、关，又有简朴的乡野风格的茅舍村屋。水景包含了池、江、溪、湖、川、泉、峡、瀑、渚等十三处，山景则建有岗、岭、台、岳、洞、峰、岫、谷、崖等二十八处，真可谓千岩竞秀，万壑争流。园中的飞桥、飞来峰等可与西湖媲美。此外，艮岳西部还有两处园中园，一名药寮，种植了大量的药用植物满足宋徽宗仙求丹灵药的长生欲念；一名西庄，模仿农家景色，满足帝后欣赏湖石山田园风光之用。在这山水之间，还点缀着从全国采集来的名贵花木果树，形成以观赏植物为主的景点，如梅岭、杏岫、丁嶂、椒崖、龙柏坡、斑竹麓等。林间还放养着数以万计的奇禽异兽。艮岳园中的珍禽都是经过人工豢养调教过的，不怕生人。由于艮岳园美食汇集，野生的很多禽鸟也驻扎艮岳，形成了"瑞禽迎驾"的一大景观。

艮岳园如同一卷金碧辉煌的青绿山水画，这得归功于以宋徽宗为总设计师的设计绘画群。宋徽宗赵佶酷爱绘画，特别精于逼真细致的工笔绘画。在他的倡导下，一种为满足建筑设计的界画在北宋极为盛行。赵佶在建造艮岳园之前，先让宫廷画家把园林的选材，规划立基，山水形制等都绘成图案，再按图纸设计进行施工，这种先设计后施工的方法是今天园林设计的先驱。园林建造先作图，表现的是艺术家的立意和构思，更体现了艺术家而非工匠的园林审美情趣，大大提升了园林艺术水平。特别在假山的设计上，使园林设计和绘画的皴法得到了融合。由于山石的图案设计体现了绘画的笔法，为了体现设计理念必须对山石进行相同的处理。这样，绘画中的皴法就被运用到了园林设计之中。园林中绘画手法的运用，使得园林增添无限的诗情画意。如堆湖石山运用的就是绘画中的卷云皴或解索皴，对黄石山运用的则是绘画中的斧劈皴或折带皴。如今天扬州石涛的片石山房就出自画家石涛之手，其园林的设计和石涛的画迹就有许多相似之处。

艮岳除了模山式的造山艺术外，另外一个突出的特点就是苑中奇石颇多。赵佶酷爱山石，对奇石有独到的鉴赏力。他为了建造艮岳，命平江人朱勔搜集江浙一带奇花异石进贡。赵佶的爱石癖好进一步强化了中国园林文化的赏石传统，还为后世园林遗留下来了几处名石奇观。

中国士大夫的癖石之风，始于六朝，盛于全唐，到北宋末年由于宋徽宗的提倡更发展到极致。宋徽宗虽身居九重，贵为帝王之尊，可他"载诗画谱称绝妙，只少一事能为君"，是一个风流才子型的皇帝。作为亡国之君，他在中国政治舞台上的声誉不佳，但在文化艺术史上却占有一席之地。他擅长书画，书法自成一体，其字瘦劲秀拔，柔中含刚，秀内藏健，人称"瘦金体"。至于他高超的画技和明察秋毫的鉴赏能力更具传奇色彩。据说，龙德宫建成时，曾选出一批上乘丹青装饰大殿，徽宗观后均不称意，独对一少年新手所作的一幅"斜枝月季花"小画大加褒扬，赐赏甚丰。众人不明其意，请问皇上，他说：画月季最难，因花蕊和花叶都随一年四季每日早晚时辰的不同而变化，此幅描画的是春季正午时刻的月季之花，情景不差丝毫，实乃上佳作品，所以我要厚赏作画之人。宋徽宗对画技的研究如此精到，而他本人就是一位丹青高手，所画花草石木汇成《宣和睿览集》，竟达千余册之多。

作为一个艺术家，宋徽宗对草木花石有着特殊的爱好。据说艮岳就是由他亲自设计而成。上有所好，下必媚焉，在蔡京、童贯等佞臣的怂恿下，为罗织天下奇花珍木、异石怪草，他任命朱勔为威远军节度使，在苏州设置应奉局，专门负责搜集江南奇巧。

花石纲改变大宋王朝命运

太湖石是中国"四大名石之一",在历史上久负盛名。太湖石色泽以白色居多,它最能体现"瘦、皱、漏、透"的特点。所谓"瘦",即指石体挺拔俊秀,线条明晰。所谓"皱",即指石体表面有凹凸,高低不平。所谓"漏",即指石体内部布满孔穴,孔孔相套,密密麻麻。所谓"透",即指石体纹理纵横贯通,十分剔透。总之一句话,就是嶙峋、绚丽、玲珑剔透。

为了修建艮岳,宋徽宗不惜殚尽国力,对太湖石进行了中国历史上大规模地采集。采集这些巨石已是极为困难,把这些石头运到京城则更不是易事。当时采用的一种运输办法就是先用胶泥把太湖石的孔窍填充,再在外头用麻筋、杂泥裹成圆形状,经过太阳晒干后用大木为车放到船上运输。到了京城后,再把石头浸在水中去除泥土后备用。为此,宋徽宗动用了上千艘船只、万千纤夫,凿河断桥,专门运送山石花木。一时间,汴河之上舳舻相衔、船帆蔽日,这就是劳民伤财的"花石纲"。

深信道教的徽宗出于羽化飞升的美好目的,认为石头和花木能营造出一个最佳的太虚幻境。"善致万钧之石,徙百年之水者,朱勔父子也。"这是宋蜀僧祖秀在《华阳宫记事》中的评论。如果没有朱勔的霸悍与才干,艮岳最终是不会落成的。朱勔父子出身苏州太湖边,其善治园囿的才能是蔡京发现的,并给予官职。后来朱勔得知徽宗性喜花石苑囿,便投其所好,专门寻取浙中珍异花石进贡,年年岁岁不断增加。

朱勔为宋徽宗采石可以说已经达到病狂程度。他是从两个方面取石的:第一,只要是好的奇石,不管是在江湖不测之渊,还是在巉崖陡峭之上,他都要"百计以出之,必得而后已。"这是取之自然天地。第二便是搜查于民间。只要老百姓家的一石一木稍有模样,即领健卒直入其家,用黄封表识,反叫人家护视,如果不听话,即被以大不恭罪投入牢狱。到了搬运的时候,必定要拆毁人家的屋子与围墙。

朱勔搬运的最大的一座巨型太湖石，采自无锡鼋山，高四丈有奇，广得其半，玲珑嵌，窍穴千百，专造大舟以载，挽以千夫，凿河、断桥、毁堰、拆闸，数月方至京师，徽宗见之大喜，赐名"昭功敷庆神运石"。在宋徽宗赵佶以最浓厚的兴趣营造他的艮岳时，民间却被搅得鸡犬不宁，苦不堪言。《水浒》中青面兽杨志，就是遇风翻船失了花石纲，以至流落街头卖刀的。花石纲也是激起方腊起义的重要原因之一。《宋史》有记载花石纲之役："流毒州县者达20年"。对此连蔡京都感到太过分了，赵佶也被其所扰，曾要朱勔收敛一些。

艮岳叠石、掇山的技巧与前代大不相同，苑内峰峦崛起，冈连阜属，众山环列，仅中部为平地。这里本是一块平地，为了仿凤凰山就人为筑了一座大山。山基是堆土起势的，为了显现山峰的高耸、悬崖的险峻和沟壑的纵横，以大量山石堆叠而成。

艮岳园中石头林立，堪称中国园林石头艺术的展览馆。艮岳正门朝西，里边道路宽于驰道，路两旁怪石嶙峋，有百余块之多，总名为"昭功敷庆万寿峰"，其中一块最大的石头可供百人合抱，高6仞。此石居道路中央，建有小亭覆庇，高50尺，徽宗为之亲制碑文，镌刻于3丈高之石碑上。边上还配有大石两枚，有如两个侍卫站立边上护卫着主石，边上还以亭子庇护，恍若君臣一般。

亡宋石头何处寻

艮岳代表着宋代皇家园林的风格特征和宫廷造园艺术的最高水平，但这堆无生命的石头却没有给北宋带来固若磐石的王气。如今，残存的遗石保存在大相国寺和龙亭公园里，成为今日开封与铁塔、繁塔齐名的千年遗物。元人郝经有诗叹曰："中原自古多亡国，亡宋谁知是石头。"玩物丧志，嗜石误国，赵佶终成亡国之君。随着金兵南下、东京被破，"花石纲"被迫结束，中原百姓颠沛流离，同时也导致了艮岳太湖石的散落、迁移。除了遗留在开封的部分太湖石外，还有很多当时正在运送途中的太湖石也保存下来，形成今日江南园林中的珍贵景观。其中遗留至今的江南名石有瑞云峰、玉玲珑、皱云峰、冠云峰等。徐州的一方八音石，也因未运至艮岳，而幸运地遗留下来。

今天我们已经看不到当年艮岳的华美，好在还有《艮岳记》《华阳宫记》《艮岳赋》《御制艮岳记》等记述了艮岳当年的高端大气。仿佛英雄暮年、美人迟暮，不可抵挡的是岁月的嬗变。还没来得及听月、闻风、赏花、品茗，金人的战车就已兵临城下，那是一场旷日持久的战争，《汴京遗迹志》载："及金人再至，围城日久，钦宗命取山禽水鸟十余万尽投之汴河，听其所之，拆屋为薪，凿石为炮，伐竹为笓篱，又取大鹿数千头，悉杀之以啖卫士云。"靖康元年十一月金兵复围汴梁，美景变成了战场，园林成为了战争后勤物资供给基地，自此艮岳这所名苑开始减法运作了。为了抵御金兵攻城，艮岳及汴梁其余宫苑、诸官宦邸寓等之山石均遭受灭顶之灾，尤以艮岳这所山水名苑中山石首当其冲地被毁制为炮石。艮岳奇石，大部分被凿碎之后填于炮筒，充当炮弹，还有些做了守城的石，砸向敌军，但最终仍没有挡住金兵的攻势，城门被打开，城内尸横遍地，皇帝被俘。

城陷之后，军民奔逃至里城，其中至少十万人进入艮岳园林之内，当时大雪连续多日，军民多冻伤，于是毁亭榭林木烤火取暖做饭，取苑中鸟兽为食，精致的园林变成遍地难民的庇护所。随着进入园林的难民越来越多，局面极乱，达到了失控状态，当时宋军拆毁绛霄楼，立即被众人抢夺一尽。饥饿，恐惧，军民开始采樵入园，局面愈发不可控制。自靖康元年十二月二十九日之后，艮岳已是林木凋零无几、亭台砾瓦唯存了。

而徽、钦二帝及皇室千人，被掳往天寒地冻的北方。在解送途中，时年四十五岁的赵佶哀吟诗词《眼儿媚·玉京曾忆昔繁华》一首：

玉京曾忆昔繁华，万里帝王家。
琼林玉殿，朝喧弦管，暮列笙琶。
花城人去今萧索，春梦绕胡沙。
家山何处，忍听羌管，吹彻梅花。

他一定是在回顾他的那座辉煌盛大的艮岳，可谓悲怨无比，家国无望！繁华如梦，艮岳如梦，梦幻东京。至此，以汴京为帝都的一百六十八年的北宋王朝灭亡了。

经历靖康之变，艮岳遭到了严重的破坏，但作为围合空间的山体间架格局可能还是基本上保持完整的，这种局面一直维持到金海陵扩建金大内时期。金海陵在贞元三年（1155）五月天火焚宋大内之后，自正隆三年（1158）至正隆六年（1161）重建金大内，将周围五里之宋大内扩至九里十三步。此工程将原宋大内之外的宝箓宫以及艮岳之大半划入金大内。1216年至1219年，金都南迁开封时，新建金里城使用拆除的宋里城北城垣用于填平原景龙江壕。如果说金大内之役将艮岳园址肢解为二的话，那么金里城之役便将艮岳山水结构彻底破坏了。至此，艮岳已没有任何作为园林来探讨的意义了。

艮岳自靖康之变后，便有了"艮岳遗石"的概念，后人往往自喜于获取一鳞半爪之艮岳遗石或以得花石纲漏网之物而为荣。艮岳之石除被用作炮石之外，因其藏量巨大，仍有大量花石被遗弃于旧址，宋范成大于乾道六年（1170）至汴，此时金大内已扩至九里十三步，但尚无展筑里城，范成大出旧封丘门也就是安远门，被金改为元武门，门西就是金水河，河中散居卧石，范成大说"皆艮岳所遗"。艮岳中上佳之巨石如"玉京独秀太平岩"及"敕赐卿云万态奇峰"（或记"敷赐神运万岁峰"）被移至金大内后苑仁智殿殿前，"殿后用怪石叠成山"称"百泉山"，又有"涌翠峰"等，这些石山之石材极有可能直接取自艮岳遗石。

南宋刘子翚的《汴京纪事二十首》之六："内苑珍林蔚绛霄，围城不复禁刍荛。舳舻岁岁衔清汴，才足都人几炬烧。"绛霄楼是万岁山园林中最雄壮富丽的建筑物，但是京城一朝失守，兵燹随即燃烧到此，诗人感叹舳舻"岁岁衔清汴"，运来的巧石良木终被付之一炬，当年蔚为壮观的皇家园林，随着王朝的覆亡，也成了凄凉的废墟。

南逃的赵构在奔命之时仍不忘带走一批奇石，几经周折，最后把这些奇石安置在临安皇宫的御花园里。北宋灭亡后，未及启运和沿途散失的奇石流落各处。金人认为，艮岳的奇石也是战利品，应该掳走。于是，金世宗在修建大宁离宫时，派人去开封把艮岳的太湖石、灵璧石寻来运至金朝首都中都。现在北京的中山公园、北海公园等地都存有艮岳遗石，就连在中南海的瀛台上，也有用艮岳遗石堆砌的假山。

开封留下的艮岳奇石已经非常少了，剩下来的被几次淹城的黄河水埋于地下。龙亭西偏院旧官厅后，原有太湖石两座，玲珑剔透，高各丈余，其中一块较大者上面刻有"宝月峰"三字，相传为宋代艮岳旧物。开封第一次解放的时候被炮火击毁一块，另一块只剩下半截。

如今在龙亭公园、禹王台公园里，还可以一览奇石的风姿。它们静静地伫立，不言不语，仿佛在追忆当年的皇家气度，又像在沉思沦落民间后经历的多年风雨。艮岳不在，奇石仍存，叹流年、诉沧桑、思当年。

双塔奇迹：见证日军进攻炮火

小礼堂，见证日军罪行

河南大学大礼堂，与河南大学南门遥遥相望，是一幢宫殿式的古老建筑，青砖红瓦，飞檐斗阁，气势恢宏，见证着百年学府和千年贡院的沧桑，现在已经成为"国宝"。但是河南大学小礼堂却鲜为人知。它静静地坐落在行政大楼的北侧，是一座典型的日式建筑，前屋顶短，后屋顶长，如同一个横放

河南大学小礼堂，典型的日式建筑

的"7"字。小礼堂是砖木结构，正门口安置有仿古式的雨篷。走在河南大学的南北主干道上，往西第一个路口北边就可以看到小礼堂的东门，门两侧写有"团结勤奋、严谨朴实"的红底白字标语。

河南大学百年校庆网页上，时勇在《章开沅教授心系河大二三事》中写道："这里的建筑，这里的历史，这里的一草一木，章教授可说是了如指掌……在小礼堂（原侵华日军战区司令部）前，他横眉怒目，紧握双拳让我用镜头记下他对日本侵略者所犯罪行的无比愤怒。"据河南大学王学春老师介绍，小礼堂西北过去矗立着一座水塔，水塔上面筑有钢筋水泥工事。关于小礼堂在沦陷期间的用途，王学春老师说目前有争议。一说小礼堂在抗日战争时期曾被日军占领，曾作为日军的司令部；但也有一种说法认为，小礼堂当时是日军的慰安所。

亡灵塔，"神社"遗物今犹在

在小礼堂的北侧，中间隔着文物馆，透过掩映的花木，文物馆门前东北方向的草坪上一座亭子样的建筑进入眼帘。

它既不像房子也不像石碑，钢筋做的骨架，水泥石子做的外表，有些古里古怪的。它头上那个厚重的帽子，既不是博士帽，更不是学士帽，猛一看，有些像汉代出土的阁楼造型，但明明是近代的物件，上部看上去像小亭子，下身却刻有"开封铁塔钢铁"的字样。走近仔细观看，未见"厂"的字样。所谓字迹，也像后来用水泥抹上后再用金属工具刻上去的。一个老者告诉笔者，当时有两座小塔。以前东城墙上有一个缺口，这两座小塔就在东城墙小门下坡约30米的路两边，路南靠城墙是河南大学1958年大炼钢铁的旧址，有几间装满旧铁器的房子和大炼钢铁时留下的烟囱。原来的塔下边还有墩。1958年，两座小塔被人刻字后用来做钢铁厂的招牌。河南大学教师郭灿金博士告诉笔者，在20世纪90年代，两座小塔"祸不单行"。先是被校园内拉土种树的民工用拖拉机挂倒了一个，当时就摔成两半。再后来，一辆到东大门内出版社书库拉书的货车，倒车时又撞碎了另一个，无法修复，只得扔弃。

郭老师说，这个亭子样的小塔不是钢铁厂的招牌，而是在开封沦陷期间日军修建的"神社"遗物，日本人称此物为"魂灯"，其实就是亡灵塔，是他们专门供奉侵华日寇亡灵用的。日本人信奉神，认为日本是"神国"，日本人都是神的子孙。因此，有日本人定居的地方就有"神社"。不仅日本国内，而且在海外，也有神社。"神社"规模的大小，取决于当地日本人的多少和财力的大小。沦陷期间，在河南大学附近就有日本人的一个"神社"。

河南大学校园内的日军亡灵塔

开封沦陷后，昔日的高等学府成了日寇的大本营。河南大学大礼堂总耗资20万大洋，钢梁屋架全部从德国进口。大礼堂的椅子也是钢架结构，数千钢架椅子后被日寇拆去生产军火，大礼堂成为侵略者的马厩，师生锻炼身体的东操场成了他们的放马场和火化场。现在化学实验楼附近的城墙边上，南面是火化场，当时的火化炉紧贴东城墙，是专门火化侵华日军和驻华日本人尸体的。北面城墙上是一座供祭奠的"神社"，一条很长的台阶路通到城墙下，原来那两个小亭子样的亡灵塔就立在这台阶下路的两旁。李广溥在2008年第3期《河南文史资料》上发表的《忆抗日战争时期我在前国立河南大学医学院上学的经过》一文中写道："1945年12底，在外流亡8年的国立河南大学终于迁回开封。开封沦陷期间，河大校园成了日军的兵营。走进校园后，映入我们眼帘的是一片荒凉景象和残存的日军亡灵碑、亡灵塔，不由得顿生'国破山河在，城春草木深'之感。"文章中的亡灵塔指的就是日军"神社"留下来的这座实物。

河南大学的小礼堂和亡灵塔，为我们提供了新的日军侵华铁证。我们不能忘记那段屈辱的历史，更应铭记祖国曾经的沧桑。唯有发奋、唯有奋起、唯有强大，我们才可以真正屹立在世界的东方。

日军的乱涂乱画

开封南北双塔千年以来一直矗立在风中，不惧雷电、不畏严寒，更不怕日军的炮火。铁塔当年身重数枚炮弹，却安然无恙，骄傲挺拔。仿佛一种城市精神，压不倒、打不垮。而繁塔却是更为坎坷，金元时期的土炮、明初的"铲

千年繁塔

繁塔上精美的砖雕

王气"都没有触动他的根基，至今仍笑傲江湖，笑看日月。

繁塔内至今仍存有日军侵华期间的罪证，那些离乡的日本兵竟然也有"到此一游"的陋俗。发现这些是一次意外的收获。那一天，到繁塔，考察完塔身的佛像之外，就登塔寻古了，在幽暗的瞪道，只感觉阴风飕飕，颇有些胆怯。好在里面有灯光，虽然微弱，但是还是依稀可以看到方向的。因为台阶稍陡，盘旋上升，胳膊不得不借助依靠墙壁来保持平衡。到了第三层，看到了通往塔外的门洞，出于安全考虑，铁栅栏门紧锁，但是光线很好。通道边上还有两2张红色长凳子，我坐在那里小憩。一边借助明亮的光源欣赏砖雕，一边感叹古人的技艺精湛。但在这些砖雕上，还有很多后人的胡刻乱画。胡乱刻画的字痕中，我竟然发现了日文的字迹。1938年6月6日开封沦陷，日本兵开始驻扎统治开封7年。而这些刻写也许是记载了日军在异国他乡的思乡之情，想借助古塔"千古流芳"。仔细观察那些字迹，凭感觉还基本可以读懂意思，有的刻画的是家乡、地址，有的刻画的是天皇的年号、个人的姓名。无论出于何种情形，这，无疑是日军侵华罪证的实物。如："大日本信州諏访出征时小坂亲知登"、"越后柏崎、德间直吉昭和十三年七月十二日"、"大日本秋田十四年全滕太郎"、"水户市外六冈水野弘一九四二、九书"。还有的是墨书，如"昭和十九年九月

侵华日军在塔砖上留下罪恶证据

栃木县铃木根"等等。

那些日军没有想到，他们不经意的刻写却留下了千古罪证。永远抹不去了，再想否认侵略，千年繁塔可以作证。

古塔上的日军炸弹

开封铁塔和繁塔堪称古都的双子星，但是这两座古塔都没逃过侵华日军炮弹的劫难。1938年6月5日是端午佳节，侵华日军从东郊向开封城内发动猛烈进攻，6月6日日军集中五六门大炮从谢庄冯家柏树坟内以城内制高点铁塔为目标发动炮火袭击，他们以为这是守军的"瞭望台"，这座千年古塔的塔身遭受七八十发炮弹的轰击，塔身北侧第四层至塔顶十三层均遭严重破坏，第八第九层塔壁被炮弹击透，塔心台阶被炸塌暴露在光天化日之下，但依然屹立不倒。据说日军指挥官是个佛教徒，听说这是个佛塔，马上下令停止了射击。这些炮弹如果是发射到居民区，将会有多少老百姓遭殃，铁塔是开封人的保护神，是他用自己的身躯抵挡住了日军的炮弹，让城区百姓免遭伤害。

相传繁塔建造的时候，曾有来自全国各地的高僧打坐念经，直到繁塔建成他们才离开，民间相传是"万佛塔"，不仅仅是因为一砖一佛，更蕴含了众多高僧的法力。北宋开宝七年，就是974年，那年的4月，为了收藏定光佛舍利，当时一个比丘有愿，要亲自造砖塔一座，兴建经费来源于民间的募化捐施，这座塔是边募化边施工的，所以工程进度十分缓慢，前后工程进行了20多年，建成后塔高二百四十尺，比铁塔还要高，所以开封本地有俗语说"铁塔高，铁塔高，铁塔只达繁塔腰"。宋真宗、宋仁宗常到寺内祈雨祭天，求佛保佑。北宋京师文官、武将及命妇以上者死亡，全在天清寺和开宝寺出殡示丧。明代，《如梦录》中说"明太祖以王气太盛"而削繁塔，因王室权争，建文帝派兵猝围周王府，将朱废为庶人，流放云南。同时，又以"铲王气"之名，把元代遭雷击剩余的七层繁塔又铲去四层，只剩三层，清代于残塔上筑九级小塔，封住塔顶。道光二十一年（公元1841年），黄河决口，寺

塔身上呈品字形的三块新砖下覆盖的是日军没有爆炸的炸弹

毁塔存，繁塔从此孑然一身，形影相吊。就是这座古塔，在抗日战争中，古老的繁塔也经受了战火的洗礼，在密集的炮火中繁塔不幸被炮弹击中，北侧的砖雕东北炮弹打掉，炮弹直接转进离台基两米多高的塔身之中，原以为古塔就此毁于兵火，谁知炸弹却没有爆炸，如今塔身内还存有一颗日军的炸弹，留存了日军侵华的罪证。

现在，这枚没有爆炸的炸弹依然镶嵌在塔身，外面被三块新砖封存，三块砖成品字形，让人更清楚地了解这段历史，以史为鉴。

孔祥榕宅：韩复榘被扣押处

说起韩复榘当年在开封被蒋介石扣押之事，开封人大都比较熟悉，但是具体地点在哪里呢？现在流行的说法是在南关袁家花园旧址，就是当年召开军事会议的地方，甚至很多影视、纪实作品也都采用这个说法。其实，如果静下来思考一下，大敌当前，蒋介石是不会这样草率行事的，这不像是他的处事风格。那么，韩复榘在开封被扣押的地点在哪里呢？近日，笔者闲翻收藏的地方文献，在油印版的《开封市顺和回族区地名志》（征求意见稿）"双龙巷"条目下第117页记载：1938年初韩复榘带兵赴豫，驻扎在杏花营，韩复榘亲自进城投奔冀鲁豫三省黄河水利委员会委员长孔祥榕家，孔祥榕居住在双龙巷的45号，现在是35号，当年可是一个豪华的四合院。该书说韩复榘在孔家被捉，次日押解武汉。

这一线索首次见到，与其他说法完全不一样，但是却不无道理，符合蒋介石的做事原则。蒋介石一贯注重面子上的事儿的，由此可以推断，他绝不会在会场明目张胆的扣押韩复榘。

那么，如果按照《开封市顺和回族区地名志》（征求意见稿）上面的记载，韩复榘在双龙巷孔祥榕家中被抓，一定会有当事人的回忆来印证吧。笔者查阅文思主编的《我所知道的韩复榘》（中国文史出版社，2004年）在书中阅读到大量当事人对韩复榘开封事件的回忆。据当年韩复榘的下级第十二军军长孙桐萱回忆："济宁布防后，韩驻钜野。"一天，蒋介石亲自给韩复

开封双龙巷 42 号孔祥榕旧宅，当年韩复榘在这个院子被扣押

榘打电话说他决定召集团长以上军官在开封开个会，请向方（韩复榘号）兄带同孙军长等务必到开封见见面。"我和各旅、团长住在省府东边路南指定的一个旅馆，韩复榘带着刘书香、张国选等住盐商牛敬廷的房子内。韩次日迁至孔祥榕的家里，卫队分驻牛、孔两处。韩随后叫我搬到牛宅，与刘书香、张国选同住一起，以便办公。次日午后约两点多种，韩到我们住处，和我们一同乘车赴开封南关袁家花园内礼堂开会。"由此可以证明，韩复榘就是居住在双龙巷孔家。有的说法是韩复榘在"开封会议"现场被蒋介石扣押。张宣武是当年的现场亲历者，他在回忆文章《开封会议》中写道："当蒋介石讲到有些高级将领保存实力，拥兵自卫，不听命令时，我偷眼观察坐在第一排那帮高级将领，只见他们一个个正襟危坐，俯首敛容，尤其韩复榘把脑袋耷拉得更厉害，他的脸皮几乎要同桌面碰在一块儿了。"当晚蒋介石备好晚宴招待众将领，但是蒋介石却没参加。"晚8时左右我从宴会厅回到旅社住处。同来同住的人差不多都没在家，于是我也到一个电影院去看电影。晚9时左右，忽然停电了，据说全城的电灯都熄灭了；同时听到外面大街上由北而来逐渐南移的不太稠密的枪声。"1月12日一早，人们互相奔走相告，纷纷传说韩复榘于昨晚被捕，押送武汉等等。而孙桐萱在《韩复榘被扣押前后》一文中

回忆：当天夜间两三点钟，蒋伯诚忽然进来对他们说向方被扣了。孙桐萱几个人大吃一惊，蒋伯诚说蒋介石要召见孙桐萱。"我同蒋伯诚走到门外，始知军警已将我们住所包围，气势汹汹地将我们拦住，不许出大门。经蒋伯诚给侍从室钱大钧打电话联系之后，始得出门。我到袁家花园见了蒋介石。蒋说：'韩复榘不听命令，不能叫他回去指挥队伍。'"任凭孙桐萱无论怎样求情，蒋介石只说"好。好。考虑考虑，考虑考虑。"从以上亲历者的回忆中，可以证明，韩复榘确实在双龙巷被扣。当年，韩复榘的手枪旅专门派兵把守孔宅，忽然全城停电一阵子必是蒋介石令人精心设计好的，戴笠派特务在双龙巷孔宅韩复榘卫兵展开了一场枪战。1938年1月23日，国民政府发布通告，以韩复榘违反战时军律，明令褫夺陆军二级上将原官及一切荣誉勋典，免去山东省政府主席本兼各职，交军事委员会提付军法审判。经过开庭审讯，韩复榘被判死刑，其罪状如下：一、不遵守命令，摒弃国土；二、强迫鲁西人民购买鸦片；三、强征捐税；四、侵吞公款；五、收缴人民武器。

2014年的春节前夕，我和朋友专程到双龙巷寻找孔祥榕旧宅，在现在的35号院已经看不到当年四合院的模样了。2015年夏，在拆迁的工地中，我再次来到双龙巷，一位负责拆迁的工作人员告诉我说42号才是韩复榘被抓的院子，我说资料上记载的是35号院啊，他说听我的吧，门牌号已经变了几次了，

开封军事会议遗址现在是学生餐厅

现在的42号院就是八十年代的35号院。如今42号院院子的主人也不知道他的这个院子当年居住的竟然是孔祥熙的本家——冀鲁豫三省黄河水利委员会委员长孔祥榕，更不知道，这个小院子曾经发生过重大的历史事件。我们说起韩复榘他们也知道，但是竟然不知道是在这个院子被抓的。开封就是这样，寻常巷陌曾经书尽风流，一砖一瓦皆有传说。虽然见不到原始的建筑了，好在还有文献记载了线索，还有回忆承载了历史，通过寻访，我们不断发现真相。

地下联络处:"潜伏"大戏在这里上演

开封不仅是一座历史文化名城,还是一座具有光荣革命传统的城市。作为河南省曾经的政治军事文化中心,中国共产党在开封建立组织较早,并领导开封人民赢得了民主革命的胜利。这里,每一片土地都曾洒下先烈的热血;这里,每一条街巷都曾遍布英雄的足迹。每一次踏进古城的历史街区,行走在寻常巷陌之间,我常常心怀感动。在那个战火纷飞的年代,共产党人,怀揣光明,面向黑暗,严守秘密;共产党人,为了信仰,坚贞不屈,舍生取义。古城的大街小巷见证了一场场"潜伏"大戏。现存的红色遗址,为我们展现了新民主主义革命时期我党地下工作者可歌可泣的事迹。

后保定巷6号现存的南面主房

后保定巷6号，我党在河南最早的地下交通站

后保定巷街道纵横交错，南、北、东五个街口通临三道街，地形较为复杂，既靠近繁华闹市，又相当清幽。

后保定巷6号曾经是我党在河南最早的地下交通站，我党地下工作者曾在此传递情报，与敌人开展地下斗争。1925年以前，我党省市一级的组织尚未建立。1924年12月下旬，李大钊由屈武陪同抵达开封，做河南督办胡景翼的工作，令第一次国共合作的局面在河南逐步形成。1925年元旦前后李大钊返回北京，酝酿创建河南及开封的党组织。李大钊派北京大学学生、共产党员杨晓初到开封进行地下工作，杨晓初的公开身份是河南印花税处帮办，实际上他担任着党内交通工作的重任。杨晓初在后保定巷6号侯宅建立起交通站，为以后王若飞的到来，以及李大钊与王若飞、肖楚女的联系做了许多工作。杨晓初在《党在开封的早期活动》中回忆："1925年，党派王若飞同志来开封组织豫陕区委，同来的还有肖楚女同志，其他同志记不得了，若飞同志在我处秘密居住……党当时给我的任务一是收转大钊同志处给若飞和楚女两同志的信件；二是找若飞和楚女接头的地方，先见我，然后我再引见；三是做些情报工作。"

走进这座老宅，院里的一位住户对我介绍说：这个院子原来是侯家宅院，被许正源买走后重建。许正源儿子的同窗好友宋锡性1938年投奔革命，从1946年开始到开封从事地下革命工作，就长期住在这里。为防意外，许正源一直让宋锡性睡在主房西耳房的地下室内。

该建筑由砖墙承重，除主屋三间外，均无前廊。主房从外形看，为中间三间主房两山各加一耳房，有三条正脊六条垂脊，两侧脊略低于正脊。但从室内看，脊檩安放在同一梁架上，分不出正房和耳房，西侧两间设有暗楼楼层。正脊为叠瓦花脊，垂脊为叠砖扣瓦脊，青板瓦屋面，除主房中三间有前檐柱、前檐及廊心墙，两山有墀头外，其他各房均为前后砖封檐。门窗均为弧形雕

砖花牙砖拱旋,上安有木质弧形雕纹金钱旋心板,都是带有亮子的双扇玻璃平开窗和玻璃门扇。其室内装修为木隔断,砖铺地坪,芦席天棚,所有油饰一律为棕色,整个建筑显得朴实无华。可惜的是后院建筑如今已经被拆除,前院东北处的老房也被新房代替。所幸的是这座房子的门楼保存得还较为完好,虽历经多年风雨,仍不失当年的风姿。

马府坑街19号,当年的51号情报站

寻找马府坑街19号颇费了一番周折,在马府坑街相继打听了十几个人,都不知道19号的位置,更不知道此处当年曾经设有我党情报站一事。后在一长者指引下总算找到了。19号院的门楼如今已经被拆除,东面以及北屋一半的房子也已经翻新,南屋和西屋保存得较为完整。如今的19号院已经变成大杂院了。住西屋的李老先生说,他1963年从部队转业就一直住在这里。他原先听老人讲,他住的房子的木质顶棚上在日伪时期曾经藏过电台。

当年院子的大门不临街,通向马府坑街,还要经过一条足有70米长的胡同。胡同的两侧还住有3户人家,胡同口是一座柴扉。19号的门牌就钉在这座柴扉的头上。西屋后面为南陶胡同,遇到危机时,可逾墙而走。

1942年2月,十八集团军前方总部参谋长兼情报处处长滕代远,指示郭有义进入开封。郭有义通过其任伪河南省财政厅厅长

1983年郭有义在马府坑街19号(门楼已拆)

马府坑街 19 号情报站旧址现貌

的本家爷爷郭宪文的关系，谋得了开封契税局事务股主任的职务，以此职业为掩护，筹建情报站。

郭有义在马府坑街 19 号购置一处房子，同先于其进入开封的吴敏结为假夫妻（后经组织批准结婚）。1943 年春，从安阳调刘鸿涛（化名刘润梓）来开封任交通员。1943 年 8 月 3 日，经十八集团军前方总部情报处批准，开封情报站正式成立，代号 51 号，郭有义任站长，情报站就设在郭有义的住处。为确保安全，一般人员不准随便到情报站，均由联络站接待。

1944 年秋，因情报工作日益繁重，滕代远决定配备一部电台。情报站交通员刘鸿涛经安阳到达根据地。领到电台后，他用大葱捆绑包装，佯装做小生意的，乘火车经汴新（乡）铁路，将电台安全运到开封。当时的电台技术确实比较落后，机器笨重，天线足有 30 米。暗夜中 51 号情报站的工作人员常把天线的一头系在腰间，爬上门楼至东屋之间的墙头，再爬到门楼顶上把天线头拴到门楼顶横脊的兽头上。然后沿南屋（门楼是南屋的东头，现在南屋依旧，门楼已被拆除，旧墙还在）房坡西行。到西头后，再跃到西房坡上，沿西房坡北直至屋脊北头，把天线的另一头拴到西屋房脊北头的兽头上扯直。如此反复，白天拆除天线，隐藏电台，发报时再临时安装。51 号情报站建立了中国共产党在敌占区的第一部电台。情报站如同插在敌人躯体上的尖刀，隐蔽战线上的共产党员则演出了一幕幕惊心动魄、可歌可泣的英雄戏剧。

藏于照相馆的锄奸工作站

在开封市的寺后街曾有一家声名远播的照相馆——美光照相馆。民国时期，它与乐仁堂药房、王大昌茶叶店、纶章绸缎庄合称为开封四大生意。

1934年12月27日，《大华晨报》评开封照相业状况时说："开封照相业的代表，唯有巨擘美光！"可见，美光照相馆当时是多么辉煌。但许多人不知道，这家照相馆还一度是八路军的锄奸工作站，在照相业务的掩饰下，工作人员发展组织、搜集情报，并掌握了一批国民党特务资料，为八路军锄奸工作做出了显著贡献。

1918年，河北人钱选清来汴，在东商场开凌云阁照相馆。后因东商场失火，凌云阁照相馆化为灰烬。钱选清不甘破败，立志东山再起，请开封名人张贞说合通融，由黄寿春筹资兴建美光照相馆。黄寿春是河北省青县人，曾任兰封、许昌等5县县长和天津市警察局司法科主任、二十九军旅部兵站站长等职，后弃官经商，颇有背景。1927年5月，美光照相馆建成开张营业，匾额字号乃省城著名书法家张贞书写。

20世纪50年代寺后街美光照相馆

美光照相馆设置别致，设施豪华，布局高雅。室内木制用具，皆雕花并漆亚光漆，沉稳不失大方。二楼摄影室线毯铺地，奇花异草，香气袭人，各类布景栩栩如生、道具十分时髦。开业不久，"美光"以每月30块现大洋的高薪，从北京聘来刘奇舟作为摄影师，并聘请技师董凤鸣，二人技术一流，所拍摄照片构图新颖、用光讲究、色调和谐、形象逼真。此外，"美光"又花费巨资购置大型照相机，独揽阅礼仪仗、大型会议团体合影。凭着过硬的技术和先进的设备，"美光"的生意做得红红火火、名噪一时。开业第二年，河南督军冯玉祥来到美光照相馆照相，对"美光"的技术赞许有加。在经营盛期，由于美光照相馆技术过硬、质量上乘，军政要员、巨商大贾、社会名流争相光顾，致使"美光"声誉扶摇直上。著名京剧表演艺术家梅兰芳、荀慧生赴汴演出，专门到"美光"留影。一时"美光"门前车水马龙，形成"照相不问价格，取相不观优劣"的局面。开封沦陷后，因"美光"所用的照相原材料是从日美进口的，所以免遭洗劫。

1943年秋，八路军总部锄奸部为加强敌占区的工作，决定在开封建立锄奸工作站。刘清源曾在开封美光照相馆当学徒，组织上指示他寻机站稳脚跟，筹备建站。经过调查，他发现照相馆生意很好，而且与社会上各行各业的人特别是上层人士接触较多，同时东家黄寿春的后台是冯玉祥的大盟哥邓鉴三。在此建站比较安全，对于搜集情报和开展其他方面的工作有便利的条件。经组织同意，刘清源重返开封美光照相馆，开始建站工作。

1944年9月，经八路军总部锄奸部批准，开封工作站正式成立。开封工作站成立后，按照上级的"长期隐蔽，建立组织，搜集敌特情报，弄清组织、人物、住址、活动情况……打入敌特内部，弄清敌情"的任务，先后进行搜集情报，争取、分化、瓦解敌军，调查敌特组织等方面的工作。刘清源经过考察、培养，发展该店东家黄寿春的表弟、柜台营业先生胡桐生参加革命。

开封工作站利用美光照相馆广泛接触社会各界的有利条件，以及通过同乡、同学、亲友和从敌营中争取、分化出来的关系，先后调查掌握了日本宪兵队、领事馆、1481部队（武装特务机关）、酒井部队、伪警务厅、陇海铁路警务队、反共救国仁义社、中华同义会河南分会、开封绥靖公署、伪第五方面军总部、河南省保安司令部等处的组织、人员、编制情况以及部队驻防、作战计划等重要情报。

抗战胜利后，开封工作站利用美光照相馆的有利条件掌握的国民党特务在开封活动的资料和保留的国民党军政要员及特务的底片与照片，又为镇反、肃反、审干工作的开展起到了重要作用。他们利用《河南名人录》、河南省特务机关发薪名册以及开封工作站保留的底片、照片和掌握的敌特组织、人员活动情况挖出了潜伏的特务组织，如设立在北书店街林清泰烟丝店的潜伏组，就是这样于1948年11月被公安人员一网打尽的。

藏于美光照相馆的八路军总部锄奸部开封工作站一直持续到1948年10月开封第二次解放，工作站完成历史使命后，机构撤销，工作人员由中共开封市委另行安排工作。

这，就是开封（代后记）

我一直惦念柴火市街东侧的那处民国大宅院，因为去了两次都没能进去，不是因为铁将军把门，就是主人不开门。再次去还是一位老街坊主动带路，穿过门楼，走到大门前，老街坊面带歉意地说："不好意思，这个老太太我们不很熟……"但是，我实在是对她家的那座民国建筑感兴趣，所以一直心存遗憾。

后来，汴梁博客圈要组织活动，博友怀梦草问我打算走哪条街道，我不假思索地说我还是十分牵挂那座华美的老房子。谁知，怀梦草说，她也一直牵挂，曾经走近，却没能走到院子里。那是一座目前开封市内保存比较好的民居，门窗上面是带拱形的石膏花卉造型，房子正面和侧面有宽大的出厦走廊，青砖、灰瓦、红柱、绿叶，玻璃门窗，褐色油漆。于是在11月30日的扫街计划中，我们寻访的重点就定为它。

到了现场，在院子外面就看见了那座建筑，几位博友连连赞叹高端大气上档次，但是红色金属门后的犬吠叫人无法近前。我们再次敲门，里面倒是应声了，老太太一听我们要拍照就不耐烦地说："一所破房，有啥好照的！"门还是没有开。

我们有些怅然，甚至有些抱怨老太太的不近人情，但最终只得放弃，继续"北伐"。"考察"完关百益故宅后继续前行，到了游梁祠东街时，怀梦草喊暂停，叫我们返回，说有理君遇到了那位老太太的儿子，他们是同事。于是，这次顺利进入了小院。老太太的儿子说，平常老太太一个人居住，他专门交代不给陌生人开门。老太太脸上写满了沧桑，说："我都92岁了，腿脚不灵便。"不过，从外貌上看根本不像92岁，倒像70岁左右。问及房子，老太太说这是她结婚时的房子，当年是八抬大轿把她抬进来的，迎亲队伍中有两支乐队，吹吹打打十分热闹。她叫我们进屋参观她的嫁妆，那是光泽明亮的实木家具，古典样式，室内地板一尘不染，各种东西摆放得井井有条，真不敢相信这是92岁老人收拾的家。居住在这样的房子里，享用着这样的家具，而且是具有如此贵族气质的老人，不长寿才怪呢。我忽然想起余秋雨在《五城记》中开篇写的开封："它背靠一条黄河，脚踏一个宋代，像一位已不显赫的贵族，眉眼间仍然器宇非凡。"

老太太曾是大家闺秀，读过"四书五经"，享过人间富贵，阅尽尘世悲欢，心如止水，所以，她才如此平和与安静。她身上不经意间透露出的优雅、高贵和从容，一如帝都沧桑中的遗韵。寻常巷陌，走出过两个皇帝，遍地鼓石，显示出曾经的贵族气质。这，就是开封！

刘海永

2015年12月22日于开封